GÜNTER NEUWIRTH
Zeidlers Gewissen

EISERNES SCHWEIGEN Chefinspektor Wolfgang Hoffmann kehrt nach erfolgreicher Krebstherapie zur Arbeit zurück. Die Friseurmeisterin Klara Zeidler gibt eine Vermisstenanzeige auf und will mit der Kripo sprechen. Hoffmann nimmt sich des vermeintlich leichten Falls an. Doch bereits nach kurzer Recherche vermutet er, dass Viktor Zeidler in gewaltigen Schwierigkeiten steckt. Als Hoffmann die Leiche eines Freundes von Viktor findet, stellen die Ermittler am Tatort auch Blutspuren des Vermissten sicher. Zeidler scheint schwer verletzt. Der Inspektor intensiviert die Suche nach dem nun Mordverdächtigen. Er erfährt, dass auch noch andere Interesse an Zeidlers Aufenthaltsort haben: Viktors Motorradkumpel scheinen noch eine offene Rechnung mit ihm zu haben und sind ihm auf den Fersen. Und welche Rolle spielt Klara in diesem dunklen Spiel?

Günter Neuwirth, 1966 geboren, wuchs in Wien auf. Nach einer Ausbildung zum Ingenieur und dem Studium der Philosophie und Germanistik zog es ihn für mehrere Jahre nach Graz. Er ist Autodidakt am Piano und trat in jungen Jahren in Wiener Jazzclubs auf. Eine Schaffensphase führte ihn als Solokabarettist auf zahlreiche Kleinkunstbühnen. Der Autor verdient seine Brötchen als Informationsarchitekt an der TU Graz und wohnt am Waldrand der steirischen Koralpe. Seit 2008 publiziert er Romane, vornehmlich im Bereich Krimi. www.guenterneuwirth.at

Bisherige Veröffentlichungen im Gmeiner-Verlag:
Die Frau im roten Mantel (2017)
Totentrank (2017)
Paulis Pub (E-Book Only, 2016)
Fichtes Telefon (E-Book Only, 2016)
Hoffmanns Erwachen (E-Book Only, 2016)

GÜNTER NEUWIRTH

Zeidlers Gewissen

Kriminalroman

GMEINER SPANNUNG

Die automatisierte Analyse des Werkes, um daraus Informationen insbesondere über Muster, Trends und Korrelationen gemäß § 44b UrhG (»Text und Data Mining«) zu gewinnen, ist untersagt.

Bei Fragen zur Produktsicherheit gemäß der Verordnung über die allgemeine Produktsicherheit (GPSR) wenden Sie sich bitte an den Verlag.

Besuchen Sie uns im Internet:
www.gmeiner-verlag.de

© 2018 – Gmeiner-Verlag GmbH
Im Ehnried 5, 88605 Meßkirch
Telefon 0 75 75 / 20 95 - 0
info@gmeiner-verlag.de
Alle Rechte vorbehalten

Lektorat: Sven Lang
Herstellung: Mirjam Hecht
Umschlaggestaltung: U.O.R.G. Lutz Eberle, Stuttgart
unter Verwendung eines Fotos von: © Christian Thür/photocase.de
Druck: Libri Plureos GmbH, Friedensallee 273, 22763 Hamburg
Printed in Germany
ISBN 978-3-8392-2278-2

Personen und Handlung sind frei erfunden.
Ähnlichkeiten mit lebenden oder toten Personen
sind rein zufällig und nicht beabsichtigt.

SONNTAG

1. SZENE

Vor ihm ein verrückter Tanz roter Lichtpunkte. Wie sollte er sich daran orientieren? Verdammt. Er konnte trotz aller Anstrengung nicht die Geschwindigkeit vom Tachometer ablesen. War er zu schnell? Zu langsam? Hatte er jemals solche Angst gehabt? Wohin fuhr er überhaupt? Zu viele Fragen. Er musste sich auf das Wesentliche konzentrieren.

Nicht die Kontrolle verlieren. Nicht sterben! Am Leben bleiben!

Aber wofür? Wozu noch leben?

Verfluchte Fragen.

Er ohrfeigte sich und schüttelte den Kopf. Die Lichter wurden schärfer, der Verlauf der Fahrbahn wieder sichtbar. Links zog ein Wagen an ihm vorbei. Also war er nicht der Schnellste auf der Autobahn. Tief ein- und ausatmen. Ganz langsam. Wieder ein Kontrollblick auf den Tachometer. 120 Kilometer pro Stunde. Gut. Er hielt sogar die Spur. Zuvor hatte irgendjemand wild gehupt. Er hatte die Oberhand zurückgewonnen, der Schwächeanfall war vorbei.

Der Schmerz aber nicht. Im Gegenteil.

Je klarer sein Bewusstsein wieder wurde, desto schlimmer waren die Schmerzen. War eine Rippe gebrochen? Blutete die Wunde noch?

Er tastete mit der rechten Hand unter die Lederjacke an seine linke Seite. Das T-Shirt war durchtränkt. Er besah die Fingerspitzen. Kein frisches Blut. Er griff wieder nach dem Lenkrad. Unmöglich, den linken Arm zu heben, er hatte das Lenkrad am unteren Rand festgehalten. Der rechte Arm hingegen war voll beweglich. Immerhin. Seine ganze linke Seite fühlte sich beschädigt an, wie kaputt geprügelt. Nur ein paar Zentimeter weiter rechts, und das Herz wäre explodiert. Glück gehabt. Er lebte. Allerdings wie lange noch?

Fort, einfach fort! Nicht denken, fahren. Flüchten. Sich in Sicherheit bringen.

In der Ferne erblickte er die über der Fahrbahn hängenden Schilder. Der Autobahnknoten kam in Sicht. Er versuchte, die Buchstaben zu entziffern. Eine unmenschliche Anstrengung, und doch gelang sie. Er wusste, alles hing davon ab, jetzt die richtige Ausfahrt zu erwischen. Würde er es schaffen oder mit vollem Tempo durch die Leitplanke rasen? Er musste es schaffen. Die Schwäche kehrte wieder. Er kämpfte dagegen an. War das die richtige Abzweigung?

Ja. Geschafft. Sein Wagen rollte in südöstlicher Richtung durch das Wiener Becken. Die A 3 in Richtung Eisenstadt. Seine Richtung. Seine Flucht.

Diese höllischen Schmerzen.

2. SZENE

Wolfgang Hoffmann stemmte die Fäuste in die Hüften und schaute sich um. Richtig gut. Er war zufrieden, seine Wohnung war so proper wie schon lange nicht. Wenn er daran dachte, wie es hier früher ausgesehen hatte. Kein Vergleich. Seit fünf Tagen tat er praktisch nichts anderes, als seine Wohnung zu putzen. Die Fenster waren sauber, die letzten Winkel waren gekehrt, der Staub war von den Schränken verschwunden, die Teppiche waren gründlich gesaugt, das Bad und die Toilette funkelten blitzblank, perfekt, nicht einmal eine eingeschworene Truppe Tatortreiniger hätte es besser machen können. Nun, bestimmt wäre die Truppe schneller als er vorangekommen. Egal, er war fertig geworden, er fand beim besten Willen nichts mehr zu putzen. Er lächelte.

Ein Blick auf die Uhr. Sieben Uhr abends.

Sein Magen fühlte sich leer an, also ging er in die Küche und öffnete den Kühlschrank. Sein Lächeln wurde sogar noch breiter. Er hatte auch eingekauft! Und nicht zu knapp. Im Handumdrehen hatte er zwei Brote belegt und die Krone einer Bierflasche gekippt. Hoffmann setzte sich an den kleinen Tisch in der Küche, vor sich auf einem Teller die Brote, ein Glas und die Flasche. Er füllte das Glas gekonnt, nicht zu wenig, nicht zu viel Bierschaum. Früher hatte er praktisch nie Alkohol getrunken, dafür aber Hunderttausende Zigaretten weggepafft. Tabak und Kaffee, das waren seine Drogen gewesen, damals, als er noch Drogenfahnder gewesen war. Jetzt hatte er sich auf die fabelhaft sedierende und relaxierende Wirkung von Hopfen und Malz eingeschworen.

Ja, auch dafür hatte es ein Schlüsselerlebnis gegeben. Damals, kurz nachdem er vier Leichen in einer Villa in Wien-Hütteldorf zu Gesicht und vor allem deren Geruch in die Nase bekommen hatte, hatte er spontan an einem Würstelstand Bier getrunken. Seit dieser Zeit, vier Monate war es her, hielt er stets Bier im Kühlschrank vorrätig und genehmigte sich bei Anbruch des Abends eines, selten ein zweites. Ein richtiger Trinker würde aus ihm nicht mehr werden, dazu hatte er in seinem Leben zu viele Gelegenheiten ungenutzt verstreichen lassen. In Wahrheit waren ihm starke Rauschzustände einfach zuwider, er hasste es, nicht die Kontrolle über seine Sprache und Bewegungen zu haben. In der Jugend hatte er sich gelegentlich einen Vollrausch angetrunken oder sich dann und wann bis über beide Ohren zugekifft. Mit der Zeit war ihm die Sauferei auf die Nerven gegangen. Vielleicht hatte er deswegen als Drogenfahnder gar keine schlechte Figur abgegeben. Wie auch immer, abends zwei belegte Brote und ein Bierchen, das war so etwas wie Lebensqualität.

Während er aß, blätterte er in einer Gratiszeitung, die wöchentlich auf dem Fußabstreifer vor seiner Tür abgelegt wurde. Ein mit Inseraten gepflastertes Blatt ohne jeden Informationsgehalt, aber doch irgendwie unterhaltsam durchzublättern.

Sein letzter Abend im Krankenstand.

Er schob den Teller von sich, füllte das Glas erneut mit Bier und nippte daran. Sein Blick verlor sich im Raum. Ja, er war aufgeregt, na klar, vor ihm lag ein neuer Lebensabschnitt, und tatsächlich, er empfand ein bisschen Angst. Und Vorfreude. Spannung saß tief in seinem Bauch. Würde er heute gut schlafen können? Die Nachtstunden würden die Frage beantworten.

Morgen also wieder die Arbeit als Kriminalpolizist. Sein Beruf. Sein Metier. Vielleicht so etwas wie seine Bestimmung. Anderthalb Jahre war er im Krankenstand gewesen, hatte sich einer Chemotherapie und einem operativen Eingriff unterzogen, hatte einen dreiwöchigen Reha-Aufenthalt inmitten grüner Wälder und eine die onkologische Therapie begleitende Psychotherapie hinter sich gebracht, war Patient gewesen und hatte es doch irgendwie mit viel Glück und großartiger medizinischer Unterstützung geschafft, dem Totengräber von der Schaufel zu springen. Und morgen kehrte er in das Leben der normalen und arbeitenden Menschen zurück. Sein letzter Abend.

Hoffmann leerte mit einem schnellen Zug das Glas.

Er freute sich auf den morgigen Tag. Und wie! Obwohl er wieder mit dem Bösen, Abgründigen und Ekelhaften des Menschen konfrontiert werden würde. Er war, was er war. Warum sich verleugnen?

Heute griff er ein zweites Mal in den Kühlschrank. Zur Feier des Abends ein zweites Bierchen. Verfluchte Zeit als Krebspatient, endlich war sie vorbei.

3. SZENE

Der Wagen rollte langsam auf die Scheune zu. Als er von der Hauptstraße abgebogen und in Richtung des Bauernhofes gefahren war, hatte er das Abblendlicht ausgeschaltet. Das Nachbarhaus lag zwar etwas entfernt, aber es brauchte niemand zu wissen, dass jemand auf das leer stehende und langsam verfallende Gebäude zufuhr.

Er hoffte, dass der Schlüssel sich noch in seinem Versteck befand. In den Ferienmonaten seiner Kindheit hatte er mit seinem Cousin oft hier gespielt. Allerdings war das eine andere Zeit gewesen. Sein Großvater war vor 20 Jahren, die Großmutter hochbetagt vor sechs Jahren gestorben. Die Erinnerungen an Kindheit und Jugend waren Schwarz-Weiß-Fotos, die auf dem Fensterbrett eines alten Hauses lagen und über die Jahre bis zur Unkenntlichkeit verblichen waren. Wo der Schlüssel war, daran erinnerte er sich. Und dass sein Wagen genug Platz in der Scheune fand. Sein Onkel hatte den kleinen und unrentablen Hof zwar geerbt, aber nie bewirtschaftet, im Gegenteil, er hatte alles nur irgendwie Brauchbare fortgeschafft.

Da war er. Der Schlüssel hatte Rost angesetzt, passte aber noch ins Schlüsselloch.

Der Geruch morschen Holzes hing in der Luft, der Boden war bedeckt mit Staub. Er versuchte gar nicht, das Licht einzuschalten. Erstens war der Strom abgestellt, zweitens würde Licht im Fenster die Nachbarn aufmerksam werden lassen. In der Küche stand eine Kredenz aus einer längst vergangenen Epoche, und darin lag der Schlüssel zum Vorhängeschloss des Scheunentors. Zum Glück war die Nacht nicht dunkel, sodass selbst durch die verdreckten Fenster matter Lichtschein hereinfiel. Der Raum war bis auf die Kredenz und eine Truhe völlig leer. Der Holzofen war fort, der Tisch und die Stühle hatte man irgendwann verheizt, Vorhänge, Geschirr, Töpfe und Pfannen, nichts davon war noch hier. Nur der Schlüssel zur Scheune. Das genügte auch.

Wenig später rollte der Wagen in die Scheune. Er holte den Verbandskasten, eine Decke und eine Taschenlampe aus dem Kofferraum. Dann versperrte er die Scheune wieder.

Im Hinterzimmer, dessen Fenster in den Innenhof gerichtet war und somit von den Nachbarn nicht gesehen werden konnte, ließ er sich nieder, knipste die Taschenlampe an und machte seinen Oberkörper frei. Der Schmerz ließ ihn beinahe verrückt werden. Die Wunde sah hässlich aus, Hautfetzen und gestocktes Blut. Hing da ein Knochensplitter? Ihm wurde beinahe schwarz vor Augen. Mit letzter Mühe drückte er eine Kompresse auf die Wunde und fixierte sie mit dem Verband.

Geschafft! Die Wunde war verbunden. Er schaltete die Taschenlampe aus.

Er spürte, wie die Spannung von ihm abfiel. Die Müdigkeit drückte ihn mit aller Macht zu Boden. Gerade noch schaffte er es, die Decke über seinen nackten Oberkörper zu ziehen.

Traumloser Schlaf. Ein Vorgeschmack auf den Tod.

MITTWOCH

4. SZENE

Gerald Windisch und Wolfgang Hoffmann gingen entspannt den Gang entlang. Zwei Männer mittleren Alters, in saloppe und doch distinguierte Kleidung gehüllt. Sie trugen Pistolen unter den Jacketts.

Hoffmann fühlte so etwas wie Stolz, dass sein alter Kumpel Windisch nun Major war und die Gruppe für Kapitalverbrechen anführte. Wie viele Nächte hatten sie sich gemeinsam um die Ohren geschlagen? Wie viele Ermittlungserfolge hatten sie gefeiert? Wie oft hatten sie wie die letzten Trottel dagestanden? Die volle Palette, das ganze Programm, sie hatten nichts ausgelassen. Manchmal hatten sie geniale Ideen geteilt, dann wieder hatten sie sich von schmierigen Kerlen dreist überrumpeln lassen. Eines hatte sie in den Jahren geeint: Sie hatten nie aufgegeben. Gut, Hoffmann war außer Tritt geraten, er war auch gefallen, aber er hatte das Riesenglück gehabt, nicht zu tief zu fallen. Sein Körper hatte dem jahrelangen Raubbau nicht länger standgehalten und war eingebrochen. Hoffmann war durch all das, was ihm begegnet war, ein Fan der modernen Medizin geworden. Ja, es gab Leute, die schimpften auf die verdammte Schulmedizin und die Fleischermeister in den Operationssälen, er aber sah die Fähigkeit der Mediziner, einen in der Lunge sitzenden Tumor rauszuschneiden, als eine großartige Errungenschaft an. Natürlich gehörte auch Glück dazu. Kein Thema. Ein Arzt am Operationstisch brauchte nicht nur jahrelange Schulung, ein eingespieltes Team und maximale technische Unterstützung, er brauchte auch ganz einfach nur saublödes Glück. Vielmehr brauchten der Arzt *und* der Patient Glück.

»Also schauen wir mal, was die Bande vorbereitet hat«, sagte Windisch mit einem schiefen Grinsen.

Hoffmann schob seine Grübelei zur Seite und schaute Windisch von der Seite an. Als ob der alte Fuchs nicht längst Bescheid wüsste. Sie traten in den Besprechungsraum. Und wurden mit großem Hallo empfangen.

»Da sind sie ja, unsere Sheriffs! Wo habt ihr eure Gäule gelassen?«, rief Walter Kaltenegger.

»Beim Hufschmied natürlich. Aber unsere Colts haben wir dabei.«

Gerald Windisch formte mit beiden Händen Pistolen. Gelächter.

Hoffmann überblickte den Tisch im Besprechungsraum. Tassen und Teller standen bereit, in einem Korb lagen Kipferl und Krapfen, in einem anderen frische Semmeln. Eine Platte mit Wurst- und Käseaufschnitt, auf einem Teller Obst, in der Mitte des Tisches ein Teller mit Apfelstrudel und Mineralwasser und Apfelsaft zu trinken – die Kollegen hatten reichlich aufgetischt. Und natürlich hing der Duft von frisch aufgebrühtem Kaffee im Raum. Walter Kaltenegger hatte in diesem Stockwerk des Kommissariats absolut das Sagen, was den Verbrauch von Kaffee anbelangte, deswegen wurden hier nur erstklassige Bohnen konsumiert.

Neben dem bärbeißigen Routinier Kaltenegger, immerhin hatte er schon seinen 60. Geburtstag hinter sich und war seit über 35 Jahren Polizist, befanden sich auch Gerhard Assmann, Caroline Stranek und Sigrid Körner im Raum. Das gesamte Team Windisch. Hoffmann rückte einen Stuhl zurecht und setzte sich.

Die ersten beiden Arbeitstage, Montag und Dienstag,

waren wie im Flug vergangen, nach einer nur kurzen Einführung vom Leiter des Kommissariats Dr. Pongratz und von Gerald Windisch hatte sich Hoffmann ohne viel Aufhebens an seinen Arbeitsplatz begeben und sich mit seinem Aufgabenbereich vertraut gemacht. Die anderen waren mit ihrer Arbeit beschäftigt gewesen und hatten Hoffmann nur im Vorübergehen dies und das erläutert. Aber an diesem Mittwochvormittag stand eine Teamsitzung an. Hoffmann hatte erwartet, dass diese für eine kleine Willkommensfeier genutzt werden würde. Er war nicht enttäuscht worden.

»Also im Café Landtmann kann es nicht bequemer sein«, sagte Hoffmann gut gelaunt.

»Das Café Landtmann ist ein Lercherlschas gegen uns«, polterte Kaltenegger und griff zur Kaffeekanne. »Kaffee?«

»Unbedingt!«, antwortete Hoffmann.

Caroline Stranek drückte Windisch das Kuchenmesser in die Hand.

»So, Chef, dein Strudel muss jetzt geopfert werden.«
Hoffmann runzelte die Stirn.

»Was, Gerald, du hast den Strudel gebacken?«
Windisch präsentierte seine breite Brust.

»Ja! Oder vielmehr, nein. Meine Tochter war die Meisterin. Ich glaube, nach der Matura schicke ich sie zu einem Konditor in die Lehre. Das Mädel hat Talent. Sieht man mir das nicht an?«

Windisch klopfte sich auf den Bauch.

»Geh, Gerald, da haben noch ein paar Backbleche mit Apfelstrudel Platz.«

Gerald Windisch war für einen Mann Mitte 40 absolut in Topform. Hoffmann konnte sich gut erinnern, dass Windisch vor ein paar Jahren beinahe ausgezehrt gewirkt hatte. Mit Zigaretten und Kaffee hatte er den Stress bekämpft und darüber allzu oft die geregelte Nahrungsaufnahme vergessen. Nachdem ihm seine Frau ein Ultimatum gestellt hatte, hatte er eine Entwöhnungstherapie absolviert. Tatsächlich war er von den Zigaretten weggekommen und hatte innerhalb von ein paar Wochen 15 Kilo zugenommen. Als er dann als Teamleiter berufen worden war, und mit Assmann, Stranek und Körner drei echten Sportskanonen vorstand, hatte er Sonderschichten im Fitnessstudio eingeschoben. Walter Kaltenegger hingegen hatte sich durch den Fitnesswahn seiner Kollegen und seines Chefs nicht irritieren lassen und mit einem Achselzucken auf seinem Übergewicht und seiner Gemütlichkeit beharrt. Kaltenegger war zu lange im Metier, er hatte in den 35 Dienstjahren als Polizist zu viel erlebt, um sich noch aus der Ruhe bringen zu lassen.

Der Strudel wurde angeschnitten und der Kaffee ausgeschenkt. Hoffmann hatte vorsorglich das Frühstück ausfallen lassen, also griff er zu einer Semmel und belegte sie mit Wurst und Käse. Dazu trank er Apfelsaft. Die Stimmung war gut, der Schmäh rannte, die vier Männer und zwei Frauen unterhielten sich bestens.

»Jetzt aber der Schampus!«, rief Windisch und erhob sich.

»Sehr richtig!«, pflichtete Kaltenegger bei. »Hol den Sprudel. Nunc est bibendum, wie der alte Lateiner sagt.«

Hoffmann runzelte die Stirn.

»Habt ihr etwa Sekt für meine Willkommensparty gekühlt?«

Kaltenegger gestikulierte.

»Bleib am Teppich, Wolfgang, so fesch bist du auch wieder nicht. Die Sigrid hat Geburtstag!«

Sigrid Körner strich sich eine Haarsträhne aus der Stirn. Sie lächelte in die Runde.

Hoffmann atmete tief durch. Wie hübsch sie war. Vielleicht war es gut, dass Körner bei Kaltenegger im Zimmer saß, er selbst bei Stranek und Assmann. Wahrscheinlich würde er den ganzen Tag nichts anderes tun können, als seine Kollegin anzugaffen. Geburtstag hatte sie also. Es musste der 30. sein.

»Ein runder Geburtstag«, sagte Hoffmann. »Das gehört natürlich gefeiert.«

Körner warf Hoffmann einen Blick zu. Heiße Schauer liefen über seinen Rücken. Als Körner noch bei der uniformierten Polizei Dienst verrichtet hatte, knapp bevor Hoffmanns Erkrankung diagnostiziert worden war, hatten sie eine kurze, aber intensive Beziehung gehabt. Keine Affäre, diesen Begriff verbat sich Hoffmann, eine Beziehung. Sie hatten einander wirklich berührt. Und waren beide davon so erschrocken gewesen, dass sie die Beziehung wieder beendet hatten. Und jetzt arbeiteten sie in derselben Gruppe. Im Kommissariat wusste niemand davon. Körner hatte um Diskretion gebeten. Für Hoffmann eine Selbstverständlichkeit. Niemanden ging es etwas an, was sie in der Vergangenheit erlebt hatten.

Es klopfte an der Tür.

»Herein!«

Ludwig Pongratz öffnete die Tür und erfasste mit einem Blick die Szene.

»Herr Doktor, kommen Sie nur näher!«, rief Kaltenegger. »Bei uns ist Stimmung. Und was zum Beißen und Schlürfen gibt es auch.«

Der Leiter des Kommissariats schloss die Tür hinter sich. Wie immer war der drahtige Mittfünfziger seriös gekleidet. Er lächelte versonnen.

»Herr Kaltenegger, wenn Sie wieder Ihren Zauberkaffee aufgebrüht haben, dann muss ich dieser Einladung doch glatt Folge leisten.«

»Na, selbstverständlich gibt es guten Kaffee. Wer mir Dreckszeug andrehen möchte, kriegt eine Packung Hauswatschen.«

»Kommen Sie mit Problemen zu uns?«, fragte Caroline Stranek in ihrer immer direkten, oft sogar konfrontativen Art.

»Frau Kollegin, ich weiß zwar, dass meine Anwesenheit nicht selten Probleme mit sich bringt, aber ich komme in sozusagen unproblematischer Mission. Ich wusste ja, dass heute der Willkommenskaffee für den Kollegen Hoffmann gereicht wird.«

»Ludwig, willst du ein Glaserl Sekt?«, fragte Windisch.

»Sekt bitte nicht. Ich muss heute noch arbeiten.«

»Aber die Sigrid hat Geburtstag.«

Pongratz zog die Augenbrauen hoch.

»Entschuldigen Sie, Frau Körner, dass ich das übersehen habe.«

»Eigentlich habe ich ja erst übermorgen Geburtstag. Aber wir feiern heute gleich mit.«

Pongratz ging um den Tisch herum und reichte Körner die Hand.

»In diesem Fall nehme ich gerne ein Glas zum Anstoßen.«

Kaltenegger polterte wieder einmal.

»Und ich singe ›Die Reblaus‹, dann weinen wir wie Schlosshunde und busseln uns ab. Für Mord und Totschlag sind wir heute nicht zuständig.«

Gelächter.

Hoffmann war gut drauf. Der Sekt schmeckte köstlich, der Apfelstrudel war eine Wucht und exquisiten Kaffee gab es auch. Und als er Sigrid Körner wie alle anderen mit einem Wangenküsschen zum Geburtstag gratulierte, fühlte sich das ganz wunderbar an. Hoffmann setzte sich wieder und lauschte dem lebhaften Gespräch, manchmal sagte er etwas, in der Regel hielt er sich zurück, nippte an der Kaffeetasse und nahm einen Happen vom Strudel.

Wenn er irgendetwas in seinem Leben gelernt hatte, dann die Lektion, gute Situationen auszukosten, sich der seltenen hellen Momente zu erfreuen, es zuzulassen, dass die Welt vergänglich war, man selbst aber zumindest in diesem Augenblick noch da war. Die Dunkelheit kam von allein. Daran war ohnedies nicht zu rütteln.

5. SZENE

Natürlich hatten sein Chef und seine Kolleginnen und Kollegen Hoffmann für die erste Arbeitswoche nach anderthalbjähriger Unterbrechung nur die kleinen Arbeiten zugedacht. Da war ein Bericht der Kriminaltechnik zu bearbeiten, nämlich ein Bericht ohne nennenswerte Erkenntnisse, dort war eine Zeugenaussage durch ein paar Anrufe zu prüfen. Er hatte Zeit, sich die Berichte der letzten Wochen durchzusehen. Die Strategie der Gruppe, ihn langsam in den Arbeitsalltag einzubinden, war von Anfang an so kommuniziert worden. Das fand Hoffmann gut, er würde es an der Stelle von Windisch genauso tun. Auch war er ja jetzt in einem neuen Metier, nicht mehr Drogenkriminalität, sondern Verbrechen gegen Leib und Leben standen auf der Agenda. Er war seinem ehemaligen Jungkollegen Gerhard Assmann in die Fachgruppe nachgefolgt. Es war ein gutes Gefühl, wieder mit Assmann in einem Zimmer zu sitzen. Nicht zuletzt, weil Assmann gar nichts mehr von diesem nervösen, humorlosen und zänkischen Jungpolizisten von früher hatte, sondern ein solider Profi geworden war. Na ja, Humor war nach wie vor nicht Assmanns Stärke, aber er leistete in der Gruppe wertvolle Arbeit. Die Gruppe für Drogenkriminalität war nach dem Abgang Hoffmanns in den Krankenstand und Assmanns Wechsel in die Gruppe für Kapitalverbrechen völlig neu aufgestellt worden. Auch der ehemalige Leiter, Anton Koller, hatte endlich sein Lebensziel erreicht und im Innenministerium einen hochrangigen Schreibtischposten übernommen. Natürlich hatte Hoffmann all die Kolleginnen und Kollegen, die noch im Kommissariat tätig waren, gleich am ersten Tag besucht. Ehrensache.

Hoffmann hatte schnell mitbekommen, dass das zweifellos vorhandene Konfliktpotenzial in seiner neuen Gruppe durch die umsichtige Führung des Teamleiters kaum eine Rolle spielte. Außerdem wurde durch die schlichte Anwesenheit eines Mannes wie Walter Kaltenegger jeder Streit irgendwie unnötig. Hoffmann kannte Kaltenegger seit seinen ersten Tagen im Kommissariat, eigentlich konnte er sich das Kommissariat ohne Kaltenegger gar nicht vorstellen. Alles, was dieser Mann in die Hand nahm, bekam eine gewisse Gelassenheit. Vielleicht sogar so etwas wie Würde. Hochtrabend, das ja, aber nicht ganz verfehlt, wie Hoffmann dachte. Es war nicht so, dass Kaltenegger ein unfehlbarer Polizist war. Wer war das schon? Kaltenegger war einfach ein prima Kerl. Und das nach 35 Jahren Dienst als Kieberer! Hoffmann konnte sich daran erinnern, dass Kaltenegger bei einem Verhör in einem brenzligen Fall tüchtig die Hand ausgerutscht und es zu einer internen Untersuchung gekommen war. Kaltenegger hatte sich nicht eine Sekunde aus der Affäre reden wollen. Nun, Hoffmann neigte in keiner Weise zu Aggression, beim kleinsten Zweifel ließ er Verdächtige laufen und hatte eigentlich immer irgendwie Verständnis, wenn Leute aus Not, Verzweiflung oder kalter Berechnung logen, aber ihm war in einem Fall auch schon mal die Sicherung durchgebrannt. Damals hatte er einem Vergewaltiger mit großer Befriedigung das Knie in den Unterleib gerammt. Er hatte das Glück gehabt, dass ihm Windisch und Assmann damals volle Rückendeckung gegeben hatten und es nie zu einer Untersuchung des Übergriffes gekommen war. Was Windisch und Kaltenegger als Leitfiguren der Gruppe für Kapitalverbrechen so erfolgreich machte, war die Mischung aus Autorität, Fachwissen und geradezu familiärem Umgangston.

Und eines war für Hoffmann auch völlig klar. Es machte viel mehr Spaß, im Büro zu sitzen, alte Berichte zu lesen, am Leben und an der Arbeit teilzunehmen, als im Wartezimmer eines Krankenhauses auf den nächsten Arzttermin zu warten.

Straneks Tischtelefon schlug an. Hoffmann schaute auf die Zeitanzeige am Bildschirm. Halb drei Uhr nachmittags. Assmann und Stranek waren seit einer Stunde unterwegs und würden frühestens in einer Stunde ins Büro zurückkommen. Er erhob sich, ging um seinen Schreibtisch herum, beugte sich über den Tisch seiner Kollegin und hob ab.

»Hoffmann am Apparat.«

»Hallo, äh, Doppelhofer. Ist die Frau Stranek da?«

»Leider nein, sie ist unterwegs. Am Handy können Sie sie erreichen.«

»Handy nützt jetzt nichts. Ist Herr Assmann auch unterwegs?«

»Ja. Die beiden sind auf Achse.«

»Herr Hoffmann, sind Sie es?«

»Ja, Wolfgang Hoffmann meldet sich zurück zum Dienst.«

»Hab schon gehört, dass Sie wieder da sind. Herzlichen Glückwunsch zur Genesung!«

Hoffmann erinnerte sich nur vage an den Namen Doppelhofer. Ein jüngerer Kollege im Streifendienst. Hatte er je mit ihm dienstlich zu tun gehabt? Wenn, dann nur am Rande. Aber er konnte sich an das Gesicht des jungen Mannes erinnern.

»Vielen Dank.«

»Ich wollte nicht stören, aber ich hätte halt mit der Frau Stranek sprechen wollen.«

Unüberhörbar, dass der junge Kollege aufgeregt und unsicher war.

»Wenn es etwas Dienstliches ist, dann können Sie das auch mit mir besprechen, Herr Doppelhofer.«

»Ja, also, ich weiß jetzt nicht, ob das Ihre Zuständigkeit ist, weil ich habe da eine lästige, kleine Sache, wo halt …«

Hoffmann wartete ein Weilchen.

»Worum geht es denn?«

»Um eine Vermisstenanzeige. Die Frau, die gestern Anzeige erstattet hat, ist heute wieder da und will mit jemandem von der Kriminalpolizei sprechen.«

»Ist die Dame aufgebracht?«

»Ziemlich. Sie besteht darauf, mit jemandem von der Kriminalpolizei zu reden.«

»Ich verstehe.«

»Deswegen mein Anruf.«

»Wo sind Sie gerade, Herr Doppelhofer?«

»Erdgeschoss. Kleines Besprechungszimmer.«

»Sagen Sie der Dame, dass ich in drei Minuten bei ihr bin.«

»Echt jetzt?«

»Drei Minuten.«

»Danke, Herr Chefinspektor!«

Hoffmann legte auf. Ein nervöser Jungpolizist, eine aufgebrachte Bürgerin, eine Vermisstenanzeige. Hoffmann schmunzelte. Also doch nicht nur Papierkram und Kaffeetrinken, sondern ein echter Fall.

6. SZENE

Er klopfte und trat ein. Zwei Augenpaare richteten sich auf ihn. Die gespannte Stimmung im Raum war im ersten Atemzug zu spüren. Da der gestresst wirkende Polizist, dort eine Frau Mitte 30. Ihre Augen waren rot unterlaufen, aber offenbar nicht, weil sie geweint hatte, sondern weil sie mit den Nerven ziemlich unten durch war. Wahrscheinlich hatte sie zuletzt wenig geschlafen. Sie war hübsch, sehr hübsch sogar, für Hoffmanns Geschmack etwas zu stark geschminkt und irgendwie auffällig chic gekleidet. Sie trug viel Schmuck an Hals, Ohren und Fingern. Die Frisur war tipptopp.

Hoffmann reichte seine Hand zum Gruß.

»Guten Tag. Wolfgang Hoffmann.«

Die Frau erhob sich und schüttelte die dargebotene Hand. Ein solider Händedruck. Ihre Fingernägel waren kurz geschnitten und leuchtend rot lackiert. In jedem Fall arbeitete die Frau mit ihren Händen. Das war für Hoffmann sofort klar.

»Klara Zeidler.«

»Bitte setzen Sie sich wieder.«

Hoffmann schnappte sich einen Stuhl und zog ihn an das Kopfende des Tisches, links die Frau, rechts der Kollege.

»So, worum geht es?«

»Ja, vielen Dank, Herr Chefinspektor, dass Sie sich gleich Zeit genommen haben. Wie gesagt, Frau Zeidler hat gestern ihren Ehegatten Viktor Zeidler als vermisst gemeldet. Na ja, und offenbar muss da jetzt noch etwas geklärt werden.«

Hoffmann nickte und deutete dem Kollegen, den Akt herüberzuschieben. Dieser ließ sich nicht lange bitten. Hoffmann spürte förmlich, wie die Spannung vom jungen Mann abfiel. War ein solcher Mann in der Lage, auf Dauer den Dienst als Polizist zu verrichten? Was hatte ihn so in Bedrängnis gebracht? Irgendein Formfehler? War die Frau laut geworden? Hoffmann warf einen schnellen Blick auf die ausgedruckte Vermisstenanzeige. Sie war gestern um halb acht Uhr am Vormittag aufgenommen worden. Klara Zeidler, selbstständige Friseurmeisterin, wohnhaft hier im Bezirk Ottakring am Gutraterplatz. Sie war 35 Jahre alt und Mutter von zwei Kindern.

Hoffmann sah die Frau mit ruhiger Miene an.

»Sie sind Friseurin, Frau Zeidler?«

»Ja.«

»Selbstständig, wie ich hier lese.«

»Ja. Klaras Friseursalon auf der Thaliastraße. Das ist mein Geschäft.«

»Kommt mir bekannt vor. Ist das nicht an der Ecke Brunnengasse?«

»Richtig.«

»Arbeiten Sie alleine oder haben Sie Angestellte?«

»Ich habe drei Angestellte. Eszter und Silvija arbeiten mit mir im Laden und Frau Gönal macht die Lehre.«

Hoffmann verzog beeindruckt seine Miene.

»Sie sind also Unternehmerin und zweifache Mutter.«

»Ja.«

»Wie alt sind denn Ihre Kinder?«

»Marvin ist zwölf und Robin acht.«

»Und wie geht es den Söhnen in der Schule?«

»Es geht so. Robin gerät halt mehr nach seinem Vater. Da gibt es manchmal Probleme. Er kann nicht ruhig sitzen. Marvin kommt klar.«

Hoffmann nickte.

»Wie läuft der Laden?«

»Eigentlich ganz gut. Sehr gut sogar.«

»Sie haben doch in der Gegend viele Kunden mit Migrationshintergrund.«

»Natürlich. Thaliastraße. Auch meine Mitarbeiterinnen sind multikulti. Eszter ist Ungarin und Silvija Serbin. Und Frau Gönal ist Türkin.«

»Sie nennen Ihr Lehrmädchen Frau Gönal?«

»Sie ist 49 Jahre alt und hat drei erwachsene Kinder. Was glauben Sie, wie lange Frau Gönal ihrem Mann erklären musste, dass sie arbeiten will? Sie ist im letzten Lehrjahr und noch immer voll motiviert. Im Herbst macht Sie die Lehrabschlussprüfung. Viele türkische Mädchen kommen in den Laden, seit Frau Gönal bei mir arbeitet.«

Hoffmann nickte anerkennend.

»So ist das Leben in Ottakring. Wie Sie sagen: multikulti.«
Die Spannung war durch den lockeren Plauderton und die unverbindlichen Fragen nicht von ihr abgefallen. Hoffmann nickte. Also ans Eingemachte.

»Wann haben Sie denn Ihren Ehemann zuletzt gesehen?«

»Am Freitag beim Frühstück. Ich habe für die Kinder Kakao und Marmeladenbrote gemacht, selbst eine Tasse Tee getrunken, dann haben wir uns angezogen und wollten gerade los, da ist Viktor in die Küche gekommen. Er ist derzeit arbeitslos. Wir haben uns verabschiedet. Ich habe Robin zur Volksschule begleitet. VS Landsteinergasse, das ist bei uns gleich um die Ecke. Dann bin ich noch ein Stück mit Marvin gegangen. Er geht aufs Gymnasium in der Maroltingergasse, also gehen wir häufig gemeinsam zur Straßenbahnstation. Ich steige in den 46er und er geht dann noch das Stückchen zur Schule. Dann fahre ich die Thaliastraße runter und sperre das Geschäft auf. So wie immer, das ist unser Ablauf.«

»Und das war am letzten Freitag auch so?«

»Ja. Am Freitag ist immer viel zu tun. In der Regel arbeiten wir am Freitag zu viert. Dafür ist Montag Ruhetag. Viktor holt die Kinder normalerweise um fünf Uhr von der Nachmittagsbetreuung ab, ich arbeite ja bis sechs und komme an Freitagen meist erst gegen sieben Uhr nach Hause.«

»Sie sagen *normalerweise*. War es diesmal nicht so?«

»Da hat das Problem angefangen. Fünf Minuten nach fünf Uhr kriege ich einen Anruf, dass Robin noch nicht abgeholt worden ist. Marvin hat einen Schlüssel, er geht in solchen Fällen alleine nach Hause, aber Robin ist noch Volksschüler. Die werden nicht einfach so auf die Straße geschickt.«

»Was haben Sie getan?«

»Ich habe natürlich sofort Viktor angerufen. Aber sein Telefon war ausgeschaltet, also habe ich Eszter gesagt, dass sie heute den Laden schließen soll, bin ins Taxi gestiegen und habe Robin abgeholt. Dabei wohnen wir ja wirklich gleich um die Ecke und Marvin war auch schon zu Hause, Robin hätte also nicht auf der Straße stehen müssen. Aber so ist das halt, die Nachmittagsbetreuung darf ihn nicht unbegleitet losschicken. Zu Hause war Viktor nicht, sein Telefon ist aus, er hat keine Nachricht hinterlassen, gar nichts. Er ist mit dem Auto fort.«

Hoffmann blickte auf die Papiere vor sich.

»Ein Fiat Doblo. Das ist, wenn ich das Modell richtig vor Augen habe, so ein voluminöser Familienwagen mit breiter Heckklappe.«

»Genau so einer. Ich habe keine Ahnung, wohin er gefahren sein könnte.«

»Ist so etwas öfter vorgekommen? Ich meine, dass er nicht wie vereinbart die Kinder abgeholt hat.«

Die Miene der Frau pendelte zwischen Verbitterung, Verärgerung und Verzweiflung.

»Leider ja.«

»Und dass er mal eine Nacht fort war, ohne dass Sie wussten, wo er sich herumgetrieben hat?«

»Ist auch passiert. Das hat Ihr Kollege mich ja gestern auch gefragt.«

Hoffmann nickte. Natürlich, das waren die Standardfragen bei Vermisstenanzeigen.

»Aber irgendetwas ist diesmal anders, nicht wahr, Frau Zeidler?«

»Er ist seit fünf Nächten fort! Das hat er noch nie gemacht. Vor allem, ohne etwas zu sagen. Wenn er früher mit seiner Motorradclique unterwegs war, hat er mir das immer im

Voraus gesagt, da habe ich gewusst, okay, Viktor ist drei Tage auf Tour. Nachdem er das Motorrad verkauft hat, ist er auch ein paar Mal einfach so aufgebrochen, hat aber immer einen Zettel hinterlassen oder eine SMS geschrieben. Wenn er gesagt hat, er ist zwei Tage in der Steiermark oder im Waldviertel, dann ist er nach zwei Tagen auch wieder nach Hause gekommen. Diesmal gar nichts, kein Zettel, keine SMS, keine Nachricht. Ich habe keine Ahnung, wo er ist und was er tut.«

Die Frau redete schnell und knetete ihre Hände. War da ein Glanz von Tränen in ihren Augen? Hoffmann musste sie etwas runterkühlen.

»Ich verstehe Ihre Situation, Frau Zeidler, aber die Ihres Mannes verstehe ich noch nicht so genau. Erzählen Sie bitte von ihm, ich muss ihn ein bisschen kennenlernen.«

Klara Zeidler schnappte nach Luft.

»Er ist sehr sportlich. Fußballer. Zwei Jahre hat er bei Austria Wien gespielt, vier Jahre bei Admira Wacker, aber wegen Verletzungen am Sprunggelenk und am Knie hat er die Profikarriere beenden müssen. Danach hat er eine Trainerausbildung gemacht und war zehn Jahre lang als Jugendtrainer tätig. Ziemlich erfolgreich sogar. Kennen Sie Dušan Petković?«

»Der Name ist mir irgendwie geläufig.«

»Verteidiger im Nationalteam. Spielt in Italien bei AS Roma. Viktor hat Dušan hier in Ottakring entdeckt und ihn drei Jahre lang trainiert. Jetzt ist Dušan ein internationaler Profi. Viktor hat seinen Beruf geliebt. Aber dann ist auf einen Schlag alles anders geworden. Ich weiß bis heute nicht, was da passiert ist, aber irgendetwas ist passiert. Herr Inspektor, Viktor war immer lustig und gut aufgelegt, ja, wenn er getrunken hat, da konnte er schon laut werden, richtiggehend aggressiv. Ich habe es immer schon gehasst, wenn er betrunken war. Aber zu Hause trinkt er nicht, den Kindern und mir zuliebe. Viktor war ein toller Ehemann und ein super Vater. Bis zum Oktober vor zweieinhalb Jahren. Ich weiß es wie heute. Er war mit seinen Kumpels ein Wochenende auf Motorradtour und kam als anderer Mensch zurück. Bis heute hat er mir nicht gesagt, was damals vorgefallen ist, und je mehr ich gefragt habe, desto abweisender ist er geworden. Ich verstehe es einfach nicht.«

Die Frau hing eine Weile ihren Gedanken nach. Und in Hoffmann regte sich etwas. Er spürte einen Nachhall der Verzweiflung dieser Frau in sich. Ein anderer Mensch nach nur einem Wochenende? Das klang auffällig.

»Wollen Sie ein Glas Wasser, Frau Zeidler?«

Mit der Frage holte Hoffmann die Frau wieder ins Besprechungszimmer zurück.

»Ein Glas Wasser wäre gut.«

Hoffmann nickte dem Jungpolizisten zu, der sofort los eilte.

»Erzählen Sie bitte weiter.«

»Viktor hat sich immer weiter zurückgezogen. Irgendwann hat er den Job geschmissen, das Motorrad verkauft und sich immer öfter und länger in seinem Zimmer eingesperrt. Er hat Computerspiele gespielt.«

»Was für Computerspiele?«

»Nichts Aufregendes. So Zeug halt. Eine Zeit lang waren das Ballerspiele, blöde Ego-Shooter. Dann hat er mit den Rollenspielen begonnen, wo man wochenlang alleine vor dem Computer sitzt, durch unzählige Fantasiewelten läuft und irgendwelche Aufträge erledigen muss.«

»Hat er Arbeit im Haushalt übernommen?«

»Schon manchmal. Nicht immer. Mal so, mal so. Manche

Sachen sind einfach liegen geblieben. Gar nicht so wenige eigentlich.«

»Das ist bestimmt sehr schwer für Sie.«

»Und wie! Die Arbeit, die Kinder, der Haushalt, und dann noch ein Mann, der den ganzen Tag vor dem Computer hängt.«

»Und was war mit Sport? Hat er den Sport auch vernachlässigt?«

»So und so. Im Verein hat er zuletzt gar nicht mehr Fußball gespielt. Mit den Buben und ihren Freunden schon. Gelegentlich. Joggen war er regelmäßig. Immer alleine.«

Der Polizist kam zurück, stellte einen Pappbecher Wasser ab und setzte sich wieder auf seinen Platz.

»Gab es Streit?«

»Ja. Nein. Hören Sie, Herr Inspektor, jedes Mal, wenn ich richtig grantig war und streiten wollte, ist er mir ausgewichen, hat er sich verkrochen oder ist einen Tag lang verschwunden.«

»Wie schaut es mit Drogen aus?«

Klara Zeidler schüttelte entschieden den Kopf.

»Nein, Drogen, garantiert nicht! Viktor hat mit seinen Kumpels bestimmt bis zum Umfallen getrunken, aber Drogen hat er nie genommen. Er war Profisportler. Er verachtet Drogen. Auch Doping. Selbst in seiner Zeit als Bundesligaspieler hat er niemals gedopt. Das ist so eine Männersache. Lieber beiße ich die Zähne zusammen, bevor ich mir Anabolika oder anderes Zeug einwerfe. Das ist nach wie vor sein Leitsatz. Bier, das ist seine einzige Droge, aber die hat er gut im Griff.«

»Frau Zeidler, es tut mir leid, dass ich diese Frage so direkt stellen muss. Hat er Affären mit anderen Frauen gehabt?«

Sie atmete tief durch.

»Also ich weiß, dass er mit seiner alten Clique mindestens einmal in einem Bordell war. Sie wissen schon, Motorradfahrer auf Tour, die harten Jungs müssen die Sau rauslassen. Aber ich habe ihm nie gesagt, dass ich dahintergekommen bin. Es hat mich gekränkt, aber ich habe damals keine Szene gemacht, und ich würde auch heute keine machen. Solange das nicht ausufert. Aber eine andere Frau, eine Geliebte? Das kann ich mir wirklich nicht vorstellen. Er liebt mich. Und ich liebe ihn. Und gemeinsam lieben wir unsere Kinder.«

»Sie haben eine Motorradclique erwähnt.«

»Ja.«

»War das ein richtiger Verein oder mehr so eine private Runde?«

»Eine private Runde.«

»Nur Männer?«

»Ja. Sie sind immer zu fünft unterwegs gewesen. Fast zehn Jahre lang. So lange, bis Viktor sein Motorrad verkauft hat.«

»Ihr Mann trifft sich also nicht mehr mit seinen Freunden?«

»Gar nicht mehr.«

Hoffmann griff nach einem Stift.

»Nennen Sie mir bitte die Namen der Männer.«

»Also da sind einmal Jurko, Hugo und Armin …«

»Wissen Sie die vollständigen Namen?«

»Muss ich überlegen. Ernst Jurkowitsch. Alle nennen ihn Jurko. Er ist Automechaniker. Ein echter Biker. Jurko ist auch im Winter mit dem Motorrad unterwegs. Außer bei Schneelage und Glatteis. Dann Armin Retzer. Armin ist Manager in einer Versicherungsanstalt. Er hat Wirtschaft studiert. So, die Nachnamen von Hugo und Chris weiß ich leider nicht auswendig, da müsste ich in meinem Telefonregister nachblättern. Ich habe nämlich noch ein Telefonregister in Buchform. Wichtige Dinge schreibe ich mir immer auf.«

»Ist Chris die Abkürzung für Christian?«

»Nein, für Christoph. Er ist Ingenieur in einem Konstruktionsbüro.«

»Und Hugo?«

»Er ist Lehrer für Sport und Geografie an einem Gymnasium. Viktor und Hugo haben sich früher immer wieder zu zweit zum Joggen getroffen.«

»Und waren diese vier Männer an diesem ominösen Wochenende vor zweieinhalb Jahren mit Ihrem Mann zusammen?«

»Soweit ich weiß, ja.«

»Mir fällt auf, dass die Männer durch die Bank bürgerliche Berufe haben.«

»Das schon. Chris hat auch Familie. Armin, Hugo und Jurko sind unverheiratet. Also zumindest waren sie das, als Viktor mit ihnen noch Kontakt hatte.«

»Hatten Sie regelmäßig Kontakt zu den Freunden ihres Mannes?«

»Nein, aber Viktor hat immer wieder von ihnen erzählt.«

Hoffmann nickte und legte den Stift wieder aus der Hand.

»Wie steht es mit Waffen?«

Jetzt starrte Klara Hoffmann entgeistert an.

»Was meinen Sie mit Waffen?«

»Hat Ihr Mann eine Waffe? Eine Pistole? Ein Kampfmesser? Eine Schrotflinte?«

»Nein. Wozu sollte er eine Waffe haben?«

»Ich muss solche Fragen stellen.«

»Na ja, er hat ein Springmesser noch aus seiner Jugendzeit. Aber das liegt seit vielen Jahren in seinem Schreibtisch.«

»Liegt es noch dort? Haben Sie nachgesehen?«

»Das nicht.«

»Hat er eine Schusswaffe?«

»Hat er nicht.«

Hoffmann überdachte das Gehörte. Das war natürlich für die Frau eine üble Situation, aber offenbar war der Mann weder im Drogenrausch noch gefährlich bewaffnet unterwegs.

»Frau Zeidler, haben Sie diese Angaben bei Ihrer Anzeige gestern auch schon geleistet?«

»Ja.«

Hoffmann blickte der Frau direkt in die Augen.

»Warum also wollten Sie unbedingt mit der Kriminalpolizei sprechen?«

Da war Angst. Eindeutig. Er sah es glasklar. Sie rang nach Worten, griff zum Pappbecher und trank hastig.

»Frau Zeidler?«

»Wegen …«

Hoffmann ließ ihr Zeit.

»Wegen der Drohungen gegen ihn. Und uns. Wegen der toten Katze vor der Wohnungstür. Die zerstochenen Autoreifen. Wegen der Schmierereien an der Wand.«

Hoffmann lehnte sich zurück und verschränkte die Arme.

»Erzählen Sie bitte genauer.«

Die Frau bebte, hielt sich aber tapfer.

»Es war vor etwa einem Jahr. Da ist das vorgefallen. Ich habe wahnsinnige Angst gehabt. Wer macht so etwas? Eine tote Katze vor der Wohnungstür! Zum Glück haben die Kinder nichts davon bemerkt. Ich wollte natürlich sofort die Polizei verständigen, aber Viktor hat es mir verboten. Er hat gesagt, dass er das schon in Ordnung bringen würde. Und tatsächlich, irgendwann war es wirklich vorbei. Alles war wieder ruhig. Dann aber, vor ungefähr zwei Wochen, ich weiß den Tag nicht mehr so genau, hat er irgendwie so nebenbei gesagt, dass er jetzt reinen Tisch macht. Genau so hat er es gesagt: ›Ich mache reinen Tisch.‹ Ich habe zuerst gar nicht verstanden, was er damit gemeint hat. Jetzt aber, wo er seit fünf Tagen spurlos verschwunden ist, lässt mir diese Bemerkung keine Ruhe.«

Hoffmann kratzte sein Kinn und warf dem jungen Kollegen einen kurzen Blick zu.

»Der reine Tisch also.«

7. SZENE

Der beginnende April schickte sich an, der alten Stadt an der Donau jegliche graue Dunkelheit des vergangenen Winters abzuwaschen. Am späten Nachmittag hatte ein kurzer und heftiger Regenguss die letzten Staubreste des Rollsplitts in die Kanalisation gespült. Hoffmann hatte das Ende des Regengusses abgewartet und dann das Kommissariat verlassen. Mit dem 2er war er bis zur Albertgasse gefahren und dann in den 5er umgestiegen. Er nahm die Straßenbahn nicht, weil er ein überzeugter Verfechter des öffentlichen Verkehrs war, sondern weil er in den letzten Monaten auf den Geschmack gekommen war, mit ausgedehnten Fußmärschen der Hektik

Wiens seine Langsamkeit entgegenzusetzen. Ein paar Stationen mit der Straßenbahn, dann wieder ein Fußmarsch, dann wieder zwei, drei Stationen mit der U-Bahn, und dann wieder ein Fußmarsch, so hatte er sein Leben entschleunigt und dabei eine gute Kondition als Fußgänger aufgebaut. Seinen Wagen hatte er mit großem Vergnügen stehen gelassen. Aber morgen würde er wieder mit dem Wagen zur Arbeit fahren. Das Auto war ein Arbeitsgerät für ihn, und Arbeit war morgen zu leisten. Arbeit auf seine Art.

Beim Franz-Josef-Bahnhof stieg er aus der Straßenbahn. Das letzte Stückchen nahm er zu Fuß, über die Friedensbrücke, dann zum Gaußplatz und am Augarten entlang. Ein kleiner Fußmarsch, der flott ausgeführt den Kreislauf in Schwung brachte. Die Luft nach dem Regenguss war mild und rein. So rein, wie das am Franz-Josef-Bahnhof möglich war. Hoffmann stand vor einer roten Ampel.

Ein Fahrrad klingelte.

Hoffmann drehte seinen Kopf. Ein breites Lächeln legte sich auf sein Gesicht.

»So sieht man sich wieder!«

Sigrid Körner stieg vom Fahrrad, auch sie lächelte. Sie schob das Rad vom Radweg auf den Gehsteig.

»Jetzt hab ich dich glatt eingeholt.«

»Na ja, wenn du in die Pedale steigst, schaut der 5er mit seinen Beschleunigungswerten verflixt alt aus.«

»Bist du auf dem Heimweg oder noch dienstlich unterwegs?«

»Heimweg. Und du?«

»Detto Heimweg.«

»Na, dann gehen wir gemeinsam.«

Die Ampel schaltete auf Grün. Körner schob ihr Fahrrad, sie gingen nebeneinander.

»Und schon eingewöhnt?«

»Das geht schneller, als man denkt. Habe heute meinen ersten echten Fall übernommen.«

»Geh, hör auf! Und was?«

»Eine Vermisstenanzeige.«

Die beiden lachten.

»Na, wenn es nicht mehr ist.«

»Weißt eh, Sigrid, auch Kleinvieh macht Mist. Und doch gehört der Stall von Zeit zu Zeit ausgemistet. Seid ihr bei der Körperverletzung weitergekommen?«

Körner pfiff durch die Zähne.

»Nicht wirklich. Der Walter hat zwar wieder mal eine Zeugenbefragung der Sonderklasse hingelegt, aber solange der Hauptverdächtige flüchtig ist, nützt uns das recht wenig.«

»Zeugenbefragungen sind eine Stärke von Walter.«

»Ich lerne viel bei ihm.«

»Es gibt keinen besseren Lehrmeister.«

»Das würde ich nach über einem halben Jahr Zusammenarbeit mit Walter auch so sagen.«

»Du bereust also noch nicht, dass du zur Kriminalpolizei gegangen bist?«

»Ganz im Gegenteil. Endlich bin ich da, wo ich hinwollte.«

»Mitten in der Scheiße.«

Die beiden lachten wieder und gingen ein paar Schritte schweigend. Sie überquerten die Friedensbrücke und plauderten über dies und das. Schließlich kamen sie zum Gaußplatz. Sie hielten an. Hoffmann wohnte links direkt am Augarten, Körner ein paar Gassen weiter in der anderen Richtung. Hier trennten sich ihre Wege.

»Vielen Dank für den netten Abendspaziergang«, sagte Hoffmann. »Sollten wir vielleicht öfter unternehmen.«

»Solange wir im selben Viertel wohnen, könnte sich das schon ergeben.«

»Wir könnten uns ja mal außerhalb des Dienstweges treffen und im Augarten joggen.«

Sigrid Körner lachte.

»So wie damals?«

Hoffmann gestikulierte.

»So schlecht ist meine Kondition gar nicht. Kein Vergleich mehr zu früher. Ich bin jetzt ziemlich fit.«

Körners Lachen verschwand aus ihrem Gesicht. Vor ihr tauchten Erinnerungen auf, Bilder von einem verzweifelten Mann, dem noch nicht bewusst gewesen war, wie krank er wirklich war. Knapp vor der Diagnose. Blöde Zeit, Körner vertrieb mit aller Macht die Erinnerung daran. Sie hasste sich nach wie vor dafür, dass sie sich damals, als er Hilfe am Nötigsten gehabt hatte, von ihm ferngehalten hatte. Und die Wahrheit, dass er selbst sie auf Distanz gehalten hatte, war höchstens eine rationale Entschuldigung für ihr Verhalten, hatte aber mit ihren Gefühlen nicht das Geringste zu tun.

Hoffmann las in ihrem Gesicht. Nur kurz flog ein Schatten über ihre Miene, aber er wusste Bescheid. Und auch er spürte diesen bitteren Nachhall ihrer kurzen, aufwühlenden und so schnell vergangenen Beziehung. Er hatte damals den einzigen Menschen, zu dem er Vertrauen fassen konnte, verprellt, zurückgewiesen, an seiner kalten Todesangst abprallen lassen.

Warum waren die Beziehungen der Menschen immer so kompliziert? Gab es keine einfachen Lösungen? Keine klaren Wege?

»Und hast du eine Beziehung?«

Hoffmann wusste nicht, ob er überhaupt eine Antwort auf seine Frage hören wollte. Warum hatte er sie gestellt?

Tja, es war ihm einfach so passiert. Manche Dinge geschahen einfach.

Körner schaute über den Platz hinüber zu den Bäumen des großen Barockparks inmitten von Wien.

»Ja.«

»Das ist gut.«

»Es ist okay.«

»Kenne ich ihn?«

»Nein.«

»Netter Mann?«

»Aber ja.«

»Wie heißt er?«

»Erwin.«

»Wie lange schon?«

»Ein paar Monate.«

»Ich freue mich für dich.«

»Ich bin zufrieden.«

»Wohnt ihr zusammen?«

»Nein. Das will ich nicht.«

Sie standen ein Weilchen beieinander.

»Und du?«, fragte nun Körner.

»Wie immer.«

»Also solo.«

»Ich muss mich erst wieder an Menschen gewöhnen. Das dauert noch ein bisschen.«

Wieder schwiegen sie.

»Und noch mal alles Gute zum Geburtstag.«

»Der erst in zwei Tagen ist. Trotzdem danke. War eine schöne kleine Feier heute Vormittag.«

»Finde ich auch.«

»Also dann, wir sehen uns.«

»Servus, bis morgen, Sigrid.«

8. SZENE

»Du, Mama.«

Klara Zeidler schlichtete die benutzten Teller in die Spülmaschine. Sie hatte zum Abendessen eine Packung Nudeln gekocht, eine Tomatensoße aus dem Glas erhitzt und eine Packung Parmesan auf den Tisch gestellt. Schnelle Küche. Wie lange träumte sie davon, mal wieder richtig zu kochen? Zwei Stunden lang Handgriff um Handgriff aus frischen Zutaten und duftenden Gewürzen ein echtes Mahl zu formen. Das wäre etwas. Keine Arbeit, ein Vergnügen. Kochen hatte ihr immer schon Spaß gemacht. Schweinsbraten mit Kraut und Knödel, Gemüselasagne, Gnocchi mit Spinat, es gab so viele Gerichte, die sie seit Langem nicht mehr zubereitet hatte oder die sie zum ersten Mal ausprobieren wollte. Abends ein Kochbuch aufschlagen und darin schmökern, am nächsten Morgen zum Einkaufen fahren und dann in der Küche zaubern. Und mittags könnten sich ihre Männer die Mägen bis zur Oberkante vollschlagen. Und was setzte sie ihnen vor? Schnelles Essen aus dem Glas, der Tiefkühltruhe und der Mikrowelle. Essen, das ihr selbst nicht schmeckte.

»Mama!«

Klara tauchte aus ihren Gedanken hoch. Sie drehte sich um. Marvin stand an der Küchentür und schaute sie mit verzwickter Miene an.

»Ja?«

»Hab da eine Frage.«

»Nämlich?«

Sie sah, dass es ihrem Sohn schwerfiel, das auszusprechen, was ihn beschäftigte.

»Eigentlich ist es eine Frage von Herrn Smekal.«

»Geht es ums Fußballspielen?«

Marvin nickte.

»Er lässt fragen, ob Papa wieder mal in den Turnunterricht kommen kann.«

Klaras Miene verdüsterte sich. Was sollte sie darauf erwidern?

Herr Smekal war Sportlehrer am Gymnasium, und da der Mann nicht mehr der Jüngste war, eine Hüftoperation hinter sich hatte und in Wahrheit bloß noch die Zeit bis zu seiner Pensionierung abdiente, konnte er seine Schüler nicht mehr so recht bei Laune halten. Herr Smekal war kein schlechter Lehrer und bei den Schülern auch beliebt, vor allem im Bereich Leichtathletik konnte er seine jahrelange Erfahrung weitergeben, aber alles, was mit Ballspielen zu tun hatte, mied er. Und gerade die Ballspiele waren beliebt. Viktor hatte im letzten Semester zweimal im Sportunterricht mit den Burschen Fußball gespielt und sie dabei richtig gefordert. Nicht wenige Schulkameraden beneideten Marvin für einen so coolen Vater.

Das Schweigen zwischen Mutter und Sohn lastete im Raum.

»Keine Ahnung.«

»Wo ist Papa eigentlich?«

»Keine Ahnung.«

Marvin kaute auf seinen Lippen herum.

Viktor hatte es nie zugegeben, er hatte genau darauf geachtet, nichts nach außen dringen zu lassen, aber Klara hatte sehr bald verstanden, dass Viktor von seinem Erstgeborenen ein bisschen enttäuscht war. Ein bisschen wohlgemerkt, denn als die Volksschullehrerin von Marvins Leistungen richtiggehend geschwärmt hatte, war Viktor schon mächtig stolz gewesen. Marvin war kein Draufgänger, kein Raufbold, er war nicht wirklich ein sehr stilles und introvertiertes Kind, aber doch ein Bursche, der sich nicht in den Vordergrund drängte, der bei den wilden Spielen zwar mitmachte, aber kein Rädelsführer war. Und Marvin steckte seine Nase gern in Bücher über die alten Griechen, die Wikinger und das Mittelalter. Seine schulischen Leistungen waren von Anfang an überzeugend gewesen. Klara wusste, dass Viktor sich seinem jüngeren Sohn enger verbunden fühlte als seinem älteren. Eben weil Robin schon mit acht Jahren das Temperament eines Raufbolds und Rädelsführer zeigte.

»Hat er uns verlassen?«

»Nein.«

»Wo ist er dann?«

»Er ist unterwegs.«

»Werdet ihr euch scheiden lassen?«

Klara schnappte nach Luft.

»Daran brauchst du nicht einmal zu denken, Marvin! Nein, dein Papa ist nur ein Weilchen unterwegs.«

»Er hat Probleme, nicht wahr?«

Marvin war nicht nur gelehrig, er hatte auch Fühler. Also Klara war immer schon stolz auf ihren Erstgeborenen gewesen. Auch wenn er jetzt verdammt unangenehme Fragen stellte.

»Ja. Und sobald er seine Probleme in den Griff gekriegt hat, wird er wieder da sein. Du kannst mir glauben.«

Klara drängte den Gedanken zurück, dass sie nicht ihren Sohn, sondern in erster Linie sich selbst beschwichtigen wollte. Bleib auf Kurs, Mädchen, lass dich nicht unterkriegen, du kannst es schaffen, du wirst es schaffen, schoss es ihr durch den Kopf. Ihr Mantra. Damit hatte sie ihr Leben in den Griff gekriegt.

»Was soll ich Herrn Smekal sagen?«

»Richte ihm schöne Grüße von mir aus und sage ihm, dass Papa derzeit leider beschäftigt ist. Er wird sich melden, sobald er ein bisschen Luft hat.«

Marvin überlegte einen Augenblick, ob er mit dieser Aussage irgendetwas anfangen konnte. Kurz nickte er seiner Mutter zu und verschwand wieder in seinem Zimmer.

Klara klappte die Spülmaschine zu und startete das Waschprogramm. Sie stützte sich mit beiden Händen auf die Arbeitsplatte des Küchenblocks und starrte zum Fenster hinaus. Was hatte sie sich eigentlich von ihrem heutigen Vorsprechen im Kommissariat erwartet? Beschissene Situation. Der junge Polizist war ja wirklich jenseits von Gut und Böse gewesen, der hatte gar nichts kapiert. Zum Glück hatte er diesen Kriminalpolizisten gerufen.

Klara versuchte, sich das Gesicht des Mannes vor Augen zu holen. Es gelang nicht. Wie hatte er geheißen? Sie dachte nach. Hoffmann. Das war es! Chefinspektor Hoffmann. Plötzlich war auch das Gesicht wieder da. Ein aufmerksamer Mann, einer, der zuhören konnte, dem man nicht alles zweimal erklären musste. Ihr fiel seine Miene wieder ein, als sie vom ›reinen Tisch machen‹ erzählt hatte. Der Kriminalist hatte diesen Satz ernst genommen. Endlich einer, der sie ernst nahm. In ihrem Freundeskreis hatten alle gesagt, egal ob Frauen oder Männer, dass sie sich keine Sorgen machen solle, dass Viktor ein bisschen Zeit brauche, dass er in seinem Leben alles wieder ins Lot bringen müsse und dass er bestimmt bald wieder auftauchen würde, sie wisse ja nur zu gut, dass Viktor manchmal auch schwierig sein konnte. Beschwichtigungen. Dieser Inspektor Hoffmann hatte sofort überlegt, was passieren würde, wenn Viktor nicht wieder auftauchte. Er war der Einzige, der diese Möglichkeit ungeschönt ins Kalkül zog. Das war Klara jetzt klar.

Das Messer!

Der Gedanke fühlte sich wie eine Ohrfeige an.

Klara warf sich herum und huschte durch die Wohnung. Sie betrat Viktors Zimmer. Seit einem Jahr schlief er nicht mehr im Schlafzimmer. Er hatte das kleine Kabinett vollständig in Beschlag genommen. Klara öffnete die Schubladen. Sie kramte darin. Sie war sich sicher, dass das Springmesser in einer der Schubladen gelegen hatte.

Nichts. Das Messer war nicht da.

Angst? Zorn? Oder gar Panik? Was fühlte sie? Alles gleichzeitig?

DONNERSTAG

9. SZENE

Als wohnlich konnte man das Hinterzimmer nicht bezeichnen. Auch wenn er den Staub beseitigt und sich eine Schlafnische eingerichtet hatte. Durch das Fenster im Hinterzimmer sah er auf den Innenhof hinaus, der von einem mannshohen Bretterzaun eingefasst war. Die Bretter waren bereits morsch und löchrig, aber der Zaun war von Wildrosen und Haselnussgebüschen so dicht bewachsen, dass kein Licht hindurchdringen konnte. Außerdem verwendete er nur Kerzen. Die Nachbarn hätten schon über den Bretterzaun schauen müssen, um abends den schwachen Lichtschein zu bemerken.

Viktor riss die Packung mit dem in Scheiben geschnittenen Brot auf, dann zog er den Deckel von der Konserve mit Leberwurst. Jede Bewegung war mühsam und qualvoll. Langsam nahm er sein Frühstück ein. Die Sonne lugte erst ein Stückchen über den Horizont. Viel hatte er nicht geschlafen. Er schlief ohnedies nie sehr viel. Sechs Stunden, wenn es hochkam.

Viktor rechnete nach. Es musste Donnerstag sein. Er hatte keine Ahnung, wie die Zeit so schnell hatte vergehen können. Viel hatte er hier nicht zu tun, viel konnte er hier nicht tun, eigentlich wartete er nur, bis die verdammte Wunde nicht mehr so höllisch schmerzte. Warum die Wunde nicht schneller verheilte? Immer wieder sickerte Blut in den Verband.

Ihm war es gelungen, zu einem der Nachbarhäuser zu schleichen und dort Wäsche von der Leine zu stehlen. Eine blaue Arbeitshose, ein Paar Jeans, drei Hemden, eine grüne Arbeitsjacke. Mit seinen blutbesudelten Kleidern konnte er sich nicht unter Menschen wagen, aber als Arbeiter verkleidet war er am Dienstag zum Einkaufen gefahren. Natürlich nicht hier im Dorf, er war in die Bezirkshauptstadt gefahren und hatte im Einkaufszentrum Nahrung, Kleidung, Decken und Verbandszeug besorgt. Als er von der Einkaufstour zurück auf den alten Bauernhof gekommen war, hatte er sich hinlegen müssen und war auf der Stelle eingeschlafen. Vielleicht war das eine Art Bewusstlosigkeit aufgrund der Schmerzen gewesen. Viktor wusste es nicht so genau, er wusste nur, dass er erst viele Stunden später aufgewacht war und dass der Verband und das gestohlene karierte Hemd blutgetränkt gewesen waren.

Seither verließ er das Grundstück nicht, selbst das Haus verließ er nur, um seine Notdurft zu verrichten. Wasser gab es im alten Brunnen. Es war gutes Wasser, seine Großeltern und deren Eltern hatten dieses Wasser ein Leben lang getrunken.

Der Computer ging ihm gar nicht ab. Diese verdammten Spiele. Erst jetzt bemerkte er, dass er danach süchtig gewesen war. Ja, das war eine Sucht gewesen, von der er nun geheilt war. Eine Pistolenkugel hatte ihm diese Sucht ausgetrieben.

Klara fehlte ihm.

Wie oft hatte er sich über sie geärgert? Ihre ewigen Fragen, diese blöde Diskussionswut und die permanente Anklage in ihrem Blick widerten ihn zwar an, aber Klara sorgte für Ordnung. Die er jetzt mehr als nötig brauchte. Sie hatte ihn einfach nie wirklich verstanden. Oder hatte er sie nicht verstanden? Scheißegal.

Und die Jungs fehlten ihm ebenso. Seine Söhne.

Es hätte niemals so weit kommen dürfen. Niemals!

Die anderen würden ihn fertigmachen. Und in seinem Zustand würde er ihnen nichts entgegensetzen können. Und genau deshalb durfte er nicht mehr zurück. Deswegen musste er sich verstecken. Er musste alles geben. Alles.

10. SZENE

Gerhard Assmann und Wolfgang Hoffmann saßen wie in alten Zeiten an ihren Schreibtischen und verbrannten einträchtig Steuergelder. Allerdings nicht nutzlos, sondern in der Absicht, den sozialen Frieden und das bestehende Rechtssystem abzusichern. Polizeiarbeit eben, die gar nicht so selten mit stiller Arbeit an den Computern geleistet werden musste. Assmann sammelte Daten über ein paar Männer, die in einem zwielichtigen Lokal im 15. Bezirk eine Schlägerei angezettelt hatten. Einer der Streithähne hatte erhebliche Schnittverletzungen erlitten, als er durch eine Glastür gestoßen worden war. Hoffmann grub nach Informationen über einen Familienvater, der in jungen Jahren eine beachtliche Karriere als Fußballer hingelegt hatte. Er las archivierte Zeitungsartikel über die Erfolge und Misserfolge der Wiener Austria. In jener Zeit war Viktor Zeidler ein Leistungsträger im defensiven Mittelfeld gewesen.

Durch die offen stehende Tür trat Caroline Stranek herein. Hoffmann hob den Blick.

»Morgen, die Herren.«

Hoffmann lächelte seiner Kollegin zu.

»Guten Morgen.«

Assmann brummte irgendetwas vor sich hin, das man durchaus als Begrüßung interpretieren konnte. Hoffmann fiel das Grinsen von Stranek auf. Er legte den Kopf schief und ließ seinen Blick nicht von ihr. Was sie wiederum bemerkte. Stranek zuckte mit den Schultern.

»Ihr zwei wirkt wie Streber knapp vor der Matura. Fleißig, fleißig.«

Assmann schaute über den Rand seines Bildschirms.

»Na, haben wir heute ein paar Scherzkekse gefrühstückt?«

Stranek feixte Hoffmann an und zeigte mit dem Daumen zu Assmann.

»Dass er ein Streber ist, weiß ich eh schon länger, aber dass du da in derselben Liga spielst, verwundert mich ein bisschen.«

Hoffmann lachte. In Sachen Lebenseinstellung passten Assmann und Stranek nur mäßig zusammen, aber die beiden hatten eine funktionierende Kommunikationsmethode entwickelt. Schon klar, Stranek hatte den höheren Dienstgrad und war auch ein paar Jahre länger im Dienst, aber durch ihr jugendliches, oft burschikoses Auftreten wirkte sie gar nicht wie eine erfahrene Kriminalistin. Eher wie eine schlagfertige Rockerbraut. Assmann hingegen trug stets Jacketts, gebügelte Hemden und Hosen. Nur die Krawatte ließ er im Alltag weg. Die beiden schenkten sich bei gegenseitigen Sticheleien nichts, nicht ohne allerdings auf ein Augenzwinkern zu verzichten. In den meisten Fällen zumindest.

»Ich verbitte mir, mit dem Kollegen Hoffmann in einen Topf geworfen zu werden!«, protestierte Assmann energisch.

Hoffmann hob die Hände.

»Ich gebe euch in allem recht. Wurscht worum es eigentlich geht.«

Stranek stemmte die Fäuste in die Hüften.

»Nicht nur ein Streber, auch ein Opportunist.«

Die drei lachten, widmeten sich dann aber ihrer Arbeit.

Nach einer Weile rollte Stranek auf ihrem Schreibtischstuhl ein Stückchen zur Seite und schaute zu Hoffmann hinüber.

»Du, Wolfgang, wegen deiner Notiz von gestern.«

»Ja?«

»Was war da los?«

»Der Kollege Doppelhofer hat dich angerufen. Ihr wart ja unterwegs, also habe ich die Sache übernommen.«

»Worum geht es?«

»Vermisstensache. Auf den ersten Blick nichts Tragisches.«

»Muss ich da irgendetwas tun?«

»Nein. Ein Familienvater ist auf Abwegen, seine Frau macht sich Sorgen. Vorerst kein großes Thema, wenngleich die Frau ein paar Dinge gesagt hat, die ich mir näher anschauen möchte.«

»Das heißt, ich kann die Notiz archivieren?«

»Genau. Hab sie nur geschrieben, damit du Bescheid weißt. Doppelhofer hat ja nach dir gefragt.«

»Alles klar. Danke für die Info.«

»Nur eines vielleicht. Sagt euch der Name Viktor Zeidler etwas?«

Nun schaute auch Assmann zu Hoffmann. Die beiden dachten nach. Stranek schüttelte verneinend den Kopf.

»Doch. Da klingelt etwas«, sagte Assmann. »Fußballer bei der Wiener Austria. Ist schon ein paar Jahre her.«

Hoffmann hatte bereits mehrfach über Assmanns Gedächtnis in Sachen Sport gestaunt.

»Genau. Der Mann ist verschwunden.«

Assmann verzog das Gesicht.

»Der Doppelhofer. Das ist so ein Problemfall«, brummte Assmann.

Stranek winkte ab.

»Nur nicht vorschnell schießen, Herr Kollege. Der Bursche ist noch jung.«

»Okay, er ist jung, aber trotzdem schon seit drei Jahren beim Haufen. Aus dem wird nichts werden. Ein Nervenbündel.«

In Hoffmanns Erinnerung blitzte auf, was Assmann für ein Nervenbündel gewesen war, als er seinen Dienst als Kriminalpolizist begonnen hatte. Und wie mühsam es damals gewesen war, mit Assmann halbwegs auszukommen. Doch mittlerweile war er ein prima Kriminalist. Aber Hoffmann verkniff sich jeden diesbezüglichen Kommentar. Schließlich war das in seinem alten Leben als Drogenfahnder gewesen. Jetzt begann er ja ein neues Leben. Und da wollte er nicht gleich die alten Geschichten aufwärmen.

»Nicht jeder ist zum Polizeipräsidenten geeignet. Es muss auch ein paar Streifenpolizisten geben«, sagte Hoffmann.

»Völlig richtig«, stimmte Stranek zu.

Assmann nickte Hoffmann zu.

»Und wenn da irgendetwas mit Viktor Zeidler ist, lass es mich wissen. Würde mich interessieren, was aus dem Mann geworden ist. War ein ziemlich guter Kicker. Hätte es fast in den Kader der Nationalmannschaft geschafft.«

»Na klar, wenn was ist, gebe ich Bescheid.«

11. SZENE

Er kannte das Musikstück. Jeder Österreicher kannte es. Der Donauwalzer von Johann Strauss Sohn. Dass das Krankenhaus in Krems an der Donau die berühmteste Komposition des Wiener Walzerkönigs als Hintergrundmusik für die Warteschleife der Telefonanlage gewählt hatte, fand Hoffmann nicht überraschend. Seit beinahe zehn Minuten hing er am Telefon und hoffte, dass der Arzt endlich abheben würde. Nun, die Frau in der Vermittlung hatte Hoffmann geraten, nach Dienstende des Arztes noch einmal anzurufen, aber Hoffmann hatte sich für die Warteschleife entschieden. Er zeichnete Spiralen und Wellen auf seinen Notizblock, dachte über dies und das nach, befand sich im Geiste ebenso in einer Warteschleife. Gehörte auch dazu. Niemand konnte acht Stunden am Tag ohne Pause Kopfarbeit verrichten. Ein melodiöser Walzer im Ohr half, um einfach mal nichts zu tun. Seit Stunden saß er vor dem Bildschirm, er hatte sich durch die Datenbank gewühlt, Berichte gelesen, Informationen beschafft, sich ein Bild von diesem und jenem Sachverhalt gemacht.

»Knoll.«

Die Stimme riss Hoffmann aus der Tagträumerei.

»Guten Tag, Herr Knoll. Mein Name ist Wolfgang Hoffmann, Kriminalpolizei Wien.«

Dr. Alfons Knoll war Oberarzt in der unfallchirurgischen Ambulanz. Die Frau an der Vermittlung hatte Hoffmann gesagt, dass der Arzt bei einer Behandlung war. Klar hatte Hoffmann mit einer Wartezeit gerechnet. Blutende Wunden mussten behandelt werden, die Fragen von Polizisten konnten später beantwortet werden.

»Guten Tag.«

Hoffmann zog nun das Papier an sich heran und ließ seine Augen noch einmal schnell über die Zeilen fliegen.

»Herr Knoll, ich danke Ihnen, dass Sie sich die Zeit nehmen.«

»Bitte sehr. Was kann ich für Sie tun, Herr Inspektor?«

»Es geht um einen Bericht, auf den ich im Zuge einer Recherche gestoßen bin. Zu diesem Bericht habe ich eine Frage.«

»Welcher Bericht?«

»Ein Polizeibericht. Und zwar haben Sie die Verletzungen eines Mannes namens Viktor Zeidler verarztet. Ein Motorradunfall. Herr Zeidler hatte Hämatome am Oberkörper und einen dislozierten Nasenbeinbruch. Im Röntgen fanden sich keine weiteren Knochenbrüche, auch innere Verletzungen konnten nicht festgestellt werden. Herr Zeidler ist an der Nase operiert und vier Tage später wieder entlassen worden.«

»Hm, der Name Zeidler sagt mir jetzt gar nichts.«

»Herr Doktor, Sie haben Zweifel an der Ursache der Verletzungen gehabt und eine Meldung an die Polizei wegen des Verdachts auf schwere Körperverletzung gemacht. Die polizeilichen Untersuchungen haben aber keine Verdachtsmomente an den Angaben Herrn Zeidlers feststellen können. Die Unfallursache ist offiziell ein Motorradunfall.«

»Und was ist Ihre Frage?«

»Warum, Herr Doktor, haben Sie Zweifel an der Ursache der Verletzungen des Mannes gehabt und die Polizei eingeschaltet?«

Der Mann dachte nach. Hoffmann gab ihm Zeit.

»Also ich kann mich an diese Begebenheit nicht erinnern.«

»Das war im Juli vor vier Jahren.«

Der Arzt pfiff durch die Zähne.

»Na Sie sind gut, Herr Inspektor! Vier Jahre! Wissen Sie, wie viele Motorradunfälle ich im Jahr behandle?«

»Eine Menge, nehme ich an.«

»Da liegen Sie richtig. Erst letzte Woche habe ich einen 44-jährigen Mann mit Becken- und multipler Wirbelsäulenfraktur auf dem Tisch gehabt. Wir haben ihn notdürftig zusammengeflickt, aber der Mann wird nie wieder in seinem Leben auf ein Motorrad steigen. Fraglich, ob er jemals wieder aufrecht gehen wird können. Die Operation dauerte fünf Stunden. Wegen der Verletzungen an der Wirbelsäule mussten wir eine erfahrene Kollegin der Orthopädie hinzuziehen. Solche Vorfälle merke ich mir. Aber ein paar blaue Flecken und eine gebrochene Nase vor vier Jahren? Also beim besten Willen, Herr Inspektor, aus dem Stegreif kann ich Ihre Frage nicht beantworten.«

»Dafür habe ich volles Verständnis. Darf ich Sie trotzdem bitten, dass Sie sich den Namen notieren und in Ihren Aufzeichnungen stöbern? Ich rufe Sie morgen wieder an.«

»Ist es wichtig?«

»Sonst würde ich Sie nicht bemühen.«

Hoffmann sah förmlich vor sich, wie der Arzt überlegte und schließlich nach einem Stift griff.

»Also gut, ich notiere.«

Nachdem Hoffmann den Hörer aufgelegt hatte, schaute er ein Weilchen zum Fenster. War die Frage wirklich wichtig? Nach einer Weile zuckte er mit den Schultern. Was war schon wichtig?

Er schloss alle offenen Programme und schaltete den Computer in den Ruhemodus. Hoffmann langte nach seiner Jacke. Gerhard Assmann war unterwegs, Caroline Stranek saß an ihrem Arbeitsplatz. Hoffmann schaute auf die Uhr. Später Nachmittag.

»Du, Caroline, ich muss noch mal raus.«

Stranek nickte nur und kritzelte weiter mit dem Bleistift an einer Rohfassung eines Berichts herum. Hoffmann wusste, dass Stranek umfangreiche oder aufwendige Berichte gerne auf Papier las und an ihren Sätzen feilte. Sie schrieb nicht schlecht, fand Hoffmann, aber Orthografie und Grammatik waren nicht unbedingt ihre Stärken.

Er stieg gemächlich die Treppe hinab, verließ das Gebäude und ging auf seinen Wagen zu.

12. SZENE

Hoffmann stemmte sich gegen die Tür und trat über die Schwelle. Radiomusik in dezenter Lautstärke, der typische Geruch von Haarpflegemitteln und menschliche Stimmen empfingen ihn. Er ließ seinen Blick kreisen. Nagelneues Interieur, helle Wände, ein sauberer Boden, Klaras Friseursalon machte wirklich etwas her. Chic, jugendlich und belebt.

Links vor der breiten Spiegelfront lärmten drei Jugendliche. Einer der etwa 18-jährigen Burschen saß auf einem

Stuhl und wurde von einer dunkelhaarigen Frau Ende 20 frisiert, die beiden anderen standen daneben und machten blöde Kommentare. Die Gruppe schien Spaß zu haben, auch die Friseurin, die sich in einem Mischmasch aus serbischer und deutscher Sprache mit den Burschen unterhielt. Rechts an der Fensterfront saßen zwei Frauen mittleren Alters, eine unter einer Trockenhaube, die andere wurde eben von einer blonden Frau Mitte 30 bedient. Hoffmann hörte sofort, dass die Friseurin mit ungarischem Akzent sprach.

Eine lächelnde Frau Ende 40 trat Hoffmann entgegen.

»Guten Tag.«

»Guten Tag.«

»Möchten Sie sich setzen?«

Die Frau hatte ein offenes und freundliches Gesicht. Sie machte eine einladende Geste zur linken Seite des Raumes. Dort wurden also die Männer bedient. Hoffmann schaute kurz in den Spiegel. Nun, er könnte durchaus mal wieder einen Haarschnitt vertragen.

»Sie bedienen also Frauen und Männer?«

»Ja.«

»Das ist nicht üblich bei den Friseurläden in Ottakring.«

»Die Chefin ist Österreicherin. Die getrennten Läden werden in der Regel von Muslimen geführt.«

»Sind Sie Frau Gönal?«

»Ja.«

»Sind Sie Muslimin?«

»Ja.«

»Und Sie haben kein Problem, dass hier auch Männer bedient werden?«

»Wenn Sie sich von einer Muslimin die Haare schneiden lassen, können Sie sich gerne setzen. Ich kann mich in Kürze um Ihr Anliegen kümmern.«

Hoffmann nickte anerkennend. Eine gute Antwort. Die Frau war schlagfertig.

»Heute nicht, aber das nächste Mal gerne.«

Die Frau zog die Augenbrauen hoch.

»Kann ich sonst etwas für Sie tun?«

»Ist Frau Zeidler im Haus?«

»Ja. Die Chefin ist im Büro.«

»Ich muss mit Frau Zeidler sprechen. Mein Name ist Hoffmann, ich bin von der Kriminalpolizei. Bitte melden Sie mich an.«

Hoffmann hatte nicht laut gesprochen, aber schlagartig schauten ihn bis auf die Frau unter der Trockenhaube alle an. Wie still es auf einmal geworden war. Frau Gönal nickte und verschwand nach hinten. Hoffmann dachte nach. Irgendetwas war ihm noch aufgefallen. Was war es? Er ließ den Blick erneut kreisen. Jetzt hatte er es! Die vier Frauen, die hier arbeiteten, waren auffällig attraktiv. Die beiden Mitarbeiterinnen Eszter und Silvija, die Ungarin und die Serbin, waren nicht nur hübsche Frauen, sondern auch auffallend gestylt. Für Hoffmanns Geschmack ein bisschen zu überdreht, dennoch mit sehr femininem Stil. Frau Gönal trat nicht so auffällig und bunt auf, sondern elegant und sorgsam gepflegt. In jedem Fall musste die Türkin in jungen Jahren von bemerkenswerter Schönheit gewesen sein. Und dass die Chefin selbst eine attraktive Frau war, wusste Hoffmann. Von solchen Friseurinnen ließ man sich gerne eine neue Frisur verpassen und nahm bestimmt auch den einen oder anderen Stylingtipp mit. Und dass der Laden florierte, war offensichtlich. Eben traten zwei junge Frauen ein, die ganz selbstverständlich rechts an der Fensterfront im Wartebereich Platz nahmen und nach den dort gestapelten Modezeitschriften griffen.

»Guten Tag, Herr Inspektor.«

»Guten Tag.«

Klara Zeidler reichte Hoffmann die Hand. Ihm fiel wieder die Festigkeit ihres Händedrucks auf.

»Kommen Sie doch bitte in mein Büro.«

»Gerne.«

Frau Gönal musterte Hoffmann noch mit scheeler Miene, ehe sie auf die beiden neuen Kundinnen zuging. Klara schloss hinter Hoffmann die Tür zu ihrem Büro. Er sah sich um. Das Büro passte zum Gesamtbild des Ladens, sauber, modisch, ordentlich. Auf dem Schreibtisch lagen Papiere ausgebreitet. Lieferscheine, Rechnungen, Geschäftskorrespondenz.

»Sie entschuldigen das Durcheinander, ich bin gerade bei der Buchhaltung. Muss auch gemacht werden.«

»Also ich finde den Schreibtisch sehr ordentlich. Sie müssten erst mal meinen sehen.«

Klara lächelte über die Bemerkung und packte mit schnellen Handgriffen die Papiere zusammen.

»Machen Sie sich keine Umstände, Frau Zeidler, mich stören die Papiere gar nicht. Ich will mit Ihnen ja nur ein wenig plaudern.«

»Haben Sie etwas über Viktor herausgefunden?«, platzte sie heraus.

»Über seinen Aufenthaltsort habe ich leider nichts in Erfahrung gebracht. In Wahrheit kann ich Ihnen gar nichts sagen, sondern ich habe gehofft, dass Sie mir das eine oder andere sagen können.«

Ihre Miene spiegelte Enttäuschung wider.

»Aha, und was?«

Sie ist zielstrebig, schoss es Hoffmann durch den Kopf, forsch und zielstrebig. Natürlich, das musste sie sein, sonst hätte sie wohl ihr Leben nicht so auf die Reihe gekriegt.

Hoffmann hatte sich natürlich auch über Klara schlaugemacht. Ihren Vater hatte sie wohl nie kennengelernt, zumindest fehlte ein Name in der Datenbank. Die Mutter lebte in einem Gemeindebau in Wien-Meidling und arbeitete halbtags als Küchenhilfskraft in einem Gasthaus. Die Frau ist in ihren jungen wilden Jahren Tänzerin in einem Nachtclub gewesen. Alkohol- und Drogenexzesse waren amtsbekannt. Hoffmann hatte die Frau noch nie getroffen, aber er hatte ein ziemlich klares Bild vor Augen. Er sah eine in jungen Jahren bildhübsche Frau, die sich in schlechter Gesellschaft wohlgefühlt und die ein paar Jahre in Saus und Braus gelebt hatte, die jedoch mit einem unehelichen Kind und ohne Ausbildung bemerken musste, dass alternde Nachtclubtänzerinnen keine sehr guten Chancen auf dem Arbeitsmarkt hatten. Aus diesem Milieu hatte sich Klara Peterka, wie ihr Mädchenname lautete, durch Fleiß, Gelehrigkeit und harter Arbeit erhoben, hatte die Meisterprüfung mit Bravour abgelegt, hatte einen feschen Profisportler geheiratet, zwei prächtige Söhne in die Welt gesetzt und einen florierenden Laden auf der Thaliastraße eröffnet. Hoffmann gestand sich ein, als Klara ihm so gegenübersaß, dass er auf diesen Ex-Fußballer ein bisschen neidisch war. Er lehnte sich zurück.

»Ich habe mich ein wenig umgesehen und Informationen gesammelt. Das Fahrzeug Ihres Mannes, der Fiat Doblo, ist in den letzten Tagen nirgendwo registriert worden. Keine Strafmandate wegen Falschparkens, kein Verkehrsdelikt wegen überhöhter Geschwindigkeit, nichts Derartiges. Ich bitte um Verständnis, dass wir wegen einer Vermisstenanzeige keine Handy-Ortung oder Sichtung von Bankomat-Abhebungen durchführen können. Solche Dinge macht die Polizei nur bei Kapitalverbrechen. Die Staatsanwaltschaft achtet sehr genau auf die Einhaltung von Datenschutzbestimmungen. Was ich im Übrigen absolut richtig finde. Ein bisschen Privatsphäre muss der Staat seinen Bürgern schon lassen. Vielen Dank auch, dass Sie mir die Namen und Telefonnummern von Hugo Swoboda und Christoph Prüller gemailt haben. Das war sehr hilfreich.«

»Bitte sehr.«

»Und da habe ich gleich eine Frage.«

»Nämlich?«

»Sie haben erwähnt, dass Ihr Mann von einer Motorradtour im Oktober 2015 verstört zurückgekommen ist und sich seither sein Leben verändert hat.«

»Das habe ich.«

Hoffmann griff in seine Jacketttasche und zog sein Smartphone heraus. Er wischte darauf herum.

»Ich habe hier einen Kalender des Jahres 2015. Wann genau war diese Tour? Können Sie das noch sagen?«

Er zeigte ihr den Monatskalender von Oktober 2015. Klara schaute nur kurz auf die Anzeige.

»Das kann ich Ihnen sagen. Viktor war von Freitag den 16. Oktober bis Sonntag den 18. Oktober unterwegs. Am Freitag ist er am frühen Nachmittag losgefahren und Sonntagnacht zurückgekommen. Die Kinder haben längst geschlafen und ich war auch schon im Bett. Es muss so gegen 23 Uhr gewesen sein.«

»Das wissen Sie mit Bestimmtheit?«

»Ja. Weil ich mir das ein paar Wochen später genau angesehen habe. Mir ist damals sehr bald aufgefallen, dass da etwas nicht stimmte, deshalb weiß ich das noch so genau.«

Hoffmann nickte, steckte das Smartphone ein und machte sich auf seinem Block Notizen.

»Vielen Dank für diese Information. Daran schließt sich eine weitere Frage.«

»Und zwar?«

»Ist Ihnen bekannt, dass Christoph Prüller in der Nacht vom 17. zum 18. Oktober 2015 um ein Uhr früh in das Lorenz-Böhler-Unfallkrankenhaus eingeliefert worden ist?«

Klaras Stirn verdunkelte sich.

»Nein. Habe ich nicht gewusst.«

»Hat Ihr Mann damals nichts darüber erzählt?«

»Das höre ich jetzt zum ersten Mal.«

»Sie wissen also auch nicht, dass Ihr Mann und einer seiner Freunde, nämlich Ernst Jurkowitsch, Herrn Prüller ins Krankenhaus gebracht haben?«

»Das hat Viktor mir nicht gesagt.«

»Die beiden Männer sind mit ihrem erheblich verletzten Freund im Privatwagen oder auf andere Weise zum Krankenhaus gefahren, sie haben in jedem Fall keinen Rettungswagen gerufen.«

»Erheblich verletzt? Was ist Chris passiert?«

»Laut den Aussagen, die Ihr Mann und Herr Jurkowitsch dem Krankenhaus und danach auch der vom Krankenhaus benachrichtigten Polizei gegenüber gemacht haben, ist Herr Prüller in der Privatwerkstatt von Herrn Jurkowitsch unglücklich gestürzt und hat sich dabei zwei Messer in den Bauch gerammt.«

Klaras Miene zeigte sich kreidebleich.

»Zwei Messer?«

»Zwei. Herr Prüller hatte damals zwei Stichwunden am Bauch.«

»Das klingt irgendwie seltsam. Wieso zwei?«

»Nun, das hat sich wohl der behandelnde Arzt auch gedacht und die Polizei verständigt. Ärzte sind im Verdachtsfall von schwerer Körperverletzung verpflichtet, solche Meldungen zu machen. Aber da nach der Notoperation Herr Prüller eindeutig und klar angegeben hat, zwei Messer in der Hand gehalten zu haben, als er gestürzt ist, wurden die Untersuchungen eingestellt. Die Erklärung ist plausibel. Wenn er zwei Messer in der Hand hält und stürzt, dann kann er sich auch zwei Stichverletzungen in unmittelbarer Nähe zugefügt haben. Der Mann war zum Zeitpunkt der Einlieferung stark alkoholisiert. Die Aussagen der beiden Zeugen und des Opfers stimmten überein, Herr Prüller war erheblich, aber nicht lebensgefährlich verletzt, er ist wieder genesen, die Sache ist vonseiten der Polizei abgeschlossen worden.«

»Irgendwie geht bei mir im Kopf alles durcheinander.«

»Frau Zeidler, Sie haben erwähnt, dass Ihr Mann immer wieder von seinen Freunden erzählt hat.«

»Früher hat er das schon getan.«

»Ist es denkbar, dass er Ihnen diesen Vorfall irrtümlich nicht erzählt hat?«

»Kann ich mir nicht vorstellen.«

»Es ist also möglich, dass er Ihnen bewusst nichts gesagt hat?«

Klara sprang hoch.

»Seit damals hat er mir überhaupt nichts mehr erzählt, verdammt noch mal!«

Hoffmann fand es nachvollziehbar, dass sie aufgebracht war. Er war noch nicht fertig, ließ ihr aber etwas Zeit. Es gab keinen Grund, die Frau weiter unter Druck zu setzen. Klara atmete durch und nahm wieder Platz. Sie fixierte Hoffmann scharf.

»Waren die Kerle in eine Messerstecherei verwickelt?«, fragte sie.

Hoffmann zuckte mit den Schultern.

»Das kann ich nicht sagen. Ich gehe so lange davon aus, dass es ein Unfall war, bis sich andere Beweise ergeben.«

»Aber Sie stellen Fragen. Das heißt doch, dass Sie einen Verdacht hegen.«

»Ich habe da noch etwas, was ich mit Ihnen klären muss.«

Sie kniff ihre Lippen zusammen.

»Ihr Mann hat vor ungefähr vier Jahren einen Motorradunfall gehabt und ist ein paar Tage im Krankenhaus Krems in stationärer Behandlung gewesen. Wissen Sie davon?«

»Davon weiß ich.«

»Wissen Sie noch über den Grad seiner Verletzungen Bescheid?«

»Ein Nasenbeinbruch und ein paar Prellungen. Die Ärzte haben seine Nase richten müssen. Ist aber alles gut verheilt.«

»Können Sie sich erinnern, welche Schäden das Motorrad ihres Mannes von diesem Sturz davongetragen hat?«

»Nein, weiß ich nicht. Jurko hat in seiner Werkstatt immer wieder an den Motorrädern der Clique geschraubt. Viktor hat gesagt, dass Jurko die Kratzer repariert hat.«

Hoffmann nickte.

»Glauben Sie, dass sich Viktor den Nasenbeinbruch nicht bei einem Sturz zugezogen hat?«, fragte Klara.

»Was ich glaube, ist nebensächlich. Faktum ist, dass der behandelnde Arzt in Krems, mit dem ich vor ungefähr einer Stunde telefoniert habe, Zweifel an der Ursache der Verletzungen gehabt und eine Meldung bei der Polizei gemacht hat. Die Untersuchung ist allerdings nach den Erklärungen Ihres Mannes und seiner Freunde zu den Akten gelegt worden. Es wurden keine Verdachtsmomente gefunden.«

Klara schaute eine Weile zum Fenster.

»Frau Zeidler, ich habe noch einen ähnlich gelagerten Fall entdeckt, bei dem Ihr Mann allerdings nicht genannt wird und der im Frühling letzten Jahres vorgefallen ist. In diesem Fall wurde Hugo Swoboda mit gebrochenem Schlüsselbein und einer Platzwunde am Kopf in einem Spital behandelt. Armin Retzer und Ernst Jurkowitsch haben bezeugt, dass Swoboda bei einer Grillparty in eine Grube gestürzt ist. Der Mann war alkoholisiert.«

Klara wandte ihren Blick Hoffmann zu. Sie wirkte völlig entgeistert.

»Die Deppen haben sich auf Schlägereien eingelassen.«

»Das ist reine Vermutung.«

»Viktor ist ein paar Mal mit blauen Flecken und zerrissenen Klamotten nach Hause gekommen. Sie haben ein paar Bierchen getrunken und dann Fußball gespielt, hat er zu mir gesagt. Und ich habe diese Geschichte geschluckt.«

Hoffmann räusperte sich.

»Frau Zeidler, ich bitte Sie, keine voreiligen Schlüsse zu ziehen. Ich muss die Zusammenhänge noch prüfen, weil ich bislang nur ein paar ungeklärte Fragen sehe. Und ich versichere Ihnen aus langjähriger Erfahrung als Polizist: Die meisten ungeklärten Fragen lösen sich sehr schnell in Nichts auf.«

»Das Springmesser ist nicht mehr in Viktors Schreibtisch. Ich habe nachgesehen.«

Hoffmann schwieg.

»Irgendetwas ist schiefgelaufen, und deswegen steckt Viktor jetzt bis zu den Ohren in der Scheiße«, fuhr sie fort.

»Wie gesagt, Frau Zeidler, ich bitte Sie, keine voreiligen Schlüsse zu ziehen. Aber ich glaube, dass es richtig von Ihnen war, die Polizei einzuschalten.«

Hoffmann erhob sich und trat hinter den Stuhl.

»Haben Sie noch meine Visitenkarte?«

»Ja.«

»Wenn sich Ihr Mann melden oder sich sonst irgendetwas ergeben sollte, rufen Sie mich bitte umgehend an.«

»Natürlich.«

Hoffmann nickte ihr zu und verließ auf geradem Weg Klaras Friseursalon.

Auf der Thaliastraße waren wie immer unzählige Menschen unterwegs. Eine Straßenbahn rollte an ihm vorbei. Hoffmann steckte seine Hände in die Jacketttaschen und schlenderte zu seinem Wagen.

13. SZENE

Hoffmann schaute auf die Zeitanzeige am Armaturenbrett. 17.10 Uhr. Der zähflüssige Verkehr in der Hadikgasse hatte ihn erheblich aufgehalten, er hoffte, dass der Mann noch an seinem Arbeitsplatz anzutreffen war. Natürlich hatte er sein Kommen nicht angekündigt, es war häufig sehr aufschlussreich, wenn man Menschen überraschend befragte. Vielen war die Begegnung mit der Kriminalpolizei unangenehm – vor allem am Arbeitsplatz –, selbst jenen, die keinen Dreck am Stecken hatten. So waren Lügen nicht selten schnell zu erahnen. Manche allerdings ließen sich nicht einmal durch das unvermittelte Auftauchen eines Inspektors aus der Ruhe bringen, und nicht selten hatten solche Personen jede Menge Dreck am Stecken und logen ohne jeden Selbstzweifel. Aber ein Versuch lohnte sich, auch wenn man immer wieder vor verschlossenen Türen stand. Leerläufe gehörten zum Leben eines Polizisten dazu, damit hatte Hoffmann kein Problem.

Es fühlte sich seltsam an, nach langer Pause wieder mit Dienstmarke und Schusswaffe unterwegs zu sein. Irgendwie stimmig und sinnvoll, gleichzeitig aber auch völlig verkehrt. Hatte er wirklich nichts Besseres im Leben vor, als sich in die Probleme anderer Menschen einzumischen? Offenbar nicht. In jedem Fall fühlte er eines: Gelassenheit. Er war durch die Hölle gegangen und wiedergekehrt.

Was sollte ihn jetzt noch aus der Ruhe bringen? Hoffmann wartete an einer roten Ampel und sinnierte. Was?

Die Nähe einer Frau.

Er wiegte den Kopf. Das ja. Das würde wohl für Herzklopfen sorgen. Im vergangenen Winter hatte er sich Hals über Kopf verliebt. Es war nichts daraus geworden. Vielleicht das nächste Mal. Wenn es denn ein nächstes Mal geben sollte. Nun, er war noch nicht zu alt für die Liebe. Wobei man natürlich fragen durfte, ob man jemals zu alt für die Liebe war. Für die Fortpflanzung war man irgendwann zu alt. Hoffmann wusste genau, dass er seit 1.000 Jahren zu alt für die Fortpflanzung war. Polizisten wie er sollten keine Kinder kriegen. Was sollte aus den armen Geschöpfen werden? Am Ende auch Polizisten? Irgendeine schmierige Gaunerei, ein ekelhaftes Verbrechen, eine besinnungslose Brutalität? So etwas konnte ihn nicht aus der Ruhe bringen. War das Kaltherzigkeit? Verzweiflung? Weisheit? Wer konnte diese Frage schon beantworten? Er konnte und wollte es nicht. Er hatte andere Fragen zu beantworten.

Hoffmann wunderte sich über seine abschweifenden Gedanken.

Er stieg aufs Gas, der Wagen überquerte die Kreuzung. Nach etwa 200 Metern bog er links ab und hielt auf dem Parkplatz der Firma. Der Parkplatz lichtete sich. Eben verließen drei Autos das Areal. Hoffmann eilte auf das Gebäude am Westrand von Wien zu. Nicht allzu fern auf der anderen Seite des Wienflusses lag der Lainzer Tiergarten, noch näher lagen die Auffahrt zur A 1, der West Autobahn, und der Bahnhof Hütteldorf. Eine ihm bestens bekannte Gegend. Das Firmengelände umfasste nur einen Bürokomplex und eine Lagerhalle. Die Fertigungsstraßen befanden sich an einem anderen Ort. Er trat an den Empfangsschalter. Drei Frauen standen dort beieinander, zwei trugen Frühlingsjacken und hatten die Gurte ihrer Taschen übergeworfen. Knapp vor Dienstschluss plauderten die Frauen noch miteinander. Wie sie wirkten, diskutierten sie keine ernsthaften betrieblichen Probleme. Hoffmann wartete. Eine der Frauen schaute kurz zu ihm herüber und löste sich aus der Gruppe. Die beiden anderen verabschiedeten sich und gingen in den Feierabend.

»Guten Tag. Was kann ich für Sie tun?«

»Guten Tag. Mein Name ist Hoffmann. Ich hätte gerne eine Auskunft.«

»Bitte sehr.«

»Ist Herr Ingenieur Christoph Prüller noch im Haus?«

»Das weiß ich leider nicht, da müsste ich anrufen.«

Hoffmann lächelte gewinnend.

»Das wäre ganz wunderbar, wenn Sie so freundlich sein könnten.«

Die Frau mittleren Alters erwiderte das Lächeln routiniert und griff zum Telefon.

»Haben Sie einen Termin mit Herrn Prüller?«

»Das nicht, aber ich muss ihn unbedingt sprechen.«

»In einer beruflichen Angelegenheit?«

»Ja.«

Hoffmann log nicht. Ermittlungsfragen gehörten zwar nicht zum Beruf des Ingenieurs, der Mann war Konstrukteur in einem Unternehmen, das Fahrstühle und Hebezeuge baute, aber Hoffmanns Beruf bestand genau darin.

»Wie war noch mal der Name?«

»Wolfgang Hoffmann.«

Da die Frau in die Tastatur ihres Tischtelefons tippte, sagte er nicht, dass er Kriminalist war. Nur wenn irgendwelche Sekretärinnen, Portiere oder Leute eines Sicherheitsdienstes sich ihm in den Weg stellten, zückte er Unbeteiligten gegenüber die Dienstmarke. Vor allem an Arbeitsplätzen vermied er nach Möglichkeit die Polizeikeule.

Tatsächlich war der Mann noch im Büro. Glück gehabt. Es dauerte jedoch ein Weilchen, bis ein Mann in eleganter Hose und weißem Hemd die Treppe hinabstieg. Prüller war 39 Jahre alt, arbeitete seit elf Jahren im Unternehmen, war seit acht Jahren verheiratet und hatte eine sechsjährige Tochter. Seine Frau und er besaßen ein Einfamilienhaus in Pressbaum bei Wien. Er war also Pendler, hatte aber hierher nicht weit zu fahren. Sowohl die Autobahn als auch die Bahnstrecke standen ihm zur Verfügung. So wie der Mann wirkte, war er wohl kein Nutzer der öffentlichen Verkehrsmittel, sondern fuhr ein prestigeträchtiges Auto.

Die beiden Männer schüttelten einander die Hände.

»Tag. Sie wollen mich sprechen?«

»Guten Tag. Sind Sie Christoph Prüller?«

»Eben derjenige.«

»Wolfgang Hoffmann.«

»Entschuldigen Sie bitte, aber kennen wir uns?«

»Nein, bestimmt nicht, dennoch habe ich ein paar Fragen an Sie.«

»Worum geht es?«

Hoffmann hatte in seinem Leben viele Menschen getroffen, die ihm nach den ersten Worten unsympathisch waren. Christoph Prüller gehörte dazu. Der arrogante Tonfall fiel auf. Natürlich ließ Hoffmann sich von seiner Regung nicht beeinflussen. Hoffmann konnte sich noch gut erinnern, dass die Psychologin, die ihn während seiner Krebstherapie begleitet hatte, über seine stabile Impulskontrolle gestaunt hatte.

»Vielleicht wäre es Ihnen angenehmer, wenn wir ungestört sprechen könnten.«

Hoffmann zog seine Dienstmarke so, dass die Sekretärin am Eingangsschalter nichts davon mitbekam. Die Miene des Mannes wandelte sich schlagartig. Er blickte plötzlich nervös um sich.

»Warten Sie. Ich schau, ob der Besprechungsraum frei ist.«

Wenig später saßen sie einander gegenüber. Hoffmann las im Gesicht des Mannes. Von der zuvor gezeigten Überheblichkeit war nichts geblieben, vielmehr wirkte der Mann versteinert. Er verhielt sich auffällig, wie Hoffmann fand, er war kein Profi im Umgang mit der Polizei. Kein echter Gangster.

»Also, was wollen Sie mich fragen?«

»Herr Prüller, kennen Sie einen Mann namens Viktor Zeidler?«

»Ja.«

»Woher?«

»Viktor ist ein alter Bekannter von mir.«

»Wie lange kennen Sie ihn?«

»Seit gut und gerne 15 Jahren.«

»Wie haben Sie Herrn Zeidler kennengelernt?«

»Pfuh, das ist lange her. Wie war das damals? Genau. Ein anderer Bekannter von mir kannte Viktor vom Fitnessstudio. Oder war das ein Fußballverein? Weiß ich jetzt nicht mehr so genau. Irgendetwas mit Sport.«

»Wie heißt der gemeinsame Bekannte?«

»Swoboda. Hugo Swoboda. Warum fragen Sie mich danach?«

»Da Sie ein langjähriger Bekannter von Viktor Zeidler sind, wissen Sie bestimmt, dass er verheiratet ist.«

»Das weiß ich.«

»Frau Zeidler hat eine Vermisstenanzeige aufgegeben.«

Prüller schluckte betreten. Hoffmann sah zwei Möglichkeiten, wie der Mann in einem scharfen Verhör reagieren würde. Entweder würden nach ein paar Minuten die Quellen sehr lebendig sprudeln, oder er würde seine erste Panik überwinden und völlig dichtmachen. In jedem Fall roch der schicke Herr Ingenieur nach Dreck. Eine simple Vermisstenanzeige war kein Grund, so nervös zu werden.

»Seit wann wird er vermisst?«

»Seit ein paar Tagen.«

»Ich habe Viktor schon eine Ewigkeit nicht mehr gesehen.«

Hoffmann zog seinen Notizblock hervor.

»Wann haben Sie Herrn Zeidler das letzte Mal gesehen?«

»Weiß ich nicht genau. Vor zwei Jahren vielleicht.«

»Wo könnte sich Herr Zeidler zum gegenwärtigen Zeitpunkt aufhalten?«

»Habe nicht den Schimmer einer Ahnung.«

»Vielleicht können Sie mir etwas über seine Angewohnheiten sagen.«

Prüller zuckte mit seinen Schultern.

»Da kann ich nicht viel sagen. So gut kenne ich ihn nicht.«

»Aber Sie haben doch regelmäßig mit ihm Motorradtouren unternommen.«

»Ja, schon, aber da waren wir halt mit den Bikes unterwegs. So viel haben wir da nicht geredet.«

»Wie ist er denn so als Mensch?«

»Sportlich. Viktor war Profifußballer. Aber das wissen Sie wahrscheinlich.«

»Ist er aufbrausend? Umgänglich? Witzig?«

»Umgänglich passt ganz gut.«

Hoffmann taktierte, indem er sich mit der nächsten Frage Zeit ließ. Zeit konnte ein mächtiger Verbündeter bei Gesprächen mit Menschen sein, die es partout darauf anlegten, sich nicht festzulegen, nichts auszusagen, nichts zu verraten. Die Waffe tat ihre Wirkung. Prüller rutschte auf dem Stuhl hin und her.

»Haben Sie sonst noch Fragen, Herr Inspektor? Ich muss heute noch eine wichtige Arbeit abschließen.«

Hoffmann steckte seinen Notizblock wieder ein.

»Ich will Ihre Zeit nicht länger als erforderlich beanspruchen, aber eine Frage hätte ich da noch.«

Hoffmann stellte die Frage nicht, sondern schaute mit stoischer Miene dem Mann in die Augen.

»Und zwar?«

»Haben Sie noch Beschwerden wegen der beiden Wunden?«

Prüller runzelte die Stirn.

»Wunden? Welche Wunden?«

»Die Wunden im Bauch.«

»Ich kann Ihnen nicht folgen.«

»Vor ziemlich genau zweieinhalb Jahren haben Herr Zeidler und Herr Jurkowitsch Sie ins Krankenhaus gebracht. Zwei Stichwunden im Bauch.«

Das Thema war Prüller sichtbar unangenehm.

»Ach, das meinen Sie.«

»Bei so schweren Verletzungen kann es vorkommen, dass man noch Jahre später Beschwerden hat.«

Prüller winkte ab.

»Nein, alles in Ordnung. Ich bin wieder voll fit.«

»Das höre ich gerne. Wie ist das denn damals abgelaufen?«

»Warum wollen Sie das wissen?«

»Weil Polizisten furchtbar neugierige Leute sind. Also, wie ist der Unfall geschehen?«

»Wir waren bei Jurko in der Werkstatt. Und ich habe ein paar Bierchen getrunken. Und Schnaps. Dann habe ich mit Messern hantiert, bin gestolpert und unglücklich gefallen.«

»Ich verstehe.«

»Aber wenn Sie vom Unfall wissen, dann haben Sie ja wahrscheinlich auch den Polizeibericht gelesen.«

»Das habe ich.«

»Dann kapiere ich Ihre Frage nicht. Und warum Sie die alte Geschichte überhaupt aufwärmen, ist mir auch nicht klar.«

»War Herr Zeidler damals auch alkoholisiert?«

Die Miene des Mannes zeigte aufsteigende Verärgerung über Hoffmanns Fragen.

»Woher soll ich das heute noch wissen? Und was spielt das überhaupt für eine Rolle?«

Hoffmann nickte zustimmend.

»Das sind völlig berechtigte Fragen, Herr Prüller. Darf ich Ihnen meine Karte geben? Sollten Sie irgendetwas über den Aufenthalt von Herrn Zeidler erfahren, bitte ich um Anruf, SMS oder E-Mail.«

Prüller erhob sich und nahm die Visitenkarte entgegen.

»Okay.«

»Auf Wiedersehen, Herr Prüller.«

»Wiedersehen.«

Wenig später lenkte Hoffmann seinen Wagen durch den Abendverkehr. Schnell kam er nicht voran. Schlich von Ampel zu Ampel. Der MP3-Player im Auto spielte angegraute Rocksongs aus einer Zeit, als das Dateiformat MP3 noch reine Utopie gewesen war. Die Technik entwickelte sich weiter, sein Musikgeschmack nicht.

Irgendwo musste er noch eine Kleinigkeit essen. Irgendwo würde er schon ein Gasthaus finden. Vor ein paar Wochen hatte er in einem kleinen Beisl am Alsergrund eine wunderbare Erdäpfelsuppe gegessen. Eine gute Adresse für den vorgerückten Nachmittag.

14. SZENE

Hoffmann schaute an der Fassade hoch. Ernst Jurkowitsch wohnte auf Nummer 7. In ein paar Fenstern sah er Licht, nicht in allen.

Sollte er die Arbeit für heute abbrechen und sich einen gemütlichen Abend machen? Morgen war auch noch ein Tag. Hoffmann hatte den Gedanken erwogen. Jurkowitsch wohnte zwar am anderen Ende des 20. Bezirks in der Nähe der Nordbrücke, aber so groß war Hoffmanns Heimatbezirk nicht. Mit dem Auto würde er in ein paar Minuten zu Hause sein.

Er trat an das Haustor und suchte auf der Gegensprechanlage nach dem Namen. Hoffmann betätigte die Klingel und wartete. Er betätigte die Taste noch einmal.

»Hallo.«

Eine Frauenstimme. Hoffmann beugte sich zur Sprechanlage.

»Guten Abend. Mein Name ist Hoffmann. Ist Herr Jurkowitsch zu Hause?«

»Nein.«

»Können Sie mir sagen, wo ich ihn finden kann?«

»Er ist in der Werkstatt.«

»Wo finde ich die Werkstatt?«

»Gleich nebenan. Im Innenhof. Einfach anklopfen.«

»Vielen Dank.«

Im Lautsprecher der Sprechanlage krachte es, dann war die Verbindung unterbrochen. Hoffmann trat auf das Trottoir. Neben dem vierstöckigen Wohnhaus befand sich ein zweistöckiger Gewerbebau aus der Frühzeit des 20. Jahrhunderts. Der massige Ziegelbau mit einem großen Einfahrtsportal war wie das benachbarte Wohnhaus saniert und machte einen guten Eindruck. Alt, aber gepflegt. Der Bau war der Sitz einer Malerfirma. Ein großes Firmenschild prangte an der Wand. Die alten Portalflügel der Einfahrt waren entfernt und durch ein elektrisch betriebenes Garagentor ersetzt worden. Das Tor stand offen. Hoffmann ging darauf zu, schaute sich um und betrat den Innenhof. Ein alter Kastanienbaum überragte den Parkplatz des Unternehmens. Fünf Firmenautos und vier Privatfahrzeuge waren dort abgestellt. An der Hinterseite des Innenhofes lag ein ebenerdiges Nebengebäude, das offensichtlich nicht von der Firma benutzt wurde. Hier also war die Werkstatt. Die Fenster waren erleuchtet. Hoffmann näherte sich der Werkstatttür und klopfte. Von drinnen war Musik zu hören. Er klopfte erneut. Über der Werkstatttür war eine Kamera installiert. Hoffmann schaute direkt in die Linse und wartete ein Weilchen. Als ihm nicht geöffnet wurde, drückte er die Klinke nach unten und ging hinein.

»Guten Tag!«, rief er.

Drei Motorräder und ein alter Lieferwagen befanden sich in der Werkstatt. Auf der tadellos ausgestatteten Werkbank stand neben dem Radio eine halb volle Bierflasche, Schraubenschlüssel und sonstiges Werkzeug lagen herum. Hier hatte noch bis vor Kurzem jemand gearbeitet. Der Geruch von Motoröl hing in der Luft. An der Wand über der Werkbank prangte ein großformatiger Kalender mit Pin-up-Girls. Hoffmann grinste. Das war ja hier eine richtig kitschige Bubenbude. Wo war der Mann mit der blauen Latzhose?

»Hallo! Ist jemand zu Hause?«

Eine Tür würde geöffnet.

»Ja bitte?«

Die Latzhose war grau.

»Guten Abend. Sind Sie Ernst Jurkowitsch?«

Der Mann Mitte 40 war nicht größer als Hoffmann, aber durch die breiten Schultern und muskulösen Oberarme wirkte er so. Der akkurat getrimmte Vollbart war mit grauen Strähnen durchzogen, hellblaue Augen blitzten aus dem Gesicht, auf seinem kahlen Kopf saß eine Baseballmütze mit dem Logo von Harley-Davidson. Frauen, die eine Schwäche für echte Kerle hatten, mussten bei diesem Exemplar unweigerlich schlottrige Knie bekommen. Testosteron bis zum Abwinken.

Der Mann trat an die Werkbank heran und regelte die Lautstärke des Radios runter.

»Wer will das wissen?«

»Mein Name ist Hoffmann, Kriminalpolizei.«

»Sie sind also der Kieberer.«

»*Der* Kieberer? Hat Herr Prüller Sie angerufen?«

»Ich ihn. Da, die Ducati, die gehört Chris.«

Hoffmann schaute die drei Motorräder genauer an. Eine Harley-Davidson Roadster mit bulligem Motor, dann eine Suzuki Enduro und die eben angesprochene Ducati.

»Ich verstehe. Sie haben das Bike Ihres Bekannten für die Saison auf Vordermann gebracht.«

»So ist es. Vor einer Viertelstunde bin ich fertig geworden, deswegen habe ich Chris angerufen.«

»Dann hat Ihnen Herr Prüller auch gesagt, warum ich unterwegs bin.«

»Ich habe keine Ahnung, wo Viktor steckt.«

Der Tonfall des Mannes war mürrisch, vielleicht sogar aggressiv.

»Wann haben Sie ihn denn zuletzt gesehen?«

»Vor vier oder fünf Monaten. Irgendwann im Spätherbst.«

»War das ein geplantes oder ein zufälliges Treffen?«

»Geplant war nichts.«

»Also zufällig?«

»Für mich schon.«

»Heißt das, dass Herr Zeidler das Treffen geplant hat?«

»Was Viktor so plant, weiß ich nicht. Bei dem weiß man ja nie.«

»Wie meinen Sie das, Herr Jurkowitsch?«

»Wie ich es gesagt habe.«

Hoffmann spürte, wie Ärger in ihm hochstieg. Zuerst die störrische Nervosität des Ingenieurs, jetzt die kantige Grantigkeit des Mechanikers. Was war das für eine Bande?

»Sind Sie auf Ihren Freund schlecht zu sprechen?«

»Warum sollte ich es?«

»Sagen Sie es mir.«

»Früher war er ein klasse Haberer.«

»Jetzt nicht mehr?«

»Er hat sich verändert.«

»Haben Sie eine Ahnung, weswegen er sich verändert hat?«

»Schau ich aus wie ein Psychiater? Was weiß ich? Wenn Männer ihre Jobs schmeißen, werden sie deppert. Hab ich leider immer wieder erlebt. In jungen Jahren sind die Burschen voll in Ordnung, aber wenn sie älter werden und ihre Jobs schmeißen, dann fangen sie zu spinnen an.«

»Sie meinen also, Herr Zeidler spinnt?«

»Der muss spinnen, wenn er sich für so eine Frau nicht zusammenreißt.«

»Sie meinen Klara Zeidler?«

»Hören Sie, Herr Inspektor, ich bin nicht so für die Ehe, das traute Familienglück und der ganze Zirkus interessieren mich weniger, ich brauche meine Freiheit, aber wenn ich jemals eine Familie hätte gründen wollen, dann ganz sicher mit einer Frau wie Klara. Das habe ich dem Viktor nicht nur einmal gesagt. Aber was macht er? Sitzt den ganzen Tag vorm Computer und zockt wie blöd. Sie hackelt sich den Rücken krumm und hat die Kinder auch noch. Vielleicht hat er eine andere gefunden und ist mit ihr abgehauen? Keine Ahnung, was in seinem Kopf vorgeht.«

»Also, wie war die letzte Begegnung mit Herrn Zeidler?«

»Na, ich sitze in meinem Stammcafé, das ist da gleich ums Eck, da taucht er auf und redet Blödsinn daher. Der Mann hat keinen Plan im Leben, behaupte ich jetzt mal. Zehn Minuten geht er mir auf den Wecker und rauscht dann wieder ab.«

»Was wollte er?«

»Wenn ich das wüsste. Keine Ahnung. Drohungen hat er ausgestoßen.«

»Drohungen? Welcher Art?«

»Na, dass ich meine schmierigen Finger von Klara lassen soll. Der Trottel!«

»Haben Sie Frau Zeidler nachgestellt?«

»Einen Scheißdreck habe ich getan. Ich schleppe nicht die Ehefrauen meiner Kumpels ab. Ganz sicher nicht. Hab ich nicht nötig. Entweder hast du Kumpels oder du hast sie nicht. Die Frauen meiner Kumpels sind tabu. Und früher war der Viktor mein Kumpel. Früher, als wir mit den Bikes unterwegs gewesen sind. Außerdem habe ich die Klara schon mindestens zwei Jahre nicht mehr gesehen. Vielleicht sogar drei Jahre. Deswegen sage ich ja, der Kerl hat einen Vogel. Und nebenbei, bei Klara geht sowieso nichts.«

»Warum nicht?«

»Weil sie auf ihren Balltreter total eingeschossen ist.«

Die unnahbare Haltung des Mannes hatte sich durch das Gespräch nicht verändert, aber immerhin klang seine Stimme nicht mehr so aggressiv. Ein kleiner Fortschritt. Doch etwas weitere Entspannung konnte nicht schaden.

»Herr Jurkowitsch, meines Wissens sind Sie Mechanikermeister.«

»Korrekt.«

»Sie sind bei der Firma Emmerich Fahrzeugtechnik beschäftigt.«

»Auch korrekt.«

»Was ist denn Ihr Aufgabengebiet?«

»Werkmeister. Ich bin für den Bereich Lkw zuständig.«

»Für den gesamten Bereich? Soweit ich weiß, ist die Firma in Sachen Lkw-Reparatur führend in Wien.«

»So ist es.«

»So ein Lastwagen ist ja mit Technik vollgestopft. Da hab ich schon Respekt, wenn man sich da auskennt. Ich bin ja froh, wenn ich die Motorhaube meines Autos nicht aufmachen muss.«

Jurkowitsch schmunzelte nicht einmal im Ansatz.

»Gelernt ist gelernt.«

»Ein anspruchsvoller Job. Und da bleibt Ihnen noch Zeit, an den Motorrädern Ihrer Bekannten zu schrauben?«

»Das ist keine Arbeit, das ist mein Hobby. Andere sitzen vorm Fernseher und werden fett, ich bin lieber in meiner Werkstatt. Oder auf Tour.«

Jurkowitsch griff zu seinem Bier und nahm einen Schluck. Hoffmann hatte das Schattenboxen langsam satt, deswegen packte er den Stier bei den Hörnern.

»Apropos Tour, Herr Jurkowitsch. Erzählen Sie mir mal, wie das so bei den Touren abgelaufen ist. Damals, als Herr Zeidler noch mit Ihnen gefahren ist.«

Da war wieder dieser lauernde Blick.

»Spaßig war es.«

»Was war spaßig?«

»Warum fragen Sie danach?«

»Weil ich verstehen muss, wie Herr Zeidler so tickt. Vielleicht hilft mir das, ihn zu finden.«

»Kommt mir merkwürdig vor.«

»Was kommt Ihnen merkwürdig vor?«

»Sie sind von der Kriminalpolizei, nicht wahr?«

»Das ist richtig.«

»Ein Bekannter von mir hat einmal eine Vermisstenanzeige aufgegeben, weil seine Oma verschwunden ist. Die Polizei hat kein Ohr gerührt, niemand war zuständig, gewusst hat keiner etwas und getan worden ist genau gar nichts. Die Oma meines Bekannten ist dann selbst wieder im Altersheim aufgetaucht. Und bei Viktor ist die Kriminalpolizei im Einsatz. Was ist da wirklich los?«

Hoffmanns Lippen spannten sich, seine Stimme knarrte.

»Herr Jurkowitsch, was wissen Sie von Drohungen gegen Herrn Zeidler und seine Familie?«

»Was für Drohungen?«

»Eine tote Katze vor der Haustür. Schmierereien. Zerstochene Reifen. Diese Art von Drohungen.«

»Da habe ich keine Ahnung.«

»Was haben Sie bei den Motorradtouren so gemacht?«

»Wir waren bei Open-Air-Konzerten. Bei Zeltfesten auf dem Land. Bei Bikertreffen. Mal haben wir gecampt, mal uns irgendwo Zimmer gemietet, dann haben wir ein paar Bierchen getrunken, Gegrilltes gegessen und Spaß gehabt. Die Mädels auf dem Land stehen auf Motorradfahrer.«

»Hat Herr Zeidler sich auf Affären eingelassen?«

Jurkowitsch lachte anzüglich.

»Die Ehekrüppel doch nicht! Viktor und Chris sind ja verheiratet, die haben eher mehr Bier getrunken, also haben sich Armin, Hugo und ich um die einsamen Mädchen kümmern müssen. Dabei sind das zwei fesche Burschen!«

»Und Schlägereien?«

»Was meinen Sie mit Schlägereien?«

»Bei Zeltfesten kann es schon mal vorkommen, dass nach ein paar Bierchen die Fäuste fliegen.«

»Da halte ich mich raus. Okay, als Jugendlicher hab ich mal eine Anzeige wegen Raufhandel ausgefasst, da war ich 19 Jahre alt und gerade beim Bundesheer. Bedingte Strafe. Ich habe mir nie wieder etwas zuschulden kommen lassen. Und schauen Sie mich an, Herr Inspektor, ich bin 45 Jahre alt. Schlägereien sind für mich komplett uninteressant. Ich schraube lieber an meinen Mopeds.«

Hoffmann hörte sich über den Innenhof nähernde, klackende Schritte. Er wendete den Kopf. Eine blonde Frau trat herein. Sie war stark geschminkt, trug einen ziemlich kurzen Rock und Stöckelschuhe.

»Du, Ernst, wo bleibst du so lange? Hast du dein Handy lautlos gestellt? Außerdem hat da jemand geläutet und nach dir …«

Sie entdeckte nun Hoffmann. Jurkowitsch ging auf die Frau Ende 20 zu.

»Sorry, wie du siehst, bin ich aufgehalten worden.«

Die Frau bemerkte die gespannte Stimmung in der Werkstatt ihres Freundes und musterte Hoffmann abschätzig. Sie war sich noch nicht im Klaren, ob sie ihn begrüßen oder ignorieren sollte.

»Sie sehen, Herr Inspektor, dass ich jetzt losmuss. Haben Sie noch irgendwelche Fragen?«

Hoffmann zog eine seiner Visitenkarten hervor und reichte sie dem Mann.

»Wenn sich Herr Zeidler bei Ihnen meldet oder Sie irgendetwas über ihn erfahren, rufen Sie mich bitte an.«

»Na klar doch, mach ich.«

Jurkowitsch steckte die Karte in die Tasche seiner Latzhose. So wie er die Bewegung ausführte, war Hoffmann klar, dass Jurkowitsch die Karte nur deswegen nicht gleich in den Müll warf, um das Gespräch endlich zu beenden.

»Guten Abend.«

»Guten Abend, Herr Inspektor.«

Hoffmann steckte die Hände in die Taschen seines Jacketts und verließ die Werkstatt.

»Ernst, du musst unbedingt noch unter die Dusche. Du stinkst nach Motoröl.«

»Puppi, Motoröl stinkt nicht, es duftet.«

»Was wollte der Kieberer?«

»Meine Zeit verschwenden.«

Hoffmann schlurfte über den Innenhof.

»Das habe ich gehört, du Ungustl«, murmelte er vor sich hin.

Das Wetter war für die Jahreszeit gut. Jetzt aber Feierabend.

15. SZENE

Keine Ahnung. Wie spät war es? Wie sollte er das schaffen? Wohin sollte er?

Viktor brachte sich in aufrechte Sitzposition. Diese Schmerzen. Alles wankte vor ihm. Sein Zustand hatte sich nicht gebessert. Im Gegenteil. Draußen war es dunkel. Drinnen ebenso. Er zündete eine Kerze an. Genug Licht.

Er ächzte beim Aufstehen. Der Holzboden knarrte unter seinen Schritten.

Was brauchte er?

Nahrung. Ein paar Konserven hatte er noch. Auch wenn er nichts essen konnte. Sogar das Schlucken schmerzte. Alles schmerzte. Selbst das Denken. Was zu trinken. Eine letzte Packung Apfelsaft. Lange würde er mit diesem Vorrat nicht auskommen.

In den Wald. Tief hinein. Das war der Plan. Er hatte immerhin einen. Und er wusste auch, wo im Wald er sich verstecken konnte. Vor der Polizei. Vor den Kerlen. Vor den Albträumen. Vor der scheißverdammten Welt.

Was wusste sie schon von seinen Albträumen? Was wusste sie überhaupt? Dieser Trampel.

Wer konnte ihm jetzt noch helfen?

Seine alten Klamotten fielen ihm in die Hände. Die Hose. Das vom Schuss zerrissene T-Shirt. Alles voller Blut.

Überall Blut. Überall. Blut.

Beinahe fiel er vornüber. Nur das nicht. Noch mehr Schmerzen.

Er stopfte die Klamotten in den Rucksack. Flucht. Keine Spuren hinterlassen. Fort von hier. Die Polizei würde ihn früher oder später hier suchen. Die verfluchte Polizei. Die Scheißkieberer.

Er zog seine Lederjacke an und trat die auf dem Boden stehende Kerze aus. Die Autoschlüssel. Er würde es schaffen. Er musste es schaffen.

Fort von hier. Für ein paar Tage war es hier okay. Jetzt aber fort. Dieses Rattenloch.

Der Himmel war klar.

Sterne.

FREITAG

16. SZENE

»So, Leute, vielen Dank, dass ihr pünktlich und fast vollzählig erschienen seid. Das heißt, wir können mit unserer
Sitzung beginnen.«

»Wo ist der Gerhard eigentlich?«, fragte Kaltenegger.

Das Ermittlerteam hatte sich im Besprechungsraum ein-
gefunden. Nur Gerhard Assmann war nicht anwesend.

»Der ist in der Sache mit dem Raufhandel in dieser Spe-
lunke beim Westbahnhof ins Krankenhaus gefahren. Der
Arzt hat angerufen«, antwortete Windisch. »Vielleicht stößt
er später noch zur Besprechung. Je nachdem, wie schnell
er vorankommt.«

Im Raum waren neben Gruppenleiter Gerald Windisch
noch Kaltenegger, Körner, Stranek und Hoffmann. Windisch blickte kurz auf seine Papiere.

»Also, was haben wir heute? Ach ja.«

Windisch schaute Hoffmann an. Er lächelte breit.

»Ich habe gehört, du hast jetzt deinen ersten Fall übernommen. Eine Vermisstensache.«

Alle Anwesenden lächelten, auch Hoffmann.

»So ist es. Schließlich will ich den Vollprofis im Raum die
Kleinarbeit vom Hals halten.«

Schmunzeln im Raum.

»Ist da was für uns dabei?«

Hoffmann verzog die Miene.

»Bin mir noch nicht sicher, aber ich habe ein blödes
Gefühl bei der Sache.«

Das Schmunzeln seiner Kolleginnen und Kollegen verschwand. Hoffmann und seine Ahnungen. Dafür war er im Kommissariat bekannt.

»Kurzbericht bitte.«

»Die Ehefrau des derzeit arbeitslosen Viktor Zeidler, zuletzt hauptberuflich Fußballtrainer, hat den Mann als vermisst gemeldet. Seit Freitag letzter Woche ist er aus dem gemeinsamen Haushalt verschwunden und hat auch keinerlei Nachrichten über seinen Aufenthalt hinterlassen. Die Frau steht unter massivem Druck. Sie führt einen Friseurladen mit drei Angestellten, hat zwei schulpflichtige Kinder, unterstützt ihre alleinstehende Mutter, die ein Alkoholproblem hat, und muss für den gesamten Unterhalt der Familie sorgen. Würde mal sagen, die Frau weiß weder ein noch aus.«

Windisch nickte mit neutraler Miene.

»Und es gab Drohungen gegen den Mann und die Familie.«

Windisch kniff die Augen zusammen.

»Genauer bitte.«

»Eine tote Katze vor der Wohnungstür. Zerstochene Autoreifen und Schmierereien. Allerdings war das schon vor einem Jahr. Bevor Viktor Zeidler verschwunden ist, hat er seiner Frau in einem Nebensatz gesagt, dass er jetzt reinen Tisch machen will.«

»Jetzt beginnt die Sache Relevanz zu kriegen.«

»Sehe ich auch so, Gerald, deswegen habe ich mich gestern umgehört und ein paar Interviews gemacht.«

»Erste Ergebnisse?«

»Leider keine konkreten. Aber der Verdacht liegt in der Luft, dass sich Zeidler bei Motorradtouren mit seinen Kumpels nicht immer freundlich verhalten hat. Schlägereien und einmal sogar eine Messerstecherei. Wobei die Gruppe bis heute dichthält. Der Mann mit den Stichverletzungen schwört

Stein und Bein, dass er sich in alkoholisiertem Zustand selbst verletzt hat. Die Staatsanwaltschaft hat die Untersuchung beendet. Das war vor zweieinhalb Jahren, im Oktober 2015. Seit damals hat sich Zeidlers Leben verschlechtert, er hat den Kontakt zu seinen Freunden abgebrochen, sein Motorrad verkauft, den Job geschmissen und die zuvor offenbar glückliche Ehe ist immer schlechter geworden.«

»Hast du ungeklärte Fälle von Raufhandel vom Oktober 2015 schon geprüft?«, fragte Stranek.

»Nur im Raum Wien und Niederösterreich. Da war nichts zu finden. Für einen größeren Radius habe ich noch nicht die Zeit gehabt, außerdem wollte ich zuerst diese Gruppe kennenlernen. Vielleicht erkenne ich schnell, ob da etwas dahintersteckt.«

»Und bist du schon durch mit der Gruppe?«

»Nein. Gestern habe ich zwei Männer getroffen. Heute will ich mir die beiden anderen ansehen.«

»Und dein Eindruck von den beiden?«, fragte Windisch.

Hoffmann wiegte den Kopf.

»Die Burschen riechen auffällig nach schlechtem Gewissen.«

Windisch machte einen Vermerk auf seinen Papieren.

»Okay, Wolfgang, du bohrst da weiter, sieh dir die beiden Männer an. Aber wenn kein konkreter Verdacht aufkommt, gibst du die Sache wieder zurück. Ich brauche dich schnellstmöglich wieder im Vollbetrieb. Mit Vermisstenanzeigen können wir uns nicht ewig herumschlagen.«

»Das ist klar, Gerald. Heute schau ich mir die Sache noch an und treffe dann eine Entscheidung.«

»Sehr gut. Also, wir haben noch drei weitere …«

Die Tür zum Besprechungsraum wurde aufgestoßen, Gerhard Assmann platzte herein.

»Hallo Leute!«

Die Spannung in Assmanns Miene war unübersehbar.

»Neuigkeiten?«

»Leider ja. Der Mann ist vor einer Stunde seinen Verletzungen erlegen. Der Blutverlust durch die Schnitte war groß, und er hat einen unentdeckten Herzfehler gehabt. Die Folge war Herzstillstand.«

Stille im Raum.

»Na prima, jetzt haben wir statt einer Wirtshausrauferei Totschlag«, ächzte Windisch. »Das wird ein lustiges Wochenende.«

17. SZENE

Wieder einmal hing Hoffmann in einer Warteschleife. Diesmal hörte er Mozart. Nachtmusik oder Donauwalzer, das waren die Klassiker, entweder Mozart oder Johann Strauß. Hoffentlich würde er nicht lange warten müssen.

»Schönen guten Tag, mein Name ist Sonja Meier, Wiener Versicherungsanstalt. Was kann ich für Sie tun?«

Eine schnell sprechende Telefonstimme.

»Guten Tag, mein Name ist Hoffmann. Ich möchte gerne mit Herrn Magister Armin Retzer verbunden werden.«

»Einen Moment bitte, ich verbinde.«

Wieder die Warteschleife. Hoffmann wartete. Wieder das Telefonfräulein.

»Tut mir leid, Herr Magister Retzer ist nicht im Haus.«

»Das ist aber schade. Hat er einen Außendiensttermin? Oder Urlaub?«

»Kann ich leider nicht sagen. Herr Retzer ist nicht im Haus.«

»Wissen Sie, wo ich ihn erreichen kann? Ich habe auf seinem Handy angerufen, aber er hebt nicht ab.«

»Leider kann ich nicht sagen, wo Sie ihn erreichen können.«

»Hat er ein Privathandy?«

»Das weiß ich nicht. Ich kenne nur seine Durchwahl und die Nummer seines Diensthandys. Die finden Sie auch auf unserer Website.«

Hoffmann atmete durch.

»Ja, da habe ich schon nachgesehen. Aber eines noch, Frau Meier.«

»Ja?«

»Hat sich Herr Retzer krankgemeldet?«

»Das kann ich Ihnen nicht sagen.«

»Können Sie nicht oder dürfen Sie nicht?«

»Darf nicht.«

»Frau Meier, ich bin von der Kriminalpolizei. Notieren Sie bitte meinen Namen. Chefinspektor Wolfgang Hoffmann. Haben Sie das? Gut. Wenn ich mich jetzt ins Auto setze, zu Ihnen fahre und Ihnen meine Dienstmarke zeige, dauert das eine Stunde. Wenn Sie mir nur sagen, ob er sich krankgemeldet hat, dauert das 30 Sekunden.«

Die junge Frau seufzte vernehmlich.

»Soviel ich sehe, hat er sich nicht krankgemeldet.«

»Seit wann ist er denn nicht im Büro?«

»Da muss ich in der Liste nachsehen.«

»Darum würde ich Sie höflich bitten.«

Er hörte flinkes Klappern auf der Tastatur.

»Was ich am Bildschirm sehe, ist er am Freitag letzter Woche im Haus gewesen.«

»Das heißt, er ist seit Montag nicht zur Arbeit erschienen, und niemand bei Ihnen im Haus weiß, wo er steckt.«

»Das ist richtig.«

»Frau Meier, ich danke Ihnen vielmals für die Kooperation. Sie haben mir sehr geholfen. Auf Wiederhören.«

»Auf Wiederhören.«

Hoffmann legte auf und schaute sinnierend zum Fenster hinaus. Dann bemerkte er, dass Caroline Stranek hinter ihrem Computer hervorlugte.

»Klingt nach einem Hausbesuch.«

Hoffmann nickte.

»Tja, Caroline, das wird sich nicht vermeiden lassen.«

Hoffmann versetzte seinen Computer in den Stand-by-Betrieb und erhob sich.

»Wenn was ist, ruf ich dich an.«

Stranek schaute wieder konzentriert auf ihren Bildschirm und winkte zustimmend mit dem Zeigefinger.

18. SZENE

Er warf die Autotür zu und marschierte zügig los. In der Nähe des Wohnhauses hatte er keinen Parkplatz gefunden, also war er ein paar Blocks weitergefahren und hatte die erstbeste Lücke gewählt. Das Wetter war gut, nicht kalt, nicht heiß, trocken, die Frühlingssonne brach immer wieder zwischen den Wolken hervor. Optimal für einen kleinen Spaziergang. Früher hatte er sich oft in das Halte- oder Parkverbot gestellt, um nicht lange Strecken gehen zu müssen. Solange er es nicht sehr eilig hatte, sah er derzeit vom Falschparken ab. Der Mann wohnte nahe der U-Bahn-Station Johnstraße. In diesem Viertel einen Parkplatz zu finden, glich einem Lotteriespiel.

Bald erreichte er das Haus und stand vor der Gegensprechanlage. Er betätigte die Klingel, wartete, klingelte erneut und noch einmal, und wartete. Nichts. Das Haustor wurde von innen geöffnet, eine junge Frau mit einem Säugling in einem Tragetuch kam heraus. Hoffmann grüßte freundlich und schlüpfte durch das Tor, bevor es wieder zufiel. Er stieg die Treppe hoch und suchte nach der Tür. Auf einem Türschild las er den Namen Retzer. Er läutete an der Türklingel. Der Klingelton war durch die Tür zu hören. Während er auf eine Reaktion wartete, inspizierte er die Tür, den Türstock und die Fußmatte.

Was war das?

Er sank auf das rechte Knie, beugte sich zur Fußmatte und kniff die Augen zusammen.

War das ein kleiner Blutfleck? Nicht unmöglich.

Dann schaute er den Türknopf genauer an.

Noch ein Blutfleck? Sehr wahrscheinlich.

»Verdammte Scheiße noch mal.«

Hoffmann presste seine Schulter gegen die Tür. Sie bewegte sich nicht. Mit etwas Schwung warf er sich dagegen. Ohne Folgen. Die Tür war stabil und neuwertig, mit dem bisschen Kraft, die er aufbringen konnte, war dieser Tür einfach nicht beizukommen. Hoffmann trat zwei Schritte zurück und zog sein Telefon aus dem Jackett.

19. SZENE

Stranek stand etwas abseits. Sie hielt ihre Arme verschränkt. Hoffmanns Hände steckten in seinen Jacketttaschen. Der Kollege, der mit Stranek gekommen war, stellte seinen Werkzeugkoffer ab. Ein Fachmann für solche Aufgaben.

»Was machen Sie da?«

Die drei Polizisten drehten die Köpfe. Eine alte Frau schaute aus einem Türspalt am Ende des Ganges. Hoffmann zog seine Dienstmarke.

»Kriminalpolizei. Das ist eine Amtshandlung.«

»Ist was mit dem Herrn Retzer los?«

»Wann haben Sie Herrn Retzer zuletzt gesehen?«

»Weiß ich gar nicht so genau.«

»Versuchen Sie bitte, sich zu erinnern.«

»Hm. Vor einer Woche vielleicht. Oder anderthalb.«

»Vielen Dank. Bitte bleiben Sie in Ihrer Wohnung.«

»Ja, schon gut.«

Die Frau zeigte eine verstörte Miene, schloss jedoch ihre Tür. Hoffmann war sich sicher, dass sie durch den Türspion die Vorgänge auf dem Gang verfolgte.

Es rumpelte. Der Kollege schob die Tür einen Spalt auf und trat einen Schritt zurück.

»Kinderspiel. Sie war nicht versperrt.«

Stranek und Hoffmann suchten kurz Blickkontakt und setzten sich in Bewegung.

»Hallo? Ist jemand zu Hause? Kriminalpolizei!«

Der Geruch war eindeutig. Ebenso die Spuren im Vorzimmer. Hoffmann tastete nach seiner Dienstwaffe. Aber es war ihm klar, dass er diese hier nicht brauchte. Tiefer hinein. Und schon wurden sie fündig. Die Leiche lag im Wohnzimmer. Fliegen tummelten sich. Ein Fenster war einen Spalt offen, dennoch war der Gestank ekelhaft. Hoffmann wandte sich Stranek zu, die bereits ihr Smartphone an das Ohr drückte. Der Kollege stand mit verkniffener Miene im Türstock. Hoffmann zog ein Taschentuch aus der Hosentasche und presste es sich auf die Nase.

»Ich muss da raus.«

»Muss ich auch.«

Die beiden Männer verließen die Wohnung. Nur wenig später folgte ihnen Caroline Stranek. Hoffmann bewunderte ihre Nervenstärke. Geradezu unberührt führte sie das Telefonat zu Ende.

»Du, Caroline, ich klopfe mal bei der Nachbarin an.«

»Geht klar.«

20. SZENE

Hoffmann stand am Trottoir. Der Pfefferminz-Kaugummi schmeckte mittlerweile schal, er spuckte ihn in den Rinnstein. Früher hatte er in solchen Momenten eine Zigarette nach der anderen geraucht. Er spürte nicht den Funken von Lust, sich eine anzustecken. Überhaupt nicht. Und dennoch hatte er an eine Zigarette gedacht. Nun, der Körper und der Geist hatten ein gutes Gedächtnis für schlechte Angewohnheiten. Sollte er sich einen frischen Kaugummi in den Mund stecken? Ein schwarzer Audi A6 bog in die Gasse ein und blieb in zweiter Reihe hinter dem Mannschaftswagen der Tatortgruppe stehen. Gerald Windisch hob sich energiegeladen aus dem Wagen und ging auf Hoffmann zu.

»Also, wie schauen wir aus?«

»Schlecht wie immer.«

Als Hoffmann Windisch angerufen hatte, war er inmitten einer Besprechung und demgemäß kurz angebunden gewesen. Windisch hatte nur nach der Adresse gefragt und dann das Telefonat abgebrochen. Nach der Besprechung war er sofort losgefahren. Die beiden Polizisten traten nebeneinander in das Haus, vor dem sich einige Schaulustige angesammelt hatten.

»Der Mann hieß Armin Retzer, diplomierter Betriebswirt. 43 Jahre alt. Er war bei einer Versicherung im Management tätig. Unverheiratet, lebte alleine. Die Nachbarn beschreiben ihn als höflich, immer korrekt, sportlich. Er hat regelmäßig Joggingtouren im Schlosspark Schönbrunn gemacht. Eine Nachbarin hat ausgesagt, dass er in den etwa sieben

Jahren, die er im Haus gewohnt hat, mehrere verschiedene Partnerschaften hatte. Alle Jahre eine andere, sagt die Nachbarin. Immer Frauen, die in der Zeit der jeweiligen Partnerschaften im Haus ein und aus gegangen sind, aber niemals hier wirklich gewohnt haben.«

Die Fahrstuhltür glitt auf, die beiden stiegen ein.

»Na, da weiß die Nachbarin aber gut Bescheid.«

»Ich glaube, die alte Dame war in ihren feschen Nachbarn ein bisschen verknallt. In jedem Fall hab ich das KIT gerufen. Die Todesnachricht hat der Frau gehörig zugesetzt.«

Windisch schaute Hoffmann scharf an.

»Gehört der Mann zum Bekanntenkreis des abgängigen … wie hat er geheißen? Der Mann aus der Vermisstenanzeige.«

»Viktor Zeidler. Ja, das war einer der Kumpels, mit denen Zeidler früher Motorradtouren unternommen hat.«

Windisch war ehrlich beeindruckt. Er gaffte Hoffmann an.

»Das heißt, du hast wieder einmal den richtigen Riecher gehabt.«

Hoffmann verdrehte die Augen.

»Na, gestunken hat es in der Wohnung eh nicht schlecht. Frage nicht. Die Leiche liegt seit sechs oder sieben Tagen dort.«

»Auch das noch.«

Die beiden hielten vor der offenen Wohnungstür an und drückten sich an die Wand, um Platz für den Blechkasten zu machen. Drei Männer trugen die Leiche aus der Wohnung.

»Der Arzt ist bestimmt schon fort.«

»Seit einer halben Stunde«, bestätigte Hoffmann.

»Und Caroline?«

»Auch schon unterwegs. Sie hat von Gerhard einen Anruf gekriegt und ist losgefahren. Ich habe hier die Stellung gehalten.«

»Wie weit ist die Spurensicherung?«

Windisch und Hoffmann standen im Flur und schauten in die Wohnung, in der drei Männer und zwei Frauen in Schutzkleidung ihre Arbeit verrichteten.

»Wird wohl noch eine Weile dauern, um alle Details zu sichern, aber im Großen und Ganzen wissen wir Bescheid.«

Windisch schaute sich um. Der Flur war nicht der richtige Ort, um Fakten eines Tötungsdeliktes zu diskutieren.

»Wir können in die Küche gehen. Da stören wir niemanden, und wir sind auch ungestört«, schlug Hoffmann vor.

Sie betraten die Wohnung. Windisch begrüßte die Leute der Spurensicherung. In der Küche stellte sich Hoffmann an das Fenster, Windisch an den Herd.

»Also, was ist die Todesursache?«

»Erst stumpfe Gewalt, dann Ersticken.«

Windisch machte eine fragende Miene.

»Genauer bitte.«

»Retzer wurde mit einer Bodenvase niedergeschlagen. Das massige Ding wiegt etwa zehn Kilogramm und ist beim Schlag teilweise zerbrochen. Das Ganze ist mit erheblicher Körperkraft ausgeführt worden. Die Folge war eine Unterkieferfraktur ohne Zahnverlust. Dem Oberkiefer fehlen hingegen vier Zähne. Links von Nummer eins bis vier. Die Lippen sind aufgeplatzt. Kein Nasenbeinbruch.«

Windisch überdachte das Gehörte und vollführte mit dem rechten Arm eine halbkreisförmige Bewegung.

»Das heißt, es gibt einen Konflikt, ein Mann packt im Vorbeigehen die Bodenvase, holt von unten nach oben aus und trifft ins Schwarze.«

»Die Lage der Leiche und der Scherben lassen darauf schließen.«

»Aber daran ist er offenbar nicht gestorben.«

»Nicht unmittelbar. Die Wucht des Schlages hat den Mann umgeworfen, er ist mit dem Hinterkopf auf den Fliesenboden geknallt und hat mit an Sicherheit grenzender Wahrscheinlichkeit das Bewusstsein verloren. Dr. Kleinhappl vermutet eine Gehirnerschütterung, eventuell auch ein massiveres Schädel-Hirn-Trauma. Das wird die Obduktion klären. Der Mann ist auf jeden Fall auf dem Rücken zum Liegen gekommen und hat sich bis zum Eintritt des Todes nicht mehr gerührt.«

»Er ist also erstickt.«

»Ja. Die offenen Wunden am Oberkiefer haben stark geblutet. Vier Zähne, Gerald! Du kannst dir vorstellen, was das für eine Sauerei ist. Ein Großteil des Blutes ist in den Rachen gelaufen und hat die Luftröhre verlegt. Kleinhappl ist sich ziemlich sicher, dass die Todesursache Erstickung ist. Genaueres nach der Obduktion.«

»Leck mich doch am Arsch.«

»In stabiler Seitenlage hätte der Mann sehr wahrscheinlich überlebt.«

»Wenn die Theorie mit der Erstickung stimmt, dann ja.«

»Ich bin noch nicht fertig.«

»Okay, weiter.«

Hoffmann kratzte sich am Kinn.

»Es ist in der Wohnung mindestens ein Schuss gefallen. Neun Millimeter. Das Projektil hat im Sofa gesteckt. Entweder hat dieser oder ein weiterer Schuss den Kontrahenten, der wahrscheinlich auch der Täter mit der Vase war, verletzt. Wir haben Blutspuren gefunden, die sehr wahrscheinlich nicht vom Todesopfer stammen. Die Analyse der Blutgruppe und der DNA wird das klären.«

»Was für Spuren?«

»Handabdrücke im Vorzimmer und im Bad. Ein Handtuch wurde offenbar verwendet, um eine Wunde zu reinigen.«

»Könnten die Verletzungen von einer anderen Waffe herrühren?«

»Könnte sein. Ein Messer, ein Schlagring, was auch immer. In jedem Fall ist ein Schuss gefallen.«

»Und die Schusswaffe?«

»Verschwunden. Der Täter hat sie wahrscheinlich mitgenommen.«

»Ist das sicher, dass das Todesopfer geschossen hat?«

»Sicher nicht, aber wahrscheinlich. Die Lage der Leiche, die Schussrichtung, die Position der Vase, das ergibt ein ziemlich klares Bild.«

»Fasse es bitte zusammen«, forderte Windisch.

»Also, ich gehe davon aus, dass zwei Männer in der Wohnung waren. Sie standen einander im Wohnzimmer gegenüber und haben gestritten. Der Wohnungsbesitzer hat eine Schusswaffe, legt an und gibt mindestens einen Schuss ab. Der zweite Mann wird getroffen und verletzt. Der Grad der Verletzung ist unklar. In einem spontanen und verdammt aggressiven Gegenangriff packt er die Vase und schlägt zu. Der Wohnungsbesitzer fällt zu Boden und rührt sich nicht. Der zweite Mann kümmert sich im Badezimmer um seine Verletzung, nimmt die Schusswaffe an sich und verlässt blutend die Wohnung. Der Wohnungsbesitzer liegt bewusstlos am Boden und erstickt an seinem eigenen Blut. Der zweite Mann verschwindet, ohne bemerkt zu werden.«

»Die Nachbarn haben nichts gehört? Nicht den Streit, nicht den Schuss, nicht den Bruch der Vase?«

»Nichts. Die Nachbarn waren alle wie vor den Kopf geschlagen, dass da unbemerkt ein Gewaltverbrechen in ihrem Haus passiert ist.«

»Und sonst hat auch niemand bemerkt, dass der Mann sich nicht mehr rührt?«

Hoffmann zuckte mit den Achseln.

»Auf seinem Handy sind im Laufe der Woche 27 Anrufe und 19 SMS-Nachrichten eingegangen. Einer der Anrufe ist von mir. Seinen Privatcomputer haben wir noch nicht angeschaut.«

»Schon klar, eines nach dem anderen.«

»Ich glaube, Viktor Zeidler ist der Täter. Er hat reinen Tisch machen wollen und hat mit Retzer eine Aussprache gesucht. Die Sache ist eskaliert und blutig geworden.«

»Klingt plausibel.«

»Der Haftbefehl ist meiner Meinung nach nur eine Formsache.«

»Denke ich auch. Vor allem, wenn wir die Blutanalyse haben. Wie schaut es eigentlich mit Fingerabdrücken aus?«

»Jede Menge. Muss natürlich noch alles analysiert werden.«

»Das heißt, in ein paar Stunden haben wir Sicherheit, ob Zeidler als Täter infrage kommt oder nicht.«

»Ja.«

Windisch schaute kurz zum Fenster hinaus und atmete durch.

»Und eines dürfen wir nicht vergessen, Gerald.«

Windisch wusste schon, was Hoffmann sagen wollte.

»Du meinst, der Mann ist verletzt, aggressiv und bewaffnet.«

»Genau. Und er weiß, dass er gejagt wird. Von uns und vielleicht noch von anderen.«

»Was soll das eigentlich mit dem reinen Tisch heißen?«, fragte Windisch, »Was wollte er von Retzer?«

»Genau das müssen wir herausbekommen.«

Windisch nickte entschlossen.

»Okay, Wolfgang, die Sache hat Priorität. Caroline und Gerhard werden ihre aktuellen Fälle zurückstellen. Du leitest die Ermittlungen. Ich kontaktiere den Staatsanwalt.«

»Geht klar.«

Windisch griff nach seinem Smartphone und tippte sich durch das Menü. Dann hielt er inne und schaute Hoffmann direkt an.

»Eins muss ich dir noch sagen, Wolfgang.«

»Und zwar?«

»Ich bin heilfroh, dass du wieder im Team bist, alter Freund.«

Hoffmann lächelte nur kurz, dann steckte er seine Hände in die Taschen seines Jacketts. Heilfroh war Windisch also. War er auch heilfroh, wieder Leichen aufzustöbern und in beschissenen Lebensgeschichten zu wühlen? Vielleicht sollte er aufhören, sich pausenlos irgendwelche Fragen zu stellen. Aber er wusste genau, die Fragen lauerten auf ihn. An jeder Ecke eine andere Frage. Und er war die Ratte, die fiebrig von Ecke zu Ecke lief und ständig Witterung aufnahm. Windisch drückte das Telefon gegen sein Ohr. Hoffmann verließ die Wohnung und trat auf den Flur. Er überlegte die nächsten Schritte.

21. SZENE

»Da seid ihr ja! Ihr seid ja schon wieder gewachsen. So eine Freude. Kommt doch herein. Der Opa wartet schon ganz ungeduldig auf euch.«

Irmgard Zeidler ließ ihre beiden Enkel eintreten. Robin stürmte gleich los. Marvin reichte seiner Großmutter artig die Hand zur Begrüßung. Klara hatte ihnen während der Straßenbahnfahrt eingetrichtert, mit Handschlag zu grüßen. Robin hatte natürlich darauf vergessen. Er konnte es nicht mehr erwarten, in den neuesten Zeitschriften seines Großvaters zu blättern. Aber das machte gar nichts aus, Robin genoss bei seinen Großeltern alle Freiheiten.

»Schau an, wie gut du erzogen bist, Marvin. Na, so eine Freude. Meine Bemühungen sind also doch nicht umsonst gewesen.«

Irmgard musterte ihren Enkelsohn wohlwollend.

»Grüß dich.«

Klara war fast erstaunt, dass ihre Schwiegermutter ihr überhaupt eine Begrüßung zugeraunt hatte. Immerhin. Natürlich, angesehen hatte Viktors Mutter Klara nicht. Ein knapper Gruß musste reichen.

»Hallo.«

Marvin vergaß auch nicht, seine Schuhe auszuziehen. Irmgard Zeidler folgte ihm in das Wohnzimmer. Klara zog den Trolley über die Türschwelle und stellte ihn ab. Sie schlüpfte aus den Sportschuhen und ging auch in das Wohnzimmer. Ihre Schwiegereltern wohnten in einem Reihenhaus am Stadtrand Wiens. Durch lebenslange Sparsamkeit und tüchtige

Arbeit waren Irmgard und Rudolf Zeidler zu einigem Wohlstand gekommen, hatten sich vor über 20 Jahren dieses Haus gekauft und genossen jetzt ihren wohlverdienten Ruhestand. Groß war das Haus nicht, aber es besaß einen Keller, ein Bad und zwei Toiletten, ein geräumiges Wohnzimmer, ein Gästezimmer, eine gut ausgestattete Küche und im Obergeschoss drei Zimmer. Für das alte Ehepaar mehr als genug Platz. Der Vorgarten war winzig, der Garten hinter dem Haus gerade groß genug für eine schattige Terrasse unter einem Walnussbaum. Irmgards Nussstrudel war großartig, Marvin und Robin konnten nie genug davon kriegen.

Ihre Söhne saßen am Wohnzimmertisch, auf den Rudolf Zeidler seine neuesten Zeitschriften gelegt hatte. Der Großvater lächelte versonnen. Er sammelte seit Jahrzehnten Zeitschriften und Bücher über Fahrzeuge aller Arten, Autos, Lastkraftwagen, Motorräder, Kampffahrzeuge und Eisenbahnen, aber auch über Flugzeuge und Schiffe. Der Mann verfügte über ein umfassendes Wissen und verstand es, den Enkeln die Technik der Fahrzeuge lebendig näherzubringen. Und er hatte nicht nur einmal die Hoffnung formuliert, dass wenigstens aus seinen Enkeln gute Ingenieure werden würden, wie er selbst einer ein Berufsleben lang war. Ob Rudolf von der Berufswahl seines Sohnes jemals enttäuscht gewesen war, hatte Klara nie herausbekommen. Doch so wie sie ihn kannte, hatte er sich höchstens kurz darüber gegrämt und dann einfach akzeptiert, dass Viktor Fußballer geworden war. Rudolf hatte ein großartiges Talent, einfach alles hinzunehmen. Wie sonst hätte er es ein Leben lang mit Irmgard ausgehalten?

»Hast du schon etwas für die Buben gekocht?«

Klara wandte sich Irmgard zu.

»Ja. Wir haben gleich nach der Schule gegessen.«

»Na dann ist ja gut.«

Rudolf erhob sich vom Tisch und begrüßte seine Schwiegertochter mit Handschlag. Wie immer steif und trocken, aber nicht unfreundlich.

Irmgard schaute hinüber zum Tisch. Die Enkel waren beschäftigt. Sie winkte Klara.

»Komm mal in die Küche.«

Klara folgte ihr. Rudolf überlegte, ob er sich wieder zu den Buben setzen oder ob er der Besprechung lauschen sollte. Die Neugierde siegte. Die Buben würden ja ohnedies über das Wochenende hier sein. Irmgard musterte nun ihre Schwiegertochter. Wobei mustern nicht der richtige Begriff war, fand Klara, es war mehr eine strenge Inspektion.

»Also was soll das jetzt?«

»Danke, dass die Buben hier übernachten können. Ich hole sie am Sonntagnachmittag wieder ab.«

»Ja, das hast du schon am Telefon gesagt. Aber das kam so kurzfristig.«

Klara hatte es während des Mittagessens einiges an Überredung gekostet, Marvin zu überzeugen, das Wochenende bei den Großeltern zu verbringen. Eine Zeit lang fand er Opas Begeisterung für Autozeitschriften ja amüsant, doch ein ganzes Wochenende würde das ziemlich langweilig werden. Klara hatte ihm erlaubt, eine neue Spiele-App für sein Smartphone runterzuladen. Und Robin hatte eine DVD mit dem neuesten Animationsfilm erhalten.

»Ging leider nicht anders.«

»Ist irgendetwas vorgefallen?«

Klara überlegte, wie viel sie ihren Schwiegereltern erzählen sollte.

»Wo ist denn Viktor?«, fragte Rudolf.

»Habt ihr euch gestritten?«, hakte Irmgard nach.

»Nein, wir haben nicht gestritten.«

»Aber wenn du uns die Buben so mir nichts, dir nichts bringst, muss etwas passiert sein.«

Der anklagende Tonfall und die Geringschätzung in der Miene Irmgards machten Klara ziemlich zu schaffen, aber sie hielt durch. Sie kannte ihre Schwiegermutter und hatte nichts anderes erwartet. Irmgard hatte es Klara nie verziehen, dass sie sich von ihrem kleinen Prinzen hatte schwängern lassen. Ihr hatte eine bessere Partie vorgeschwebt, irgendeine hübsche Maturantin aus gutem Haus, ja, die Sabina Lechner, mit der Viktor eine Zeit lang gegangen war, wäre ihr als Schwiegertochter genehm gewesen. Aber Klara? Die Tochter einer zwielichtigen Dame, einem Flitscherl, wie Irmgard Klaras Mutter einmal genannt hatte. Und Klara hatte eben keine Matura. Eine Friseurin! Das war doch keine Frau für ihren Sohn. Dass Klara ziemlich erfolgreich ein Unternehmen führte, hatte bei Irmgard nicht einen Funken von Eindruck hinterlassen. In Wahrheit hielt sie Klara auch für ein Flitscherl. Ihrem Mann gegenüber hatte sie gelegentlich die Befürchtung geäußert, dass der Friseurladen nicht von ungefähr in der Nähe der Rotlichtszene am Gürtel angesiedelt war. Und dann noch die vielen Ausländer in diesem Viertel, das sprach doch Bände.

»Viktor ist verschwunden.«

Das Ehepaar starrte Klara entgeistert an.

»Was soll das heißen?«

»Was ich gesagt habe. Seit einer Woche ist er fort.«

»Du hast dich also doch mit ihm gestritten.«

»Er hat den Wagen genommen und ist verschwunden.«

»Ohne etwas zu sagen?«

»Ich habe keine Ahnung, warum er fort ist. Und ich weiß nicht, wo er sein könnte.«

»Du lügst.«

»Wie bitte?«

»Du lügst doch, wenn du den Mund aufmachst. Du hast ihn vertrieben!«

Klara atmete durch.

»Hast du ihn am Ende mit einem anderen Kerl betrogen? Das habe ich immer befürchtet, dass du so enden wirst wie deine Frau Mama.«

Klara versuchte nicht zu explodieren. Schwer möglich. Sie kämpfte. Ein Ventil musste geöffnet werden. Druckablass.

»Pass mal auf, Irmgard! Ich arbeite wie ein Vieh, ich bezahle alle Rechnungen, ich koche, ich mache den Haushalt, ich übe mit Robin Lesen und Rechtschreibung. Und was macht dein Superkerl von Sohn? Er sitzt den ganzen Tag vor dem Computer, wichst und spielt seine vertrottelten Spiele. Deine beschissenen Vorwürfe brauche ich mir nicht anzuhören!«

»Jetzt werde nicht gleich ordinär! Und in meinem Haus schreist du mich nicht an, verstanden?«

»Dann komm du mir nicht mit saublöden Vorwürfen!«

Rudolf stand wie ein begossener Pudel neben den beiden Frauen. Auch Marvin und Robin hatten spitzgekriegt, dass in der Küche gestritten wurde. Irmgard war zutiefst beleidigt. So hatte ihre Schwiegertochter noch nie mit ihr geredet. Empörend.

»Ich habe eine Vermisstenanzeige aufgegeben.«

Irmgard bekam es nun doch mit der Angst zu tun.

»Du hast die Polizei eingeschaltet?«

»Was soll ich sonst tun? Ich habe hundertmal angerufen. Er ruft nicht zurück. Nichts. Er ist verschwunden. Er hat mich sitzen lassen, nicht ich ihn. Ich habe Scherereien ohne Ende, er ist einfach fort.«

Irmgard schnappte nach Luft.

»Dann … dann ist er in schlechte Gesellschaft geraten.«

Klara zuckte mit den Achseln.

»Kann ja sein, dass dein Söhnchen schlechte Gesellschaft gesucht hat. Immerhin hat er mich geheiratet, nicht wahr?«

Die schwarze Galle in ihren Worten schüchterte ihre Schwiegereltern merklich ein. Klara fühlte, wie eine Gerölllawine von ihr abfiel. Es war gut, einmal aufzuschreien. Doch es folgte Leere. Sinnlose Leere.

»Und was willst du jetzt tun?«, fragte Rudolf verstockt.

»Jetzt werde ich mich auf die Suche nach Viktor machen. Deswegen müsst ihr auf Marvin und Robin aufpassen. Bis Sonntagnachmittag. Geht das?«

»Natürlich geht das. Die Buben sind bei uns gut aufgehoben.«

Anders als bei deiner Mutter, bei der sie wahrscheinlich Schnaps zu trinken bekämen und Pornofilme schauen dürften, vollendete Klara Irmgards Satz im Kopf. Sie ließ den Gedanken nicht über ihre Zunge, böse Worte waren bereits genug gesprochen worden.

»Im Koffer sind Pyjamas und Ersatzkleidung. Auch die Zahnbürsten. Marvin muss für die Englischschularbeit nächste Woche lernen, aber er macht das schon. Robin soll laut lesen. Das macht noch Probleme. Ich muss jetzt los.«

Irmgard gestikulierte.

»Mach dir um die Buben keine Sorgen.«

»Mach ich nicht. Danke. Vielen, vielen Dank!«

Spontan umarmte sie Irmgard und danach Rudolf. Sie waren noch nie so persönlich miteinander geworden. Irmgard war völlig sprachlos.

»Und ruf an, wenn du etwas weißt.«

Klara nickte Rudolf zu.

»Na klar. Tschüs.«

Sie wusste gar nicht mehr, wie sie in den Bus gekommen war. In jedem Fall saß sie darin und fuhr in Richtung Gürtel. Hatte sie überhaupt auch nur den Ansatz eines Plans?

22. SZENE

Hoffmann und Stranek warteten, bis Assmann das Telefonat beendet hatte.

»Hat sich jetzt gut angehört.«

»Ja, die slowenischen Kollegen haben den Verdächtigen erwischt. Der Volldepp hat ein Auto auf einer Tankstelle geknackt. Der Tankwart hat alles am Bildschirm gesehen und die Polizei angerufen. 20 Minuten später haben sie den Mann von der Autobahn geholt. Der sitzt jetzt mal für ein Weilchen«, sagte Assmann.

»Damit ist der Durchbruch in der Wirtshausschlägerei mit Todesfolge geschafft.«

»Kann man so sagen. Der Tatverdächtige ist in Gewahrsam. Wird man sehen, wann die Slowenen ihn an uns ausliefern.«

Hoffmann war über diese Wendung mehr als erfreut. Assmann würde seine erprobte Arbeitsleistung in den Fall Armin Retzer stecken können.

»Hat Gerald dir gesagt, dass wir uns zu dritt den Fall vornehmen sollen?«

»Ja, er hat angerufen.«

»Du weißt, dass ich es nicht so gern habe, wenn man auf Zuruf des Chefs von seinen Fällen abgezogen wird.«

»Weiß ich nur zu gut.«

»Darum bin froh, Gerhard, dass dein Fall sich weitgehend geklärt hat.«

»Bin ich auch froh. Also, worum geht es bei der Sache?«

Caroline Stranek saß auf ihrem Schreibtisch und ließ die Füße baumeln.

»Um Blut geht es. Scheißviel Blut.«

Hoffmann und Assmann schauten zu Stranek hinüber. Ihre Miene war kühl und unnahbar.

»Und gerochen hat der Fisch im Netz auch nicht mehr appetitlich.«

Hoffmann pflichtete Stranek mit einem Achselzucken bei.

»Also, Gerhard, ich fasse die Sache kurz zusammen. Und dann reden wir darüber, wer was übernimmt.«

Assmann lehnte sich in die Lehne seines Schreibtischstuhls und verschränkte die Arme.

»Schieß los.«

23. SZENE

Die drei Frauen standen im Büro beisammen und klammerten sich an ihre Kaffeetassen. Klara leerte die Tasse mit einem Schluck. Im Laden warteten vier Kundinnen, dennoch hatte sie ihre beiden Mitarbeiterinnen Eszter und Silvija zu sich ins Büro gebeten. Frau Gönal hatte heute ihren freien Tag. Klara schaute auf die Wanduhr oberhalb der Tür. Der Nachmittag war bereits vorangeschritten. Die Stimmung in der Gruppe war schon mal besser.

»Du, Klara, ich kann Bogdan anrufen. Das ist kein Ding. Du weißt, er ist Vereinsobmann. Wenn Bogdan seinen Leuten sagt, sie sollen die Augen aufmachen, dann suchen da draußen 100 Männer nach Viktor. Das macht Bogdan mit ein paar Anrufen. Ich übertreibe nicht. Das weißt du.«

Der serbische Kulturverein, in dem sich Silvija engagierte, verfügte über ein gutes Netzwerk in Wien. Die Leute hielten zusammen, halfen einander und standen auch mit dem Wiener Rathaus in regem Kontakt. Straßenfeste, Grillabende, Aktionen an Kindergärten und Schulen und Musikveranstaltungen wurden von diesem Verein organisiert und von der Stadtverwaltung gesponsert. Und viele in der Gegend wohnende Serbinnen kamen zu Klara in den Laden, um sich für die Veranstaltungen des Vereins eine neue Frisur verpassen zu lassen.

»Ja, das weiß ich. Aber ich will das nicht. Das wäre mir peinlich. Es muss nicht ganz Ottakring wissen, dass mich mein Mann hat sitzen lassen.«

»Und weißt du schon, wo du anfangen wirst? Hast du einen Plan?«, fragte Eszter.

Klara seufzte.

»Einen Plan kann man das nicht nennen. Aber ich werde mal bei seinen alten Kumpels nachfragen. Vielleicht wissen die ja irgendetwas.«

Silvija leerte ihre Kaffeetasse und öffnete die Tür einen Spalt.

»Da kommt wieder Kundschaft. Wir müssen weitermachen.«

Eszter nickte und leerte ebenso ihre Tasse. Klara nahm die Tassen an sich.

»Ich räume noch den Spüler ein, dann breche ich auf.«

»Und ich mache wie gewöhnlich den Laden dicht«, sagte Eszter.

»Danke. Was würde ich nur ohne euch machen?«

»Wir kriegen das schon hin.«

Damit verließen die beiden Friseurinnen das Büro. Klara verrichtete noch ein paar Handgriffe, räumte die Teeküche auf und startete das Waschprogramm der Spülmaschine. Sie trat in den Türstock und besah den kleinen Raum. Die Teeküche war gut ausgestattet. Ein Kühlschrank, ein E-Herd, eine Kaffeemaschine, ein Wasserkocher und die Spülmaschine, alles was man so brauchte. Die Personaltoilette lag gleich neben der Teeküche. Der Kredit für die Renovierung des Ladens lief noch über acht Jahre. Bald nachdem Viktor seinen Job geschmissen hatte, hatte sie mit der Bank eine Erhöhung der Laufzeit und Senkung der Ratenzahlung vereinbaren müssen. Acht Jahre waren keine Ewigkeit, sie war 35 Jahre alt und fühlte nach wie vor die Energie der Jugend in sich.

Irgendwann mit 14 oder 15, so genau konnte sie den Zeitpunkt nicht mehr festmachen, hatte sie intensiv über ihr Leben nachgedacht. Wer war sie? Was wollte sie? Was konnte sie? Solche Fragen. Und dann hatten die Kerle, mit denen sich ihre Mutter abgegeben hatte, Klara immer offensiver nachgestellt. Männer über 40, die die hübsche Tochter der alternden Gespielin ins Auge fassten. Blutauffrischung. Da der Mann, der ihr schicke Schuhe und Kleider hatte kaufen wollen. Dort ein anderer, der sie mit seinem Sportwagen an den Neusiedler See zum Baden hatte mitnehmen wollen. Dann der Mann, der sie einen Sommer lang in den Eissalon hatte einladen wollen. Klara hatte schnell herausgefunden, dass sie diese Angebote ausschlagen musste, dass sie so bald wie möglich die Wohnung der Mutter verlassen und auf ihren eigenen Beinen stehen musste. Es war ihr gelungen. Sie hatte eine Lehrstelle gefunden, in einem Lehrlingsheim ein Zimmer gekriegt und mit viel Arbeit ihren Weg genommen. Und sie hatte sich ihren Traum von einem eigenen Laden erfüllt. Sie liebte ihre Arbeit, sie liebte die Verantwortung, vertraute ihren Mitarbeiterinnen und sie liebte diesen Laden. Sie hatte 20 Jahre lang auf den Moment hingearbeitet, wo sie einfach mal sagen konnte: Ich habe es geschafft!

Und jetzt? Wo war dieser Moment? Die Belastungen stiegen mit jedem Monat. Sie schuftete wie verrückt, rackerte sich ab, gab alles, was sie konnte. Und was wurde besser? Nichts.

Als Lehrmädchen hatte sie immer wieder die hübschen Gymnasiastinnen beneidet. Wie leicht deren Leben doch war! Ein wohlhabender Vater, der für Klamotten, Sport und Urlaubsreisen ans Meer aufkam, eine Mutter, die den Förderunterricht und Geburtstagsfeiern organisierte, ein Umfeld, das man in der schönen Sprechweise hörte, das man in alltäglichen Bewegungen sah. Selbstbewusstsein und Erfolg waren ihnen in die Wiege gelegt. Den Begriff Arbeit kannten die Gymnasiastinnen nur aus dem Wörterbuch, oder wenn sie in Mathe oder Englisch eine Schularbeit schreiben mussten. Doch dieser Neid war bald verflogen. Bereits als 20-Jährige hatte Klara verstanden, dass das Leben der Bürgermädchen auch nicht immer leicht und unbeschwert war, sondern dass sich die Mühsal des Lebens nur anders kleidete. Klara war klar geworden, dass sie sogar einen Vorsprung hatte. Sie hatte die Kälte des Lebens schon als kleines Kind gespürt, in einer Zeit, in der die Bürgermädchen noch an das Christkind und an die Klugheit der sprechenden Tiere in den Hollywood-Filmen geglaubt hatten.

War ihr Leben trotz der vielen Arbeit besser geworden? In vielen Punkten ja. In manchen nicht.

Klara zog ihre Jacke an und verließ ihren Laden. Sie stapfte in Richtung der Straßenbahnhaltestelle. Zwei Augen stachen aus der Menge. Sie schaute genauer. Klara hielt inne.

24. SZENE

Hoffmann betätigte die Funkverriegelung, die Blinker seines Wagens leuchteten einmal auf, dann war der Wagen versperrt. Er ging die Gasse entlang und erreichte die Thaliastraße. Bei der Fußgängerampel wartete er auf das grüne

Licht und überquerte dann die Fahrbahn. Klaras Friseursalon lag nur ein paar Schritte entfernt. Hoffmann näherte sich. Da trat die Chefin des Ladens vor die Tür. Sie schien völlig in Gedanken versunken zu sein. Erst hielt sie nach der Straßenbahn Ausschau, dann entdeckte sie ihn. Sie hielt inne. Hoffmann trat an Klara heran.

»Guten Tag, Frau Zeidler.«

»Tag.«

»Wie geht es Ihnen?«

»Geht so. Kommen Sie zu mir?«

»Ja.«

»Glück gehabt. Ich wollte gerade in die Straßenbahn steigen.«

»Manchmal haben auch Polizisten Glück.«

Klara zeigte mit dem Daumen hinter sich.

»Sollen wir in mein Büro gehen?«

Hoffmann wiegte den Kopf.

»Ich habe einen anderen Vorschlag.«

»Und zwar?«

»Sie wollten ja in die Straßenbahn steigen.«

»Allerdings.«

»Was halten Sie davon, wenn ich Sie im Auto mitnehme? Sozusagen ein Taxi auf Staatskosten. Und im Auto können wir ungestört reden. Ist das ein Vorschlag?«

»Na gut.«

»Wunderbar. Mein Wagen steht da um die Ecke.«

Schweigend gingen sie zum Wagen und stiegen ein.

»Wo darf ich Sie absetzen?«

»Zu Hause. Gutraterplatz.«

Hoffmann startete den Wagen und kurbelte ihn aus der engen Parklücke. Er fuhr gemächlich los. Ein Duftgemisch von Parfüm und Pflegemitteln breitete sich im Wagen aus.

Fußballer rochen nach Schweiß, Mechaniker nach Motoröl und Friseurinnen nach Shampoo. Wonach rochen eigentlich Polizisten?

»Haben Sie Ihre Arbeit unterbrochen, um Ihren Sohn von der Nachmittagsbetreuung abzuholen?«

»Ich habe heute nur am Vormittag gearbeitet.«

»Weil Sie mittags Besorgungen erledigen mussten?«

»So kann man es sagen.«

Hoffmann spürte ihre Verspannung. Sie presste fast krampfhaft ihre Knie aneinander und die rechte Hand klammerte sich an den Griff über der Tür.

»Wie geht es Ihnen, Frau Zeidler?«

»Wieso fragen Sie?«

»Sie wirken sehr angespannt.«

»Ich bin angespannt.«

Vielleicht half ein bisschen Plauderei.

»Mein Magen knurrt schon. Vor lauter Arbeit bin ich heute nicht zum Essen gekommen. Ich habe nur gefrühstückt. Ohne Frühstück gehe ich nicht außer Haus. Wie ist das bei Ihnen? Essen Sie zum Frühstück ordentlich oder kippen Sie nur einen schnellen Kaffee hinunter?«

»Ich trinke in der Früh nur Tee. Kaffee erst im Laden.«

»Und haben Sie heute schon zu Mittag gegessen?«

»Wollen Sie mich etwa zum Essen einladen?«

Hoffmann schaute kurz zu Klara Zeidler hinüber. Ihren Tonfall konnte man nicht als schnippisch bezeichnen, eher als aggressiv. Hoffmann bremste an einer ungeregelten Kreuzung und wartete bis ein von rechts kommender Wagen vorbeigerollt war. Dann beschleunigte er wieder gemächlich.

»Frau Zeidler, ich wollte Konversation betreiben in der Hoffnung, dass Sie sich ein bisschen entspannen. Ich erlebe es immer wieder, dass Menschen in Anwesenheit eines Kriminalpolizisten nervös werden. Manchmal ist das für meine Arbeit gut, manchmal schlecht.«

Klaras Haltung lockerte sich.

»Entschuldigung. Ich will nicht zänkisch wirken.«

»Schon okay.«

»Also, ich habe heute Mittag die Arbeit beendet, um die Buben von der Schule abzuholen. Dann habe ich schnell gekocht und sie zu meinen Schwiegereltern gebracht. Dort bleiben sie über das Wochenende.«

»Sind Ihre Söhne regelmäßig bei den Großeltern?«

»Früher waren sie das schon, früher, als Viktor noch gearbeitet hat. In den letzten zwei, drei Jahren nur mehr selten. Viktors Mutter und ich … wie soll ich sagen …«

»Sie liegen nicht auf derselben Wellenlänge.«

»So kann man es ausdrücken.«

»Und warum haben Sie jetzt Ihre Söhne hingebracht?«

»Damit ich nach Viktor suchen kann.«

Hoffmann schwieg ein Weilchen.

»Und was haben Sie vor?«

»Ich weiß nicht, was ich vorhabe. Ich will herumtelefonieren. Seine alten Kumpels und ehemalige Arbeitskollegen anrufen. In Wahrheit habe ich keinen Plan. Ich weiß nur, dass es so nicht weitergehen kann.«

Wieder schwieg Hoffmann. Der Wagen bog auf eine Hauptverkehrsstraße ein. Wie üblich an einem Freitagnachmittag war das Verkehrsaufkommen sehr dicht. Sie näherten sich dem Gutraterplatz.

»Frau Zeidler, würden Sie mir gestatten, dass ich mich in Ihrer Wohnung ein wenig umsehe?«

Sie schaute Hoffmann beunruhigt an.

»Umsehen? Wieso das?«

»Sie haben mir doch die Namen der Freunde Ihres Mannes genannt. Und ich war dabei, der Reihe nach die vier Herren aufzusuchen. Durch direkte Gespräche ergibt sich bei Vermisstenanzeigen immer wieder schnell ein klares Bild vom Verbleib der abgängigen Person. Mit Herrn Prüller und Herrn Jurkowitsch habe ich gesprochen und zu Herrn Swoboda ist genau jetzt eine Kollegin unterwegs. Ich erwarte ihren Anruf in ungefähr einer halben Stunde.«

»Eine Kollegin?«

»Ja.«

»Es ist was passiert, nicht wahr? Sonst würden Sie nicht Ihre Kollegin hinzuziehen.«

Hoffmann nickte Klara zu. Sie war eine Frau, die schnell begriff.

»Wir haben am späten Vormittag die Leiche von Armin Retzer gefunden.«

Klara hielt den Atem an, jede Farbe wich aus ihrem Gesicht.

»Die Leiche?«

»Herr Retzer ist eines gewaltsamen Todes gestorben.«

»Was ist passiert?«

»Bitte haben Sie Verständnis, dass ich zum gegenwärtigen Zeitpunkt über laufende Ermittlungen nicht mehr sagen kann.«

»Wird Viktor verdächtigt?

»Sie selbst haben mich erst auf die Spur des Verbrechens geführt. Ich will ehrlich zu Ihnen sein, Frau Zeidler. Ja, der Verdacht steht im Raum.«

»Um Himmels willen!«

Hoffmann entdeckte einen Parkplatz in unmittelbarer Nähe des Wohnhauses der Familie Zeidler und stellte den Wagen ab. Klaras Hände zitterten, die Stimme bebte.

»Ich lasse mich scheiden. Ich schaffe das nicht mehr. Bald flippe ich völlig aus.«

Hoffmann griff nach Klaras Hand und hielt sie fest.

»Beruhigen Sie sich. Mir ist klar, dass das eine sehr schlimme Situation für Sie ist, aber es bringt Ihnen und Ihren Söhnen überhaupt nichts, wenn Sie jetzt ausflippen. So gut es geht, werde ich Ihnen helfen. Und wenn Sie psychologische Unterstützung brauchen, kann ich das im Nullkommanichts organisieren. Hm? Geht es wieder? So halbwegs zumindest?«

Er lächelte sie gewinnend an. Klara wusste gar nicht, wie ihr geschah, aber seine Worte und seine Berührung taten ihr gut. Ein einfacher Händedruck nur, aber er wirkte besser als eine halbe Packung Tabletten. Hoffmann ließ ihre Hand wieder los.

»Frau Zeidler, ich habe keinen Durchsuchungsbefehl. Noch nicht. Sie können meine Bitte selbstverständlich ablehnen. Ich möchte Sie in keiner Weise bedrängen. Okay? Gut. Darf ich mit Ihnen hoch in die Wohnung kommen und mir den Schreibtisch Ihres Mannes ansehen?«

»Ja. Kommen Sie mit, Herr Inspektor. Ich erlaube Ihnen, meine Wohnung zu betreten. Nein, ich will das sogar. Unbedingt. Sie müssen mit mir hoch.«

Hoffmann langte zum Rücksitz nach seiner Tasche.

»Dann los.«

25. SZENE

Seit sich Herr Spengler um Bero kümmerte, konnte sie ihre Arbeit viel befreiter verrichten. Das war ja das Problem mit den Lebenskonzepten von Caroline Stranek und Bero, auf der einen Seite die ungebundene Polizistin mit unregelmäßigen Arbeitszeiten und unzähligen Überstunden, auf der anderen Seite der lauffreudige Golden Retriever, der alleine in Haus und Garten ausharren musste. Früher hatte sie Studenten bezahlt, die sich tagsüber um den Hund gekümmert hatten. Das übernahm nun Herr Spengler. Vor anderthalb Jahren war ihr Nachbar in Pension gegangen. Seine Frau führte im Haus ein recht strenges Regiment und sie hatte eine große Passion, nämlich Reinlichkeit. Ein Hund hinterließ im Haus oder Garten nun einmal Spuren, Hundehaare, Pfotenabdrücke nach einem Regenfall und Derartiges, und genau das konnte Frau Spengler nicht ausstehen. Daher war ein Hund im Haus für sie unmöglich. Herr Spengler nun liebte nicht nur seine Frau, sondern auch Hunde, so war es ihm ein tief empfundenes Glück, täglich mit Bero mal eine kleine, mal eine große Runde zu gehen. Herr Spengler und Bero hatten im Nu Freundschaft geschlossen. Carolines Nachbar erfreute sich robuster Gesundheit, war gut zu Fuß und nahm für seine Betreuungsdienste nicht einen Cent. Witzelnd hatte er gesagt, dass er froh war, für das tägliche Fitnesstraining bei jedem Wetter nichts bezahlen zu müssen. Für Stranek eine äußerst günstige Fügung.

Eine Bekannte, die selbst zwei Hunde besaß und diese liebevoll hegte und pflegte, hatte Stranek einmal richtig aufgebracht an den Kopf geworfen, dass eine alleinstehende Kriminalpolizistin keinen Hund halten sollte. Das wäre dem Tier gegenüber unverantwortlich. Damals war Bero noch jung gewesen und Stranek hatte eine nicht sehr zuverlässige Studentin für die Tagesbetreuung engagiert. Stranek hatte mit den Schultern gezuckt und auf Durchzug gestellt. Von sogenannten Tierliebhabern, die ihre Hunde und Katzen vergötterten, aber Rinder und Schweine jederzeit in den Kochtopf warfen, brauchte sie sich wirklich keine Vorhaltungen machen zu lassen. Da waren ihr Leute wie ihr Kollege Walter Kaltenegger lieber, der sich explizit als Fleischesser verstand und einräumte, dass er bei einer Hungersnot bestimmt auch Hunderagout oder Falschen Hasen von der Katze oder vom Meerschweinchen zubereiten würde. Wie üblich bei Kaltenegger setzte er bei solchen Äußerungen ein schiefes Grinsen auf und fügte hinzu, dass er seinen Hund natürlich nicht der Kochkunst aussetzen würde, sondern den des Nachbarn. Kaltenegger eben. Stranek liebte es, mit dem alten Dampfross zu debattieren.

Caroline Stranek stieg aus dem Dienstwagen und ging auf das Schulgebäude zu. Sie schaute auf ihre Armbanduhr. Die Zeit würde passen. Vor dem Gebäude sammelten sich Schülergruppen, deren Unterricht eben endete. Der Bau war aus der Gründerzeit, schätzte Stranek, und durch zeitgemäße Renovierung gut erhalten. Sie drängte sich an Schülergruppen vor dem Eingang vorbei und betrat die Schule.

»He, du, sag mir mal, wo das Lehrerzimmer ist.«

Der langhaarige Teenager war gerade dabei, sich die Ohrstöpsel seines Smartphones einzusetzen. Bevor der Bursche in der Geräuschkulisse seiner MP3-Sammlung verschwand, deutete er mit dem Daumen über seine Schulter.

»Stiege hoch und geradeaus.«

Stranek zwinkerte ihm zu und nahm die Treppe. Sie schaute sich im Gang um. Die Tür zum Lehrerzimmer stand offen, davor waren drei Personen in ein Gespräch vertieft.

»Können Sie mir sagen, wo ich Hugo Swoboda finde?«

Die drei Lehrkräfte, ein Mann und zwei Frauen, schauten Stranek von der Seite an. Der Mann zog die Augenbrauen hoch. Das war ja wohl keine Art, mit einem Herrn Professor zu sprechen. Vor allem, wenn man in Jeans und Sportschuhen in ein Gymnasium latschte. Stranek schmunzelte. Vielleicht war der alte Schnösel sogar der Herr Direktor. Das Alter und das hochseriöse Jackett deuteten darauf hin.

»Herr Professor Swoboda ist im Lehrerzimmer.«

»Heute mal eine gute Nachricht.«

Sie wollte den Raum betreten.

»Moment! Eltern dürfen nur nach Anmeldung ins Lehrerzimmer.«

»Na, wenn das so ist, melde ich mich gleich persönlich an.«

Stranek trat einfach in den Raum und schaute sich um. Sie zählte fünf Personen. Der Schnösel drängte sich an ihr vorbei.

»Herr Kollege Swoboda!«

Ein Mann Anfang 40 wandte sich vom Computer ab.

»Ja?«

»Für Sie.«

Der Tonfall des Mannes im Jackett ließ keinen Zweifel übrig, was er von den Manieren der Besucherin hielt. Swoboda musterte Stranek und grub in seinem Gedächtnis, ob er sie von den Elternabenden kannte. Offenbar wurde er nicht fündig.

»Einen Moment bitte, ich muss das noch fertig tippen.«

»Ganz schlecht, Zeit hab ich extrem wenig.«

Stranek ging auf den PC-Arbeitsplatz zu und zog ihre Dienstmarke.

»Abteilungsinspektor Stranek. Kriminalpolizei.«

Totenstille im Raum.

»Wo können wir ohne Publikum reden?«

Swoboda hatte auf einen Schlag seine Schreibarbeit vergessen. Er erhob sich.

»Im Nebenraum.«

»Also, gehen wir.«

26. SZENE

Klara verschwand auf direktem Weg in der Küche.

»Wollen Sie eine Tasse Kaffee, Herr Inspektor?«

Hoffmann schaute sich im Vorzimmer um. Eine typische Wiener Altbauwohnung, knarrender Parkettboden, dicke Mauern. Die Fenster waren neu, die alten Türen makellos instand gesetzt, an der Garderobe hingen Jacken und Pullover. Unzählige Paar Schuhe standen herum. Er wagte einen Blick in das Wohnzimmer. Eine stilvolle Mischung von alten und neuen Möbeln. Am Boden lag ein schöner Perserteppich. Die Wohnung sah nach funktionierendem Familienleben aus. Da hatte Hoffmann schon ganz anderes gesehen. Versiffte

Junkiebuden und elende Rattenlöcher. Das war eine Wohnung zum Wohlfühlen. Na gut, so bunte Vorhänge würde Hoffmann niemals aufhängen. Und die Farbe des Sofas war gelinde gesagt knallig. Hoffmann verzog seinen Mund. Niemand musste einen derart langweiligen Geschmack wie er selbst haben.

»Kaffee?«

Hoffmann riss den Kopf herum. Klara stand im Türstock und hielt eine Packung Bohnenkaffee in der Hand.

»Ja, sehr gerne.«

»Wollen Sie gleich in Viktors Zimmer?«

Hoffmann überlegte.

»Ach, vielleicht trinken wir zuerst eine Tasse. Die Arbeit läuft mir ja nicht davon.«

»Sie klingen wie ein Beamter.«

Hoffmann schmunzelte. Ihre Witze kamen ziemlich trocken. Und sie verzog dabei nicht die Miene. Vielleicht hatte sie die Bemerkung nicht als Witz gemeint?

»Ich bin ein Beamter. Und im Kommissariat bin ich für meine legendäre Langsamkeit berühmt.«

Klara zuckte mit den Achseln.

»Ich weiß gar nicht, wie sich das anfühlt. Langsamkeit.«

Damit verschwand sie wieder in der Küche, füllte Kaffeepulver in die Alukanne und setzte diese auf die Gasflamme.

»Nehmen Sie Platz.«

»Vielen Dank.«

In der Küche stand ein Frühstückstisch für vier Personen. Auf dem Kühlschrank klebten Panini-Sticker mit den Fußballhelden der letzten Weltmeisterschaft. Stundenpläne waren mit Magnetknöpfen an der Metallwand befestigt. Hoffmann stellte seine Tasche ab und setzte sich. Klara nahm den Stuhl ihm gegenüber.

Warum war er so aufgeregt? Er hatte doch in unzähligen Wohnungen mit Menschen gesprochen. Gehörte zum Beruf. Wenn er sich in die Lebensgeschichten der Menschen hineinwühlte, dann gehörten Aufenthalte in den Wohnräumen der Menschen einfach dazu. Wohnungen erzählten viel von einem Leben. War er aufgeregt, weil er seit einer schier unendlichen Pause wieder mitten in einer Ermittlung stand? In einem Tötungsdelikt noch dazu? Keine Kleinigkeit, keine Kinkerlitzchen, kein Kinderspiel, der Geruch des toten Mannes lag nach wie vor in seiner Nase.

Klara stützte den rechten Ellbogen auf den Tisch, seufzte und schaute zum Fenster in den Innenhof hinaus.

Hoffmann kniff die Augen zusammen. Ihre gedankenverlorenen Bewegungen hatten etwas in ihm gerührt. Jetzt verstand er seine Stimmung. Eine schöne Frau, deren Energie er bewunderte, saß ihm gegenüber. Ja, sie war verheiratet und hatte zwei Söhne. Aber ihre Männer waren fort. Wer wusste schon, wo sie sich herumtrieben. Sie war alleine. Und sie brauchte Hilfe. Hoffmann kniff die Lippen zusammen. War er dabei, eine sentimentale Eule zu werden? Er überlegte nur kurz.

Nein.

Er war Polizist. Er kratzte Leichen vom Boden und hetzte Mördern hinterher. Und dieser Schlag mit der Vase war ein guter Grund für miese Laune.

»Sagen Sie mir bitte, was geschehen ist. Ich muss das wissen.«

Hoffmann wiegte den Kopf.

»In der Wohnung von Armin Retzer hat ein Kampf stattgefunden. Der Mann ist jetzt tot. Die Wirkung stumpfer Gewalt hat zum Tod geführt. Mindestens ein Schuss aus einer Pistole ist gefallen. Sie müssen verstehen, Frau Zeidler, bei solchen Problemen im Zusammenleben der Menschen hat die Polizei ein Wort mitzureden.«

»Ist es sicher, dass Viktor darin verwickelt ist?«

»Derzeit ist das nicht sicher. Die Spurensicherung ist an der Arbeit. Spuren gibt es genug. Wir werden bald genauer Bescheid wissen.«

»Aber selbst wenn Spuren von Viktor in der Wohnung gefunden werden, heißt das noch lange nichts. Fingerabdrücke müssen dort sein. Viktor hat Armin mehrmals besucht.«

»Genau, alles ist noch offen. Mit Sicherheit kann die Polizei bis jetzt nur sagen, dass ein Mann getötet wurde. Darum kann ich auch der Beweisführung nicht vorgreifen.«

Die Kaffeekanne pfiff. Klara erhob sich und füllte zwei Tassen mit köstlich duftendem Kaffee.

»Meine Güte, allein der Gedanke, mein Mann könnte jemanden getötet haben, lässt mich zittern.«

»Setzen Sie sich zu mir, Frau Zeidler. Trinken wir erst eine Tasse Kaffee, dann schaut alles gleich viel geordneter aus.«

Klara stellte die Tassen ab und setzte sich. Sie schaute Hoffmann aus großen Augen an. Er griff zur Tasse und nippte an der heißen Flüssigkeit.

»Prima Bohnen. Und in der Alukanne gekocht, schmeckt Kaffee immer irgendwie nach einer italienischen Taverne an lauschigen Sommerabenden. Mit Blick aufs Meer, versteht sich.«

Ein verlorenes Lächeln huschte über Klaras Miene.

»Ich habe die Kanne auch in Italien gekauft. In Pisa. Viktor und ich haben eine Rundreise gemacht. Ich war mit Marvin schwanger. Fünfter Monat. Zwei Wochen waren wir auf Tour.«

»Klingt nett.«

»War auch nett. Eine gute Zeit.«

»Wie haben Sie Viktor kennengelernt?«

»Wie man Sportler eben kennenlernt. Man muss auch Sport treiben. Ich habe in einem Verein Volleyball gespielt. Wir waren gar nicht schlecht. Einmal habe ich bei einem internationalen Turnier mitgespielt. Gewonnen haben wir nicht, aber gut gespielt. Für eine Profikarriere haben mir ein paar Zentimeter gefehlt. Und am Sportplatz haben wir uns entdeckt.«

Hoffmann schmunzelte.

»Entdeckt. Das hört sich richtig romantisch an.«

Klara schüttelte keck den Kopf.

»Klar, romantisch. Ich war 19, er war 22. Da ist alles romantisch.«

»Sie haben jung geheiratet.«

»Und jung zwei Buben geboren. Passt schon so. Jetzt bin ich 35 und hab zwei große Burschen. Andere Frauen kriegen mit 35 ihr erstes Baby. Könnte ich jetzt gar nicht brauchen.«

»Sie haben andere Sorgen.«

»Leider ja.«

»Hat Ihr Mann als Fußballer gut verdient?«

»War nicht schlecht.«

»Was hat er mit dem Geld gemacht?«

»Das ist eine Eigentumswohnung. Viktor hat sie gekauft. Auch die Möbel und das Auto. Als Trainer hat er nicht so toll verdient, aber wir kamen über die Runden. Jetzt ist er völlig pleite.«

»Wie gut kannten Sie Armin Retzer?«

»Nicht so gut. Eben wie man einen Freund des Ehemanns so kennt. Persönlich nur vom Sehen, aber Viktor hat immer wieder mit Begeisterung erzählt, was sich Armin hat einfallen lassen.«

»Retzer war also ein einfallsreicher Mann.«

»Das ja. Er hat Energie gehabt. Stand ständig unter Strom. Und er hat Viktor mal Geld geborgt. Einfach so, weil sie Kumpels waren. Armin hat einen Batzen geerbt. Er hat keine Geldsorgen gehabt.«

»Wie viel hat er Viktor geborgt?«

»7.000 Euro. Viktor hat damals noch gearbeitet und ihm das Geld in Raten zurückgezahlt.«

»Ein freundlicher Zug von Retzer.«

»Beim Geld war er nicht kleinlich. Aber in Wahrheit habe ich mich vor Armin immer irgendwie gefürchtet.«

»Erklären Sie das genauer.«

»Ich weiß nicht, ob ich das genauer erklären kann. Mir gegenüber hat sich Armin immer total korrekt verhalten. Er war ja in seinem Beruf ziemlich erfolgreich. Ein Manager. Konnte reden, wirkte selbstsicher, hatte Ziele und wusste, wie er diese erreichen konnte. Geschliffene Umgangsformen. Aber irgendwie war da etwas Gefährliches an ihm. Hören Sie, ich bin keine sehr furchtsame Frau und kann mich auch wehren, aber Armin hätte ich nicht gerne um zwei Uhr früh in einer dunklen Gasse begegnen wollen.«

Hoffmann ließ diese Aussage auf sich wirken. Plötzlich fasste er Klara scharf in den Blick.

»Denken Sie jetzt mal nicht das Übliche.«

Klara hörte sehr wohl die Änderung in der Stimme des Inspektors. Es war nur eine Nuance. Was war es? Schärfe? Härte? Sie war sich nicht im Klaren. Aggression war in jedem Fall dabei. Der Mann lauerte wie ein Fuchs. Immer auf Witterung. War sie eingeschüchtert? Oder irgendwie angetörnt? Unklar. Vielleicht beides.

»Was meinen Sie?«

»Wo könnte Ihr Mann sein? Raten Sie ins Blitzblaue. Einfach los.«

»In Brasilien.«

»Wieso dort?«

»Wenn er sich in der Arbeit über irgendjemanden ärgern musste, hat er gesagt, er sucht einen Job als Trainer in Brasilien. Irgendein Nobelclub in Rio würde doch wohl einen gut ausgebildeten Jugendtrainer aus Europa einstellen. Das war so eine Idee von ihm.«

»Okay. Weiter. Wenn er im Land geblieben ist, wo könnte er sein?«

»Keine Ahnung. Wo er sein könnte, habe ich doch schon bei der Vermisstenanzeige gesagt.«

»Sagen Sie etwas anderes. Etwas, was lange zurückliegt.«

»Er könnte in Wels sein. Da hat er einen Kumpel, den er sieben, acht Jahre nicht getroffen hat.«

»Wissen Sie den Namen des Mannes?«

»Ja. Und so ungefähr auch die Adresse.«

Hoffmann griff schnell nach der Tasche und holte Notizblock und Stift hervor.

»Schreiben Sie alles auf. Name, Adresse, ungefähre Jahreszahl.«

Klara schrieb.

»Einen dritten Gedanken noch.«

Klara sinnierte.

»Einen dritten …«

»Versuchen Sie es.«

»Das Burgenland.«

»Was ist im Burgenland?«

»Wir waren einmal gemeinsam im Burgenland. Seine Großeltern haben dort gelebt. Mittlerweile sind sie beide verstorben. Erst der Opa, dann die Oma. Wir waren erst kurz verheiratet. Und Marvin war noch ein Baby. Ich bin dort nur einmal gewesen. In der Nähe von Mattersburg.

Viktor war in seiner Kindheit regelmäßig bei seinen Großeltern im Burgenland. In den Sommerferien.«

»Notieren Sie den Ort. Die Zeit. Die Situation. Und Namen.«

Klara beugte sich über den Block und schrieb.

»Vielen Dank, Frau Zeidler.«

Klara legte den Stift weg und lehnte sich zurück.

»Glauben Sie wirklich, das bringt etwas?«

»Kann ich nicht sagen. Vielleicht komme ich durch diese Information voran, vielleicht durch eine andere. Leider habe ich auch schon Fälle erlebt, wo ich gar nicht vorangekommen bin.«

»Wieso wird man eigentlich Polizist?«

Hoffmann wich ihrem provokanten Blick nicht aus. Was war das jetzt? Wollte sie sich über ihn lustig machen, ihn aus der Reserve locken oder mit ihm flirten? In jedem Fall forderte sie ihn heraus. Er ließ sich Zeit mit der Antwort.

»Soll ich ehrlich sein?«

Klara nickte.

»Aber ja doch.«

»Es ist halt irgendwie passiert, wie vieles im Leben so irgendwie passiert. Wer hat schon einen Plan? Also ich habe keinen Plan. Aber ich mache meinen Job schon ein paar Jahre. Da kriegt man gewisse Routine im Erkennen von Zusammenhängen. Wussten Sie, dass ich einige Jahre in der Drogenfahndung gearbeitet habe?«

»Wusste ich nicht. Woher auch?«

»Was haben Sie zuvor über die Langsamkeit sagen wollen, Frau Zeidler?«

Klara fand seine Redeweise sprunghaft.

»Ich verstehe die Frage nicht ganz?«

»Schauen Sie, ich habe in meinem Leben viele Menschen getroffen, die Drogen konsumiert haben.«

Klaras Miene gefror.

»Ich behaupte, in gar nicht wenigen Fällen erkennen zu können, wann jemand Drogen genommen hat. Betrunkene erkennt man leicht. Auch Haschraucher. Heroinsüchtige sowieso. Wenn die auf Wolke sieben sind, gibt es keine Irrtümer. Bei Ihnen, Frau Zeidler, tippe ich auf Amphetamine. In Tablettenform. Im Jargon sagt man Speed dazu. Damit das hohe Tempo im Leben gehalten werden kann. Ich glaube nicht, dass Sie Kokain schnupfen. Sind es Tabletten? Liege ich richtig?«

Klaras Gesicht war kreidebleich. Sie schaute betreten zur Seite.

»Ich weiß nicht, wovon Sie reden.«

»Ich hoffe sehr, dass ich mich täusche. Aber wenn ich mich nicht täusche und Sie Hilfe brauchen, Frau Zeidler, dann kann ich diese organisieren. Das ist jetzt kein Witz, das gehört auch zu meinem Job. Also so wie ich meinen Job verstehe. Ein paar Anrufe und Sie können in ein erstklassiges und anonymes Entzugsprogramm einsteigen. Wie viel nehmen Sie?«

Klara atmete tief durch.

»Nicht viel. Zuvor im Laden habe ich eine Tablette geschluckt. Damit ich fit für das verrückte Wochenende bin. So ein Scheißdreck.«

»Haben Sie es im Griff?«

»Ja. Ich passe da auf. Ich muss ein Unternehmen führen und ich will, dass meine Söhne eine Chance im Leben kriegen. Alles im Lot. Ich nehme nicht viel von dem Zeug.«

»Dann ist es gut.«

Klara starrte Hoffmann ungläubig an.

»Und Sie haben mir wirklich angesehen, dass ich eine Tablette eingeworfen habe?«

Hoffmann wiegte den Kopf.

»Sehen ist ein Teil davon. Die Wahrnehmung läuft über mehrere Kanäle.«

Klara ächzte selbstmitleidig.

»Der erste Mann, der mir über den Weg rennt und der über mehr als einen Kanal der Wahrnehmung verfügt, ist ein verdammter Kieberer. Das kann echt nur mir passieren.«

Hoffmann lachte los. Sie hatte Humor, trocken und prägnant.

Klara leerte die Tasse und sprang hoch.

»Und jetzt schauen Sie sich Viktors Schreibtisch an.«

Hoffmann leerte die Tasse ebenso.

27. SZENE

»Also, was wollen Sie?«

Sie hatten sich in den kleinen Nebenraum des Lehrerzimmers begeben, aber nicht gesetzt, obwohl drei Stühle rund um einen Tisch gruppiert waren. Stranek stellte sich neben das Fenster, mit dem Blick zur geschlossenen Tür. Sie zog ihr Smartphone aus der Tasche der Jeansjacke.

»Herr Swoboda, stört es Sie, wenn ich das Gespräch aufzeichne?«

Der Mann kniff die Augen zusammen.

»Ist das ein Verhör?«

»Nein, eine Befragung. Ich brauche nur ein paar Auskünfte, aber ich habe ein schlechtes Gedächtnis. Du hast ein Hirn wie ein Nudelsieb, hat meine Mutter früher immer gesagt.«

Swoboda zuckte mit den Achseln.

»Na gut, schalten Sie das Ding ein.«

»Danke.«

Sie aktivierte die App und legte das Smartphone auf den Tisch.

»Kennen Sie einen Mann namens Armin Retzer?«

»Ja.«

»Woher kennen Sie ihn?«

»Wir sind gemeinsam zur Schule gegangen.«

»In dieselbe Klasse?«

»In die Parallelklasse. Wir haben im gleichen Jahr maturiert.«

»Welche Fächer unterrichten Sie?«

»Geografie und Sport.«

»Besitzen Sie ein Motorrad?«

»Ja.«

»Welche Marke?«

»Eine Honda.«

»Haben Herr Retzer und Sie gemeinsame Motorradtouren gemacht?«

»Ja.«

»Wann war die letzte?«

»Im letzten Herbst. Ich fahre nicht im Winter. Das ist mir zu gefährlich. Früher bin ich auch im Winter immer wieder mit dem Motorrad unterwegs gewesen. Mache ich seit ein paar Jahren nicht mehr. Man wird älter. Und bei schlechter Sicht und nasser Fahrbahn sind viele Autofahrer absolut unzuverlässig.«

»Haben Sie schon mal einen Sturz gebaut?«

»Leider ja. Zweimal hat es mich schon hingelegt. Aber nichts Schlimmes, ein paar blaue Flecken und ein paar Kratzer. Das war es.«

»Beschreiben Sie den Charakter von Armin Retzer. Wie war er so in der Schule und danach bei den Motorradtouren?«

»Hm. Armin ist einfallsreich. Er hat immer Ideen. Und er hat Energie, die Ideen auch umzusetzen. Und auch das nötige Kleingeld. Er verdient ganz ordentlich als Manager und von seinen Großeltern hat er auch Geld geerbt. Er hat für unsere Clique immer viel getan.«

»War Herr Retzer der Anführer der Clique?«

»Das ist eine kleine Gruppe, da braucht man keinen Anführer. Aber es stimmt schon, Armin trägt die Gruppe, sorgt immer für frischen Wind.«

»Und was meinen Sie mit der Aussage, er habe viel für die Clique getan?«

Swoboda zuckte mit den Schultern.

»Arm ist er ja nicht, der Armin, also hat er uns schon mal ausgeholfen. Mir hat er für ein halbes Jahr 30.000 Euro geliehen. Ohne Zinsen. Das war völlig unkompliziert. Ich habe Armin gefragt, er hat mit den Achseln gezuckt, und am nächsten Tag waren die 30.000 auf meinem Konto. Das war super. Als ich das Geld beisammen hatte, konnte ich es ihm zurückgeben. Jurko leiht sich bei Armin immer wieder etwas. Und Jurko zahlt nicht so pünktlich zurück wie ich. Wenn überhaupt. Aber das sollen Armin und Jurko miteinander ausmachen.«

»Sie meinen Ernst Jurkowitsch?«

»Ja. Aber jetzt habe ich auch eine Frage.«

»Bitte, Herr Swoboda.«

»Warum haben Sie vorher gefragt, ob Armin der Anführer war? Warum *war*, nicht *ist*?«

Stranek schien die Frage nicht gehört zu haben. Ihre Miene blieb völlig unnahbar.

»Wann haben Sie Herrn Retzer zuletzt gesehen?«

»Vor drei Wochen.«

»Bei einer Motorradtour?«

»Nein, im Gasthaus. Wir haben zu Mittag gegessen.«

»Wann war das genau?«

»Am Freitag vor drei Wochen.«

»Und wo?«

»Im Gasthaus zum Straßenbahner in der Hernalser Hauptstraße. Aber warum fragen Sie mich danach?«

»Es reicht völlig aus, wenn Sie meine Fragen beantworten.«

»Aber mir reicht das nicht. Ich will wissen, warum Sie mich befragen.«

»Und ich will wissen, ob Sie einen Mann namens Viktor Zeidler kennen?«

»Wenn Sie mir nichts sagen, sage ich Ihnen auch nichts. Wir leben in keinem Polizeistaat.«

»Also in dem Staat, in dem ich lebe, gibt es schon eine Polizei.«

Stranek las den aufsteigenden Ärger aus der Miene des Sportlehrers.

»Was wollen Sie eigentlich?«

Ihre Stimme nahm an Schärfe zu.

»Wir haben die Leiche von Armin Retzer gefunden. Der Mann ist eines gewaltsamen Todes gestorben.«

»Wie bitte?«

»Wann haben Sie Viktor Zeidler zum letzten Mal gesehen?«

Swoboda schnappte nach Luft.

»Ist Armin ermordet worden?«

»Ich stelle hier die Fragen.«

Vom Ärger war in der Miene des Mannes nichts mehr zu entdecken, vielmehr zeigte er Entsetzen. Stranek setzte nach.

»Noch einmal. Wann haben Sie Viktor Zeidler zuletzt gesehen oder gesprochen?«

»Das ist schon länger her.«

»Wie lange?«

»Ungefähr zwei Jahre. Wir haben uns völlig aus den Augen verloren.«

»Hat Herr Retzer in den letzten Tagen irgendetwas über Herrn Zeidler gesagt?«

»Nein, gar nichts.«

»Wissen Sie, wo sich Herr Zeidler aufhalten könnte?«

»Keine Ahnung.«

Stranek fixierte den Mann, hob das Smartphone vom Tisch auf und sprach Datum, Ort und Namen des Sportlehrers hinein. Dann schaltete sie die Tonaufnahme ab und steckte das Gerät wieder in die Jackentasche.

»Herr Swoboda, halten Sie sich für weitere Befragungen zur Verfügung.«

Grußlos öffnete sie die Tür des kleinen Besprechungsraums, ignorierte die Blicke von Swobodas Kollegen im Lehrerzimmer, lief die Treppe hinab und verließ das Schulgebäude. Sie war sich sicher, dass der Mann nicht der Mörder von Retzer war. Der panische Ausdruck in seinem Gesicht konnte unmöglich gespielt gewesen sein.

28. SZENE

Klara fühlte sich erschöpft. Trotz der Pille. Oder gerade deswegen? Verdammtes Zeug. Sie hasste Alkohol. Als Jugendliche hatte sie ein paar Mal auf Partys oder in der Diskothek Bacardi Cola und Gin Tonic getrunken. Es war ihr auf die Nerven gegangen. Das abschreckende Beispiel ihrer saufenden Mutter hatte ihr jeden Spaß an alkoholischen Getränken frühzeitig verleidet. Ich werde nicht so enden wie sie, das war ihr Mantra gewesen. Das mit den Tabletten hatte sich später ergeben. Als ihre beiden Söhne aus dem Gröbsten draußen waren und sie sich an den Aufbau ihres Unternehmens gemacht hatte. Die immense Arbeitslast war damit leichter zu packen gewesen. Viktor hatte sie nichts davon gesagt. Er hatte ihr ja auch nie etwas gesagt.

Erst jetzt verstand sie, wie weit sie sich auseinandergelebt hatten, wie viel sie voreinander verschwiegen hatten, wie schief der Haussegen eigentlich gegangen hatte. Sie schluckte Speed, um siebenmal pro Woche zehn bis zwölf Stunden pro Tag auf Touren zu laufen, und er fuhr entweder mit seinen Motorradfreunden herum, um Schlägereien anzuzetteln, oder hing endlos vor seinem Computer und scherte sich einen Dreck um die wirkliche Welt.

Und jetzt der Mordverdacht.

Der Polizist hatte im Schreibtisch herumgewühlt, aber nichts gefunden. Oder er hatte nicht preisgegeben, irgendetwas für ihn Interessantes entdeckt zu haben. Seit zehn Minuten war er wieder fort.

Was sollte sie jetzt tun?

Sie dachte krampfhaft nach. Und hatte natürlich keine Idee. Das kannte sie an sich, je krampfhafter sie nach einer Lösung eines Problems suchte, desto weniger fiel ihr etwas ein. Vielleicht nutzte es, wenn sie sich ablenkte.

Klara erhob sich und spülte die benutzten Kaffeetassen. Dann trat sie ins Vorzimmer und brachte das Durcheinander an Schuhen in Ordnung. Sie holte den Staubsauger aus dem Abstellraum und schaltete ihn an. Richtig schmutzig war es nicht. Egal. Das Brummen des Elektromotors half ihr, den Kopf zu leeren. Sie nahm sich zuerst das Vorzimmer, dann das Wohnzimmer und schließlich die Küche vor.

Ruckartig hielt sie inne und tippte mit der Fußspitze auf den breiten Schalter des Staubsaugers. Da war die Idee. Sie stürzte ins Wohnzimmer und griff nach ihrem Telefon.

»Hallo, Klara.«

»Hallo, Sabine.«

»Schön, dass du dich wieder einmal rührst.«

»Ja, das habe ich mir auch gedacht. Deswegen rufe ich dich an. Und ich habe eine Frage.«

»Eine Frage?«

»Ja. Es geht um dein Auto.«

»Du klingst ein bisschen gestresst.«

»Hab verdammt viel um die Ohren.«

»Magst du darüber reden?«

»Unbedingt. Aber jetzt nicht. Ich will dich nur was fragen.«

»Brauchst du wieder einmal mein Auto?«

»Ja. Viktor ist mit unserem Wagen unterwegs, aber ich muss dieses Wochenende mobil sein.«

»Du brauchst den Wagen das ganze Wochenende über?«

»Geht das?«

»Hm, eigentlich schon. Heinz und ich wollen heute

Abend in die Therme nach Bad Waltersdorf fahren. Übers Wochenende. Wenn er vom Büro kommt, fahren wir los.«

»Hey, ein Wochenende in der Therme wäre auch für mich nicht schlecht. Könnte ich ganz gut gebrauchen. Und einen Mann, der mich hinfährt.«

Klaras Freundin Sabine lachte herzhaft.

»Was ist los mit Viktor? Läuft es nicht rund?«

»Alles andere als rund.«

»Hat er einen Job?«

»Du, Sabine, wäre es möglich, dass ich mich gleich auf den Weg zu dir mache? Dann trinken wir einen Kaffee und können ein bisschen plaudern.«

»Ich bin noch unterwegs, aber in etwa einer Stunde bin ich zu Hause.«

»Das wäre auch für mich ein guter Zeitplan.«

»Gut, also dann in einer Stunde bei mir.«

»Sabine, du bist ein Schatz.«

»Du klingst wirklich gestresst.«

»Ich bin wirklich gestresst. Bis später. Und noch mal danke!«

»Bis später.«

Klara trennte die Leitung. Zu Fuß brauchte sie etwa eine halbe Stunde zu Sabine. Irgendwie beneidete sie ihre Freundin. Ihr Mann Heinz war für Klaras Geschmack ein bisschen zu alt und korpulent. Die beiden hatten kein Problem damit, kinderlos zu sein, Heinz las seiner schönen Frau alle Wünsche von den Augen ab, er verdiente als Topmanager gut und bot Sabine allen Komfort finanzieller Sicherheit. Und wenn die beiden zu zweit unterwegs waren, saß immer er am Steuer seiner Limousine. Klara hatte dann und wann Sabines kleinen Stadtflitzer ausgeliehen.

Bis zum Aufbruch hatte sie also noch eine halbe Stunde Zeit. Klara trat an ein Fenster und schaute in den Innenhof. Warum hatte sie eigentlich nicht versucht, diesen Polizisten herumzukriegen? Er hatte sie für einen Moment angesehen, als ob er sich das sehnlichst wünschen würde. Aber nur für einen Moment. Dann hatte wieder dieser einerseits beängstigende, anderseits faszinierende Blick in seinen Augen gelegen.

Hoffmann hatte keine Angst.

Viktor war in den letzten zwei Jahren ein von Angst zerfressenes Wrack gewesen. Und hatte das mit Unnahbarkeit und schlechter Laune zu kaschieren versucht.

Wovor hatte Viktor solche Angst? Was hatte ihr dummer und verzweifelter Mann nur ausgefressen? Sie musste dahinterkommen.

29. SZENE

Hoffmann eilte die Treppe hoch. Er war spät dran, wahrscheinlich würden die anderen bereits auf ihn warten. Die Tür zum Büro stand offen.

»Grüß euch. Bin ich gar nicht der Letzte?«

Windisch saß neben Assmann vor dem Monitor. Assmann hatte Windisch mit ein paar Informationen vertraut gemacht. Windisch erhob sich.

»Caroline wird gleich da sein. Habe vor fünf Minuten mit ihr telefoniert.«

Hoffmann legte seine Tasche auf dem Schreibtisch ab.

»Warst du in Zeidlers Wohnung?«, fragte Assmann.

»Ja. Zuerst in der Wohnung und dann im Labor.«

»Sind die am Ende schon mit den Analysen fertig?«

»Das nicht. Im Gegenteil, ich habe Ihnen sogar noch ein wenig Arbeit vorbeigebracht.«

Sie hörten schnelle Schritte auf dem Gang. Caroline Stranek trat in den Raum.

»Okay, vollzählig«, sagte Windisch. »Also, Wolfgang, was meinst du damit, du hättest dem Labor Arbeit gebracht?«

»Habe mit Klara Zeidler eine Tasse Kaffee getrunken und ihre Stimmung sondiert. Problematisch, würde ich jetzt mal sagen. In jedem Fall hat Frau Zeidler zugestimmt, dass ich den Schreibtisch ihres Mannes durchsuche. Was leider nichts gebracht hat. Aber sie hat mir auch erlaubt, dass ich den elektrischen Rasierapparat ihres Mannes in die Hand nehme. Ich habe ein paar Barthaare eingepackt und auf direktem Weg zur DNA-Analyse ins Labor gebracht.«

Windisch verzog seine Miene.

»Ist das klug, Wolfgang?«

»Frau Zeidler hat es mir erlaubt.«

»Na vielleicht hat sie es heute erlaubt. Wenn die Frau morgen sagt, dass sie von dir genötigt wurde und dir einen Anwalt auf den Hals hetzt, haben wir jede Menge Scherereien.«

»Das Risiko nehme ich in Kauf. Wir dürfen nicht vergessen, dass da irgendwo ein Mann herumrennt, der Verletzungen unbestimmten Grades und eine Pistole im Gepäck hat.«

Windisch wiegte den Kopf.

»Na ja, sehen wir es positiv, die DNA-Analyse wird in jedem Fall ein sicheres Ergebnis liefern. Caroline, was ist mit dir? Hast du den Mann getroffen? Wie heißt er noch?«

»Hugo Swoboda. Ja, ich habe den Herrn Professor getroffen.«

»Gibt es Resultate?«

»Hm, Resultate nicht, aber eine Einschätzung.«

»Und zwar?«

»Da der Mann kein Schauspieler vom Burgtheater ist, der aus dem Stegreif ganze Tragödien glaubhaft spielen kann, würde ich tippen, dass er nicht der Mörder von Retzer ist. Swoboda hat auf die Nachricht vom gewaltsamen Tod seines Schulkameraden mit blankem Entsetzen reagiert. Aber ansonsten hat er sich nicht in die Karten blicken lassen. Ich habe schnell bemerkt, dass der Mann darauf vorbereitet war, dichtzuhalten. Weit bin ich mit der Befragung nicht gekommen.«

Hoffmann nickte.

»Das ist auch der Eindruck, den ich von Jurkowitsch und Prüller gewonnen habe. Gut, als ich mit den beiden gesprochen habe, war das Thema Mord an Retzer noch unbekannt, aber ich bin mir ziemlich sicher, dass sich die Truppe vor längerer Zeit darauf eingeschworen hat, sich gegenüber der Polizei taubstumm zu geben.«

»Was das ganze Verfahren nicht gerade erleichtert und nach schlechtem Gewissen stinkt«, meinte Windisch.

»Du, Gerhard, hast du die Adresse von Zeidlers Großeltern im Burgenland herausbekommen?«, fragte Hoffmann.

Assmann nickte zustimmend.

»Ich habe dir ein E-Mail geschickt. Das Haus ist im Besitz eines Onkels des Verdächtigen, steht aber, soviel ich am Bildschirm gesehen habe, leer. Zumindest ist an dieser Adresse niemand gemeldet. Das ist in Pöttelsdorf unweit von Mattersburg. So ein Kuhdorf im Burgenland. In jedem Fall habe ich die Kollegen in Mattersburg angerufen und sie gebeten, die Adresse zu prüfen. Ein Streifenwagen müsste schon unterwegs sein. Ich habe den Kollegen deine Telefonnummer gegeben.«

Hoffmann hob anerkennend den Daumen.

»Prima, Gerhard.«

»Aber Gerhard hat noch mehr Informationen ausgegraben«, sagte Windisch und nickte Assmann zu.

Hoffmann setzte sich und verschränkte die Arme. Stranek stellte sich neben Assmann und schaute auf dessen Bildschirm.

»Ich habe eine Abfrage zu ungeklärten Straftaten aus dem Zeitraum 16. bis 18. Oktober 2015 gemacht. Zuerst eingeschränkt auf Wien und Niederösterreich. In einem zweiten Anlauf erweitert auf ganz Österreich. Na ja, da ist dann schon Zeug hochgekommen, das ich dann von Hand durchgesiebt habe. Drei Fälle könnten für unseren Fall von Belang sein.«

Assmann klickte mit der Maus auf seinem Bildschirm herum. Hoffmann lauschte gespannt. An Assmanns Arbeit in den Datenbanken gab es in der Regel wenig zu kritisieren. Im Gegenteil.

»Also Nummer 1 ist ein Vorfall aus dem Bezirk Wolfsberg in Kärnten. Vor einem Wirtshaus soll es einen Konflikt mehrerer Männer gegeben haben. Angeblich sind Flaschen und Steine geflogen. Es gab keinen Personenschaden, zumindest ist nichts Derartiges angezeigt worden. Ein Nachbar des Gasthauses hat die Polizei gerufen, weil sein Auto von einem Ziegelstein beschädigt worden ist. Der Nachbar hat ausgesagt, dass mehrere Männer vor dem Gasthaus herumgebrüllt haben, dann sind Flaschen und Steine geflogen und kurze Zeit später hat der Nachbar die Abfahrt mehrerer Motorräder gehört. Der Wirt und die mit Namen protokollierten Gäste des Wirtshauses haben ausgesagt, dass zum besagten Zeitpunkt keinerlei Streitereien stattfanden und dass der Nachbar ein bekannter Querulant ist, der seit Jahren mit dem Wirt im Streit liegt. Der Nachbar regt sich angeblich immer wieder über die vielen Motorradfahrer auf, die in diesem Gasthaus einkehren. Wegen der Lärmbelästigung. Dass der protokollierte Schaden am Auto des Nachbarn durch einen Ziegelstein hervorgerufen wurde, war eindeutig, aber wer den Ziegelstein geworfen hat, wurde nie geklärt. Der Wirt und seine Stammgäste behaupten, der Nachbar hätte aus Bosheit den Ziegelstein selbst gegen sein Auto geschleudert. Und die gefundenen Glassplitter sollen durch die Ungeschicklichkeit der Kellnerin verursacht worden sein. Die Frau gab an, dass sie drei auf dem Parkplatz weggeworfene Bierflaschen einsammeln wollte, diese aber aus Unachtsamkeit hat fallen lassen. Jede weitere Untersuchung ist eingestellt worden.«

Hoffmann zog die Augenbrauen hoch.

»Na ja, ein paar Indikatoren passen zu unseren Freunden, aber die Sache klingt doch recht kalt.«

Assmann nickte zustimmend.

»Heißer wird es bei Nummer 2. Ein älteres Ehepaar aus Linz hat am Samstag den 17. Oktober einen Ausflug im Mühlviertel in Oberösterreich unternommen. In den Abendstunden hat sich der Autolenker verirrt und ist eine Zeit lang auf ihm unbekannten Güterwegen gefahren. Und da haben die beiden aus der Ferne mehrere Männer und abgestellte Motorräder auf einer Wiese entdeckt. Die Männer sollen Rockerkleidung getragen und in zwei Gruppen Aufstellung genommen haben. In der Mitte der Wiese waren vier Männer in einen wilden Kampf verwickelt. Je zwei gegen zwei. Die Kämpfer sollen den Faustkampf mit nackten Oberkörpern ausgetragen haben. Als das Auto des älteren Ehepaars von den Zuschauern des Kampfes entdeckt wurde, haben die beiden Gruppen sofort eine Mauer gemacht. Möglich, dass der Kampf dann sofort abgebrochen worden ist. Das Ehepaar hat dann wieder auf eine Bundesstraße zurückgefunden und den Vorfall in der Polizeiinspektion von Freistadt gemeldet. Ein Streifenwagen ist losgefahren, hat aber wegen der unklaren Ortsangabe nichts entdeckt. Zwei Tage später hat ein Bauer angezeigt, dass irgendwelche Kerle mit ihren Motorrädern eine seiner Futterwiesen umgepflügt und leere Bierflaschen, Zigarettenpackungen und ein paar abgerauchte Joints hinterlassen haben. Spuren von ungefähr zwölf Motorrädern wurden gefunden, mehr nicht.«

»Ein paar harte Kerle haben zu viel ferngesehen und spielen *Fight Club* unter freiem Himmel. Wir kommen der Sache schon näher. Klingt aber nach einer arrangierten Schlägerei. Warum sollte Viktor Zeidler einen Schock davontragen, der sein Leben ruiniert hat? Und wo kommt der doppelte Bauchstich von Prüller her? Rocker, die zur Unterhaltung die Sau rauslassen, verletzen sich nicht mit Messern, sondern nur mit der blanken Faust. Die spucken ein paar Zähne aus und brechen sich die Nasen. Wenn Rocker mit Messern zustechen, gibt es einen echten Bandenkrieg. Und der fällt mit Sicherheit auf, weil wir dann Schwerverletzte und Tote aufsammeln müssen.«

»Sehe ich auch so wie Wolfgang«, sagte Windisch, »aber natürlich kann es sein, dass diese Schlägerei ein noch unbekanntes Nachspiel hatte.«

»Alles ist möglich. Aber jetzt mein Favorit, die Nummer 3«, sagte Assmann und ließ seinen Blick durch die Runde schweifen.

»Leg los.«

»Am Sonntag, 18. Oktober, ist um vier Uhr früh in eine Kegelbahn in Amstetten eingebrochen worden. Am Abend zuvor hat da ein gut besuchtes Turnier stattgefunden, das heißt, der Geldschrank war mit den Einnahmen voll. Die Täter sind sehr zielgerichtet vorgegangen, haben die Alarmanlage ausgeschaltet und mehrere Überwachungskameras mit Baseballschlägern zerstört. Es gibt Videoaufnahmen und diese zeigen drei vollkommen in Schwarz gekleidete Männer mit Motorradsturzhelmen, die sich schnell und sicher bewegt haben. Die Sicherheitstechnik des Gasthauses mit der angeschlossenen Kegelbahn entsprach auch damals nicht dem Stand der Technik, die Alarmanlage konnte jeder Elektrikerlehrling ausschalten, die Videokameras haben bestenfalls psychologische Wirkung gehabt und der Tresor war mit einem Bohrhammer in ein paar Minuten aus der Wand gestemmt. Ein Zeuge hat zu Protokoll gegeben, dass sich zwei Motorräder zum fraglichen Zeitpunkt mit hoher Geschwindigkeit von der Kegelbahn entfernt haben. Der Zeuge ist Zeitungszusteller und hat in der Gegend seine Runde gemacht. Die Kegelbahn hat er nicht direkt gesehen und die Motorradmodelle konnte er nicht identifizieren. Die Kollegen in Niederösterreich haben natürlich zuerst in Richtung südosteuropäischer Räuberbanden recherchiert, aber da ist wie so oft nichts dabei herausgekommen.«

»Klingt sehr nach einer Profitruppe. Die kundschaften ihre Ziele gut aus und schlagen schnell und effizient zu«, warf Stranek ein.

»Wie viel Geld ist erbeutet worden?«

»Der Wirt hat nach dem turbulenten Abend keine genaue Abrechnung gemacht, aber der Betrag ist mit 26.000 Euro angegeben worden. Und mit den Schäden, die die Einbrecher hinterlassen haben, kommt da einiges zusammen.«

»Okay, aber wieso tippst du auf diesen Fall?«, hakte Stranek nach.

Assmann klickte wieder auf dem Bildschirm herum.

»Weil ich herausgefunden habe, dass unser Todesopfer Armin Retzer drei Wochen nach dem Vorfall eine nagelneue Yamaha behördlich angemeldet hat. Natürlich, der Mann hat in seinem Beruf solide verdient, war alleinstehend und hat sich das Bike bestimmt leisten können, aber verdächtig ist so etwas natürlich schon.«

»Und der Bauchstich?«

»Vielleicht hat es bei der Verteilung der Beute ein paar Probleme gegeben. Viktor Zeidler hat Streit mit seinen Kumpels, es kommt zu einem Handgemenge und er sticht mit einem Messer zu. Prüller ist schwer verletzt und muss sofort ins Krankenhaus gebracht werden. Und dass er seinen Freund fast getötet hat, belastet Zeidler so sehr, dass er sein Leben nicht mehr auf die Reihe kriegt.«

Hoffmann legte seine Hände flach auf den Schreibtisch.

»Die Geschichte würde schon passen. Und diesen Männern ist absolut zuzutrauen, dass sie einen professionell organisierten Einbruch begehen. Die sind clever genug, um so was durchzuziehen. Und möglich ist auch, dass sie bei der Verteilung der Beute in Streit gerieten. Da sind sie wieder, die Amateure, die bei aller Begeisterung für das geile kriminelle Ding darauf vergessen, vor dem Einbruch die Verteilung zu regeln.«

Windisch verzog seine Lippen.

»Ich überlege, wie wir weiter vorgehen werden. Wir haben bisher ein Flickwerk an Informationen. Der Fall wirft noch verdammt viele Fragezeichen auf.«

Hoffmanns Handy schlug an, er zog es aus dem Jackett. Die anderen diskutierten weiter. Hoffmann drehte sich um, trat in die Ecke des Raums und hob das Telefon an sein Ohr.

»Hoffmann. Ja, das bin ich. Korrekt. Danke für den Anruf. Also, was haben Sie? Ich verstehe. Okay. Weiter. Gut. Bleiben Sie bitte vor Ort, ich schicke Ihnen Verstärkung. Da muss die Spurensicherung ran. Das ist eine sehr wertvolle Information. Danke, dass Sie gleich angerufen haben. Ich leite alles Nötige ein. Auf Wiederhören.«

Hoffmann steckte das Telefon wieder ein und kehrte in die Runde zurück. Stranek und Assmann erhitzten sich in der Diskussion. Hoffmann hob die Hände und bat um Aufmerksamkeit.

»Wolfgang, hast du neue Informationen?«, fragte Windisch.

»Ja. Die Kollegen im Burgenland haben im leer stehenden Bauernhaus von Zeidlers Großeltern eindeutige Spuren gefunden. Blutgetränktes Verbandszeug, leere Wasserflaschen und Konservendosen, Fußspuren auf dem staubigen Boden und Reifenabdrücke eines Autos, das vor Kurzem in der Scheune abgestellt worden ist. Die Kollegen meinen, dass die Person, die sich zuletzt im Haus aufgehalten hat, wahrscheinlich seit einem Tag oder weniger fort ist.«

»Woraus schließen Sie das?«

»Der Nachbar hat gestern Nacht gesehen, dass sich ein Auto vom Hof der Familie Zeidler fortbewegt hat. Er hat sich gewundert, weil das Haus ja leer steht und selten jemand dort auftaucht. Es war finster, weshalb er die Marke nicht identifizieren konnte.«

»Eine heiße Spur.«

»Definitiv. Ich glaube, ich werde mich jetzt gleich mal ins Auto setzen und Richtung Süden aufbrechen.«

Windisch nickte Hoffmann zu.

»Okay Leute, das ist also der Plan für die nächsten Schritte. Wolfgang fährt ins Burgenland, schaut sich den Bauernhof an, redet mit den Kollegen der Spurensicherung, koordiniert die Suche der burgenländischen Kollegen, plaudert mit den Leuten im Dorf und allen, die irgendeine Idee haben könnten, wo sich Zeidler aufhält.«

Hoffmann nickte zustimmend.

»Gerhard, du bleibst bitte am Schreibtisch. Bei dir laufen alle Infos zusammen. Und du machst mit der Recherche in der Datenbank weiter.«

»Geht klar.«

»Und du, Caroline, du lässt deinen Dienstwagen stehen und steigst auf das Motorrad. Kann nicht schaden, wenn jemand auf zwei Rädern unsere Geschäftsfreunde unter Beobachtung hält.«

Nicht das erste Mal, dass Caroline Stranek die BMW Enduro als Arbeitsgerät verwendete. Sie hatte alle Ausbildungen, die für Motorradpolizisten notwendig waren, mit Bravour gemeistert.

»Schau dir vor allem Ernst Jurkowitsch an. Der scheint der Rädelsführer zu sein«, riet Hoffmann.

»Mach ich glatt.«

»Noch Fragen?«

Windisch schaute in die Runde.

»Dann bringen wir Licht in die Sache!«

Klara lenkte den Renault Clio in die Parklücke. Viele Männer behaupteten, dass Frauen Probleme beim Rückwärtseinparken hätten. Mäßiges räumliches Vorstellungsvermögen oder so ein Quatsch. Klara legte den Rückwärtsgang ein, stieg ein bisschen auf das Gas und drehte am Lenkrad, eine Bewegung und fertig. Perfekt. Nun, sie war es gewohnt, den großen Familienwagen zu lenken. Mit dem kleinen Flitzer war Einparken überhaupt kein Problem. Klara zog den Autoschlüssel ab und schaute durch die Windschutzscheibe zum Haus. Sie biss sich auf die Unterlippe. Das, was sie hier vorhatte, konnte ein Problem werden.

Egal, sie musste da durch.

Klara stapfte auf das Haus im 20. Bezirk zu und suchte an der Gegensprechanlage nach dem Namen Jurkowitsch. Sie klingelte und wartete.

»Wer ist da?«

Eine raue Männerstimme. Das flaue Gefühl in ihrem Magen verklumpte sich zu einem massigen Stein.

»Klara.«

Stille in der Leitung.

»Was willst du?«

»Reden.«

Wieder Stille.

»Komm rauf.«

Ein elektrisches Brummen ertönte. Klara stemmte sich gegen das Haustor und trat in den Flur. Sie umklammerte ihre Handtasche etwas fester. Sie hatte Ernst Jurkowitsch noch nie zu Hause besucht. Zweimal war sie bei Armin Retzer gewesen, noch in jüngeren Jahren, als Armin bei sich kleine Cocktailpartys gegeben hatte.

Jurkowitsch stand mit verschränkten Armen in der Tür. Das knappe T-Shirt brachte seine trainierten und tätowierten Oberarme zur Geltung. Massige Muskelpakete und erstklassige Tintenbilder. Jurkowitsch hatte seinen Stil gefunden. Kommentarlos ließ er Klara eintreten, schaute sich noch im Treppenhaus um und warf hinter sich die Tür zu.

»Willst du etwas trinken? Red Bull? Cola? Ein Bierchen?«

»Nein danke.«

»Du willst also nur reden.«

»Ja.«

»Dann komm mal rein und setz dich. Ein paar Minuten wirst du ja Zeit haben.«

»Hab ich.«

Jurkowitsch führte seinen Gast zur roten Ledergarnitur im Wohnzimmer. Er hatte für das Sitzmöbel ein kleines Vermögen ausgegeben. Auf dem Couchtisch lagen diverse Zeitschriften, vor allem Motor-, aber auch Mode- und Reisemagazine.

»Bist du alleine zu Hause?«, fragte Klara.

»Ja.«

Klara saß verspannt auf der Couch. Warum war sie hierhergekommen? Ach ja, sie wollte Jurkowitsch etwas fragen. Bloß was? Sie saß vornübergebeugt, presste ihre Knie aneinander und ihre Ellbogen in die Seite. Sie wich seinen Blicken aus.

Jurkowitsch brach in Gelächter aus.

»Du sitzt da wie eine brave Musterschülerin, die vom Herrn Direktor beim Masturbieren erwischt worden ist.«

Die plötzlich hochkochende Wut wischte ihre Nervosität

mit einem Streich fort. Jurkowitsch fand seinen Witz originell, er lachte schallend und erhob sich.

»Also, Mädel, ich knacke jetzt ein Bier, sonst wird das heute nichts mehr.«

»Jurko, bleib sitzen!«

Jurkowitsch gefror in seiner Bewegung, wandte sich dann aber Klara zu. Die Schärfe in ihren Worten war unverkennbar. Er starrte sie ein Weilchen an, dann zuckte er mit den Schultern und setzte sich wieder Klara gegenüber.

»Jetzt weiß ich, warum Viktor ganz gerne mal mit uns um die Blocks gezogen ist. Dein Tonfall klingt nach Kasernenhof.«

Klara ignorierte seine Stichelei.

»Ich will jetzt wissen, was damals im Oktober 2015 passiert ist.«

Jurkowitsch legte seinen Kopf schief.

»Wann genau?«

»Zwischen dem 16. und 18. Oktober 2015 war Viktor mit euch unterwegs. Am Freitag ist er als normaler Mensch losgefahren, Sonntagnacht ist er als anderer Mensch zurückgekommen. Was habt ihr aufgeführt?«

Jurkowitsch verzog die Miene.

»Oktober 2015? Wie soll ich mich heute noch erinnern, was im Oktober 2015 war? Ist lange her. Weißt du was, Klara, mich interessiert vielmehr als irgendeine Geschichte aus dem Jahre Schnee, wo sich dein supertoller Ehemann derzeit so aufhält. Was kannst du mir darüber erzählen?«

»Willst du mir nicht antworten oder kannst du es nicht?«

»Die gleiche Frage könnte ich dir auch stellen.«

»Was habt ihr gemacht? Habt ihr ein Mädchen vergewaltigt? Einen Mann ermordet? Was ist passiert? Woran ist Viktor zerbrochen?«

In Jurkowitsch' Miene lag Verachtung.

»Dein Mann ist zerbrochen, weil er ein Wichser ist. Ein Warmduscher. Und weil er eine Frau hat, die mit ihrem Gekeife allen auf den Geist geht.«

»Sag mir die Wahrheit, Jurko. Bitte!«

»Die Wahrheit ist, dass du eine dumme kleine Henne bist, Klara. Warum hast du mich damals abblitzen lassen? Es wäre mit uns zwei nett geworden, glaub mir. Und ich habe auch alles prima eingefädelt, deine Kinder bei den Großeltern, dein Mann beruflich unterwegs. Das wäre das Wochenende deines Lebens geworden, aber nein, die gnädige Frau ist prüde, die gnädige Frau ziert sich, die gnädige Frau ist sich zu gut für den Mann mit Glatze.«

»Ich habe Viktor ein Eheversprechen gegeben.«

Jurkowitsch lachte lauthals. »Ein Eheversprechen! Das ist drollig. Echt, Klara, du bist doof wie Haferstroh. Weißt du, was Viktor von seinem Eheversprechen gehalten hat?«

Klara zeigte Jurkowitsch den Stinkefinger.

»Ich weiß, dass ihr ins Bordell gegangen seid. Die harten Jungs müssen zeigen wie toll sie sind, und kaufen eine Stunde Sexarbeit bei irgendeinem versklavten und drogensüchtigen Mädchen aus der Ukraine oder Rumänien. Glaubst du, ich weiß nicht, was für Dreckskerle ihr seid?«

»Wie ein Geier hat sich Viktor auf die Nutten gestürzt. Wenn wir in einen Puff reingegangen sind, war Viktor immer der Erste, der den Huren an die Wäsche gegangen ist. Notgeil bis zum Abwinken. Jetzt weiß ich auch warum. Weil sein zwar verdammt hübsches, aber leider mindestens ebenso blödes Frauchen in Wahrheit frigide ist. Du hast deinen Mann einfach nicht befriedigen können, Schätzchen. Deswegen wollte er ja auch mit dieser ungarischen Schlampe durchbrennen. Na gut, das war eine absolute Sexbombe. So eine Schnepfe kriegt man nicht alle Tage. Er hat alles schon geplant gehabt, den Auszug, die Scheidung, die Alimente für die Buben, die neue Wohnung. Dann hat sich die Schnepfe einen zwar weniger feschen, aber wesentlich reicheren Kerl geangelt. Und er musste zurück zu seinem spießigen Frauchen.«

Klara hielt sich tapfer, sie ließ sich nichts anmerken, aber die Geschichte traf sie tiefer, als sie sich das eingestehen wollte.

»Du lügst.«

Jurkowitsch musterte Klara vergnügt.

»Das Frauchen erwacht aus einem Traum? Dein Viktor hat so viel auf dich gehalten.«

Er zeigte mit Daumen und Zeigefinger wie wenig es war.

»Du bist ein Dreckskerl, Jurko. Du willst Viktor schlechtmachen und mich beleidigen.«

»Es ist mir scheißegal, ob du beleidigt bist oder nicht, und es ist mir auch scheißegal, ob du mir glaubst oder nicht. Ich sage, was Sache ist. Und du solltest beten, dass die Polizei Viktor vor mir erwischt.«

»Soll das eine Drohung sein?«

»Bist du so blöd oder stellst du dich nur so? Na klar ist das eine Drohung. Die Sau hat Armin gekillt. Seinen ehemaligen Kumpel! Armin ist tot! Und Viktor rennt da draußen irgendwo herum und spielt den Helden. Nicht mit mir. Da habe ich ein Wörtchen mitzureden. Ich zerlege ihn in Einzelteile. Das ist so sicher wie das Amen im Gebet.«

»Hat dir die Polizei gesagt, dass Viktor der Täter ist?«

»Ich kann zwei und zwei zusammenzählen. Armin ist tot und die Kieberer fragen nach Viktor. Hugo hat mich angerufen. So eine Polizistin ist ins Lehrerzimmer hineingetrampelt und hat blöde Fragen gestellt.«

Klara überlegte fieberhaft.

»Du hast mir immer noch nicht gesagt, was im Oktober 2015 geschehen ist.«

»Weil es da nichts zu sagen gibt.«

»Was hat Viktor so verstört?«

»Sein langweiliges Leben mit dir hat ihn verstört, würde ich jetzt mal schätzen.«

»Du hältst also dicht?«

»Ich brauche nicht dichtzuhalten, weil es nichts zu sagen gibt.«

Klara sprang hoch und packte ihre Tasche, in der sich Pfefferspray befand. Wie immer. Sie hatte Lust, eine volle Ladung in Jurkowitsch' widerlich grinsendes Gesicht zu drücken. Sie hatte diesen Kerl von Anfang an nicht ausstehen können.

»Dann habe ich hier nichts mehr zu suchen.«

»Sehe ich auch so.«

»Jurko, ich hoffe wirklich, dass du dich früher oder später mit deinem Scheißmotorrad Vollgas um einen Baum wickelst. Besser früher als später.«

Jurkowitsch lachte.

»Gut so, Mädel, jetzt gefällst du mir schon viel besser. Und ich hoffe, dass du mal einen echten Kerl triffst, der dir ein paar saftige Ohrfeigen verpasst und dich dann richtig durchfickt. Damit du etwas entspannter durch das Leben gehen kannst.«

»Arschloch.«

»Raus aus meiner Wohnung.«

31. SZENE

Bero verabschiedete sich wie gewohnt von Stranek. Der Hund wusste genau, wann Stranek Zeit für ihn hatte und wann sie nur schnell nach dem Rechten sah. An diesem Nachmittag war sie nur auf einen Sprung vorbeigekommen. Bero bewegte sich in der Regel still im Haus und Garten. Lebenslang gute Ernährung, viel Bewegung und sozialer Kontakt, der Hund hielt sich für sein Alter gut und war kerngesund.

»Kann später werden«, rief Stranek Bero noch zu und versperrte das Gartentor. Sie hatte das kleine Haus an der Alten Donau von ihrer Großmutter übernommen. Natürlich, weiten Siedlungsraum gab es an der Alten Donau nicht. Sie wohnte inmitten eines von Gewässern eingerahmten kleinen und wunderbar grünen Viertels. Die Strandbäder an der Alten Donau auf der einen Seite der Straße, die Gartensiedlung auf der anderen Seite. In größerem Radius lagen Hochhäuser, Autobahnen und die Donaubrücken, aber die Siedlung an der Alten Donau war still, in sich gekehrt und grün. Hier war es praktisch unmöglich, ein Haus zu kaufen, weil jede Immobilie seit Generationen in den Familien vererbt wurde. Solche Grundstücke verkaufte man einfach nicht.

Stranek zog den Reißverschluss ihrer Lederjacke zu und schob den Helm über den Kopf. Sie schloss die Kabel an. Als Frau mittlerer Größe und mittleren Gewichts bevorzugte sie mittelschwere Enduros. Solche Motorräder waren schwer genug, nicht von jedem Windhauch verweht zu werden, man konnte sich auf der Straße schnell fortbewegen und brauchte

Forstwege nicht zu scheuen. Sie mochte die schweren Cruiser oder Tourer nicht. Das waren Fahrzeuge für dicke Kerle. Mit dem Fahrzeug, das ihr von der Polizei zur Verfügung gestellt worden war, war Motorradfahren nicht nur Arbeit, sondern auch Spaß. Die BMW 700er Enduro hatte alles, was Stranek an einer Maschine mochte. Ein drehfreudiger Zweizylinder-Motor mit rund 75 PS sorgte für brauchbare Beschleunigung und eine ausreichende Höchstgeschwindigkeit. Und wer in Wien 200 oder schneller fuhr, blieb ohnedies nicht lange auf der Straße, sondern klebte kurz darauf an oder unter einem Lastwagen, wurde von einem Personenauto von der Fahrbahn geräumt oder hatte einen Passanten durch die Luft geschleudert. Im dichten Verkehrsaufkommen der Stadt waren Verfolgungsjagden selten, und sie endeten immer auf dieselbe Art: mit einem Verkehrsunfall.

Zügig fuhr sie los. Um in den 20. Bezirk zu kommen, musste sie nicht weit fahren. Einmal über die Donau rüber, dann ein paar Häuserblocks. Sie nahm die Brigittenauer Brücke und dann den Handelskai. Viel Verkehr an diesem Nachmittag.

Das Fahrzeug war bis auf ein eingebautes Kommunikationsmodul eine normale Straßenmaschine, verfügte also nicht über die normierte Lackierung der Polizeifahrzeuge und besaß kein Blaulicht. Das Kommunikationsmodul war ein kleines, aber leistungsstarkes Funkgerät am Fahrzeugrahmen, das mit dem im Helm integrierten Headset verbunden war. Damit konnte Stranek während der Fahrt funken oder telefonieren. Und das Fahrzeug war dank eines Peilsenders für die Polizei jederzeit lokalisierbar. Ein paar Mal hatte sie als Polizistin unerkannt an Bikertreffen teilgenommen. Wobei das eher Routinejobs waren. Die meisten dieser Treffen liefen friedlich und ruhig ab. Am spannendsten war, dass sie bei den Treffen schicke Motorräder sah. Ja, und dann und wann hatte sie auch einen Kerl abgeschleppt. Oder sich abschleppen lassen. Caroline Stranek nahm das Leben, wie es kam.

Im Zielgebiet angekommen stellte sie ein paar Gassen entfernt das Motorrad ab. Das war der Nachteil bei Beobachtungen mit dem Zweirad. In einem Auto fiel man auf Beobachtungsposten nicht oder nur kaum auf. Aber jemand, der drei Stunden auf einem abgestellten Motorrad saß, erregte bei den Leuten Aufmerksamkeit. Stranek war auf die Situation eingestellt. Den Helm kettete sie an die Maschine, die Lederjacke verschwand im Koffer am Gepäckträger, und schon war sie eine normale Passantin.

Sie bog in die Gasse. Hoffmann hatte ihr das Haus genau beschrieben. Irgendwann war sie schon mal in der Gasse in dieser abgelegenen Gegend gewesen. War vor Jahren zu Beginn ihrer Dienstzeit. In den Innenhof der Malerfirma fuhr gerade ein Lieferwagen ein. Die Arbeiter kehrten von der Baustelle ins Depot zurück. Sie ging nicht zu schnell, nicht zu langsam die Gasse entlang. Das Motorrad von Jurkowitsch stand vor dem Haus und nicht in der Garage im Innenhof. Er war also zu Hause, konnte aber jederzeit aufbrechen. Damit hatte Stranek vorerst genug gesehen. Sie würde zu ihrer Maschine zurückkehren und in deren Nähe warten. Jurkowitsch musste an ihr vorbei, sie würde ihn also nicht verpassen. Also drehte sie um.

Aus einiger Entfernung sah sie, wie eine Frau aus dem Haus eilte und die Fahrbahn überquerte. Stranek kniff die Augen zusammen. Erkannt. Stranek ging unauffällig weiter.

Klara Zeidler stieg von links in ein Auto. Also war sie die Lenkerin. Stranek wusste, dass nur ein Wagen im Besitz der Familie Zeidler stand, und mit diesem war der Mann unterwegs. Interessant. Wo hatte sie den weißen Renault her? Stranek griff in ihrer Jackentasche nach dem Smartphone.

Klara Zeidler rollte aus der Parklücke und musste in der Sackgasse wenden. Das erledigte sie, indem sie halb in die Toreinfahrt der Malerfirma fuhr, den Rückwärtsgang einlegte, wendete und mit einigem Dampf abfuhr.

Stranek kontrollierte das Foto. Man sah die Autonummer gestochen scharf. Sie wählte Gerhard Assmanns Nummer. Es läutete nur zweimal.

»Caroline, was gibt's?«

»Sichtkontakt, Wien, Brigittenau, vor Ernst Jurkowitsch' Wohnsitz. Klara Zeidler war bei Jurkowitsch in der Wohnung. Sie ist mit einem weißen Renault Clio unterwegs. Das Foto mit dem Kennzeichen folgt in zehn Sekunden.«

»Alles klar, habe ich aufgenommen.«

»Leite die Info gleich an Wolfgang weiter.«

»So gut wie erledigt.«

»Bis später.«

Stranek trennte die Verbindung und sendete Assmann das Foto.

Sie schlenderte nun ein Weilchen dahin und schaute sich um. Ob sie in dem Gasthaus dort drüben eine Kleinigkeit essen sollte? Sie verwarf den Gedanken. Als Vegetarierin in einem alteingesessenen Vorstadtgasthaus mit ungeputzten Fenstern zu essen, war immer wieder eine Herausforderung für die Geruchsknospen und ihren Magen. Im Koffer führte sie nicht nur eine Verbandstasche mit, sondern auch ein paar Müsliriegel. Damit hatte sie sich schon unzählige Male tagsüber verköstigt oder nachts wachgehalten.

Aus der Ferne hörte sie das Knattern eines Motorrades. Für manche Geräusche hatte Stranek feine Ohren. Sie warf sich herum und marschierte flott in Richtung ihrer Enduro.

Da ratterte die Harley-Davidson schon an ihr vorbei. Der Mann hatte es eilig.

Auf Knopfdruck sprang die BMW an. Sie ließ die Kupplung langsam kommen. Er würde ihr nicht entkommen, so viel war klar. Noch keiner war ihr je entkommen. Nicht auf einem Zweirad.

32. SZENE

Hoffmann rollte in den späten Nachmittag. Er fuhr den Wagen in der vorgeschriebenen Geschwindigkeit über die Autobahn, nicht einen Deut zu schnell, aber auch nicht zu langsam, schließlich wollte er ans Ziel kommen. Er rechnete mit einer Stunde Fahrzeit von Wien-Ottakring nach Mattersburg, rund 75 Kilometer mussten zurückgelegt werden. Kein Grund zur Eile, aber auch keiner für Schläfrigkeit. Er dachte daran, wie oft er früher unausgeschlafen mit dem Auto unterwegs gewesen war. Ein Wunder, dass er keinen Verkehrsunfall verursacht hatte. Derzeit war er ausgeruht, er fühlte sich frisch, lebendig und bewegt. Die Arbeit verschaffte dem Menschen Aktivität. Fand Hoffmann gut.

Die A 3 Südost Autobahn endete in der S 31. Hoffmann

kannte die Strecke, dennoch hatte er das Navi eingeschaltet. Eine Frauenstimme sagte ihm die Richtung an.

Sein Smartphone schlug an. Hoffmann schaute kurz auf das Display. Eine Nachricht von Assmann. Hoffmann nickte unmerklich und legte das Smartphone wieder in der Seitenablage der Tür ab. Den Inhalt der Nachricht würde er sich ansehen, wenn er das Auto abgestellt hatte.

Er war immer wieder gerne ins Burgenland gefahren, Ausflüge, Spaziergänge im Grünen, ein Nachmittag im Segelboot auf dem Neusiedler See. Nach kurzer Autofahrt von Wien jederzeit zu erreichen. Er dachte an das viel zu kurze Wochenende mit Sigrid am Seeufer. War das wirklich schon eine Ewigkeit her? Hoffmann schmunzelte. Die Erinnerung des Menschen war ein kostbares Gut.

Das Dorf kam in Sicht.

Hoffmann blinkte und verließ die Schnellstraße. Er durchquerte die Ortschaft, jetzt half das Navi. Bald war er am Dorfrand und rollte in gemäßigtem Tempo auf ein abseits stehendes Gehöft zu. Ein kleiner Bauernhof. Die Bauern im Burgenland führten seit jeher keine großen Betriebe. In früheren Zeiten hatten sich die Dörfer weitgehend selbst versorgt. Vor dem Haus standen drei Fahrzeuge. Ein Streifenwagen und zwei Fahrzeuge der Kriminaltechnik. Das Team war also an der Arbeit. Hoffmann parkte seinen Wagen unter einem knorrigen Apfelbaum.

Er öffnete die Tür, stieg aus und langte nach dem Smartphone. Hoffmann tippte sich in Assmanns Nachricht.

In solchen Dingen war sein langjähriger Kollege Assmann einfach verlässlich. Wenn es hieß, er soll am Schreibtisch die Fäden zusammenhalten, dann tat er das auch. Über fehlerhaften Informationsfluss brauchte Hoffmann nicht zu klagen. Wenn er schon klagen wollte, dann höchstens über

Assmanns Strebertum. Hoffmann fand, sein jüngerer Kollege lief einen Tick zu hoch im roten Bereich. Irgendwann würde Assmann die Belastung, die er an sich zog, in den Knochen spüren. Darin hatte Hoffmann Erfahrung, er war viele Jahre im roten Bereich gelaufen und hatte es schließlich zu spüren bekommen. Daher übte sich Hoffmann nun in bedächtiger Präzision. Wenn schon einen Schritt tun, dann in die richtige Richtung.

War das Bauernhaus auf dem flachen Land ein Schritt in die richtige Richtung?

Hoffmann sah das Foto eines weißen Kleinwagens auf dem Display. Er prägte sich augenblicklich die Autonummer ein. Sein Gedächtnis hatte immer gut funktioniert. Gerade bei Autonummern. Er las Assmanns Textnachricht. Klara Zeidler hatte sich also einen fahrbaren Untersatz organisiert. Überraschte Hoffmann ganz und gar nicht.

Was hatte die Frau vor?

Hoffmann erwog den Gedanken, Windisch anzurufen und ihn zu bitten, die Beschattung von Klara Zeidler zu organisieren.

»Sind Sie Chefinspektor Hoffmann?«

Hoffmann verwarf den Gedanken. Die Frau wurde nicht verdächtigt, eine Straftat begangen zu haben. Der Staatsanwalt würde die Beschattung nicht anordnen. Fand Hoffmann in Ordnung. Die Leute sollten ihren Lebensschlamassel selbst auf die Reihe kriegen. Oder eben nicht. Dann stand die Polizei immer noch zur Verfügung.

Hoffmann steckte das Smartphone in das Jackett. Er schaute den uniformierten Kollegen an. Ein ihm bislang unbekanntes Gesicht.

»Ja.«

»Die Spusi ist seit über einer halben Stunde an der Arbeit.«

»Erste Erkenntnisse?«

»Die sind fast fertig. War alles ziemlich eindeutig.«

Hoffmann versperrte den Wagen und trat auf das Haus zu.

»Na umso besser. Dann gleich mitten rein.«

Der Streifenpolizist hielt Hoffmann die Tür auf.

33. SZENE

Klara konnte sich genau an die Situation erinnern. Als wäre sie mittendrin. Hoffmann und sie hatten am Küchentisch gesessen. Sie hatten versucht, halbwegs zivilisiert Kaffee zu trinken, und er hatte sie aufgefordert, spontan zu denken, ins Blitzblaue zu raten. Einfach los.

Ein Fußballclub in Brasilien. Der alte Bekannte in Wels in Oberösterreich. Das Bauernhaus seiner Großeltern im Burgenland.

Klara war beeindruckt. Hoffmann hatte in völliger Dunkelheit eine Spur gefunden. Vielleicht doch kein schlechter Polizist. Sie war richtiggehend überzeugt davon, dass Viktor im alten Bauernhof untergetaucht war. Und Klara wusste auch, wenn sie das dachte, dann würde es der Polizist auch denken. In jedem Fall musste sie Klarheit haben. Deswegen fuhr sie in Richtung Süden. Der Tank des Wagens ihrer

Freundin Sabine war halb voll. Der Kleinwagen verbrauchte nicht viel Kraftstoff.

Nur die Gegend war ihr nicht vertraut. Welche Abzweigung von der Autobahn war die Richtige? Sie hatte ihr Leben in Wien verbracht. Mit dem Familienauto war sie nur in der Stadt unterwegs gewesen. Zum Einkaufen, für Fahrten zum Arzt und zu Verwandten. Auf Überlandstrecken war immer Viktor gefahren. Klara saß konzentriert am Steuer, sie hielt die Rückspiegel im Blick und achtete auf Überholmanöver der schnelleren Autos. Sie traute sich nicht mehr als 110 auf der Autobahn zu fahren. Viele überholten sie.

Ein Parkplatz tauchte vor ihr auf. Klara betätigte den Blinker, verließ die Autobahn und nahm die erstbeste Parklücke. Das Auto verfügte leider über kein Navi. Sie musste nach Pöttelsdorf bei Mattersburg fahren. Klara suchte mit ihrem Smartphone auf Google Maps, wie sie genau zur Ortschaft kam. Sie lachte auf. Es waren nur noch ein paar Kilometer zu fahren.

Sie startete den Motor.

Nach fünf Minuten auf der Schnellstraße nahm sie eine Abfahrt und folgte der Beschilderung.

Wo allerdings in diesem burgenländischen Dorf das Gehöft von Viktors Großeltern stand, wusste sie nicht. Auch ihr Smartphone war ihr keine Hilfe, weil Klara die genaue Adresse nicht kannte. Sie musste auf gut Glück suchen.

34. SZENE

Der Leiter der Spurensicherung, einer der hiesigen Streifenpolizisten und Hoffmann standen im Innenhof des Bauern-
hauses beisammen. Die Leute der Spurensicherung packten eben ihre Ausrüstung ein. In zehn Minuten würden die
beiden Mannschaftsbusse abfahren. Die Arbeit war erledigt. Hoffmann hatte sich zuerst das Haus von innen angesehen, dann eine Runde um das Haus gemacht. Er mochte
die Gegend hier. Kurz hatte Hoffmann den Gedanken erwogen, das alte Haus zu kaufen, von einem Bautrupp instand
setzen zu lassen und hier in aller Stille inmitten von Streu-
obstwiesen die Füße hochzulagern und wochenlang zu fau-
lenzen. Keine schlechte Idee, wie er fand. Vielleicht wäre
er irgendwann dafür bereit. Dieser Tage aber nicht. Dieser
Tage musste Arbeit geleistet werden.

»Meine Herren, ich brauche eine Zusammenfassung für
meinen Chef in Wien«, wandte sich Hoffmann an die beiden Kollegen.

Der Landpolizist grinste breit.

»Ist er nervig, dein Chef?«

Hoffmann hob die Augenbrauen. Bei den Gesprächen
während des Aufenthalts hier hatte er festgestellt, dass dem
Landpolizisten flapsige Sprüche leicht über die Lippen gingen. Und die Anrede »Herr Chefinspektor« war sehr schnell
einem »Du, Kollege« gewichen. Hoffmann schüttelte den
Kopf.

»Nein, mein Chef ist eh ganz brav. Wir kommen klar.
Aber mir ist lieber, ihr sagt mir, was ich meinem Chef berich-

ten soll, weil dann brauche ich nicht darüber nachdenken, sondern ihr.«

Verfing auch Ironie? Hoffmann hatte den Testballon einfach mal steigen lassen.

Der Landpolizist winkte ab.

»Das ist neu! Seit wann soll bei der Polizei nachgedacht werden?«

Hoffmann lachte. Der Mann hatte Humor.

Der Leiter der Spurensicherung fand die Unterhaltung weniger komisch. Er schaute demonstrativ auf seine Armbanduhr.

»Also die Kurzzusammenfassung. Eine Person war in einem Zeitraum von vier bis sechs Tagen im Haus. Die Person war wahrscheinlich männlich. Fußabdrücke und Urinalstellen weisen darauf hin. Die Person war die ganze oder zumindest die meiste Zeit allein im Haus. Die Person hat sich von Fertignahrung aus dem Supermarkt in Mattersburg ernährt. Wir haben einen Kassenbeleg gefunden. Die Person ist unbestimmten Grades verletzt und hat eine blutende Wunde versorgt. Blutgruppe und DNA werden im Labor analysiert. Fingerabdrücke sind genommen worden. Wir haben alles fotografiert. Den Bericht kann ich nächste Woche schicken. Die im Labor haben am Wochenende nur Journalbetrieb, da geht also gar nichts.«

Hoffmann reichte dem Mann die Hand.

»Danke für die Zusammenarbeit. Und klasse, dass Ihr Team so schnell vor Ort war.«

»Wenn was ist, Sie haben ja meine Telefonnummer.«

»Na klar, ich weiß Bescheid.«

Der Mann ging zu seinen Leuten hinüber.

»Hat die Suche etwas mit dem Mordfall in Wien zu tun? Der Fall mit der Blumenvase?«

Hoffmann warf dem Landpolizisten einen kurzen Blick zu.

»Sie haben also davon gehört.«

»Na klar. Die wichtigsten Dinge in Wien kriegen wir hier draußen am Land immer mit.«

»Der Fall mit der Blumenvase klingt nicht schlecht.«

»So hat sich die Geschichte bei uns herumgesprochen.«

35. SZENE

An einer Kreuzung kamen ihr zwei Polizeifahrzeuge entgegen. Voll besetzte Mannschaftsbusse. Klara hielt vor dem Stoppschild und ließ sie vorbeifahren. Die Polizisten in den Bussen nahmen keine Notiz von ihrem Wagen. Die Kreuzung war frei, sie stieg auf das Gas.

Jetzt wusste sie, wohin sie fahren musste. Und jetzt wusste sie auch, dass die Polizei der Spur ebenso folgte und dass sie schneller vor Ort war.

Trotzdem, sie wollte das Haus sehen. Sie wollte sich vergegenwärtigen, ob ihre Erinnerung an den kurzen Aufenthalt vor Jahren etwas in ihr auslöste. Eine Idee. Oder ein Gefühl. Worauf sollte sie sich bei der Suche verlassen? Sie verfügte nicht über den Apparat der Polizei. Sie musste sich auf ihre Intuition verlassen.

Die schmale Seitenstraße führte am Ortsrand an verstreut liegenden Gehöften vorbei.

Da. Die Apfelbäume vor dem Haus. Die Erinnerung war da. Sie hatte das Haus von Viktors Großeltern sofort gemocht. Die stille Lage inmitten der Obstbäume.

Und vor dem Haus parkten zwei Fahrzeuge. Ein Streifenwagen und ein Privatwagen. Sie erkannte das Fahrzeug sofort. Inspektor Hoffmann war auch vor Ort. Sie war nicht überrascht darüber. Der Fuchs auf Fährtengang.

Klara lenkte den Wagen in gemäßigtem Tempo am Zufahrtsweg zum Haus vorbei. Nur keine Eile zeigen. Wozu auch nervös werden, sie fuhr hier nur spazieren. Verbrochen hatte sie nichts. Außer dass sie vor Jahren einem Mann das Vertrauen geschenkt hatte, der in gefährliche Fangnetze geraten war.

So ein Scheißdreck aber auch.

36. SZENE

»Und eine Tante lebt auch noch im Ort. Eine Frau um die 60, die zwei Töchter hat. Beide verheiratet. Die eine Tochter lebt in Eisenstadt, die andere hat ihre Familie in Wien. Zwei oder drei Kinder, weiß ich jetzt nicht so genau. Die Familie trifft sich an Feiertagen regelmäßig im Ort.«

Hoffmann lauschte der Familiengeschichte der Zeidlers. Eine hier in vielen Verwandtschaftsbeziehungen weit verstreute Familie. Und der Landpolizist wusste darüber Bescheid. Eine erstklassige Informationsquelle. In nur zehn Minuten hatte Hoffmann eine brauchbare Einführung in das örtliche Leben erhalten.

»Herr Chefinspektor!«

Hoffmann und der Landpolizist drehten ihre Köpfe dem zweiten uniformierten Beamten zu. Der Mann hatte draußen vor dem Haus Ausschau gehalten.

»Ja?«

Der Mann trat eilig heran.

»Sie haben uns ja vorher ein Foto auf Ihrem Smartphone gezeigt.«

»Das habe ich.«

Der Beamte deutete hinter sich.

»Gerade eben ist ein weißer Renault Clio mit Wiener Kennzeichen die Straße entlanggefahren.«

Hoffmann reagierte schnell.

»Passt! Meine Herren, großartige Arbeit. Macht hier bitte Schluss. Bin auf Achse.«

Im Handumdrehen saß Hoffmann in seinem Wagen, startete und fuhr los.

Die Frau ließ nicht locker. Jetzt brauchte er den weißen Renault nur noch aus der Ferne zu entdecken. Wo sich Viktor Zeidler zum gegenwärtigen Zeitpunkt aufhielt, war ohnedies unklar. Da konnte er die Zeit nutzen und die Frau des Verdächtigen im Auge behalten. Denn auffällig verhielt sie sich allemal.

Nach ein paar Minuten hatte er Sichtkontakt. Sie lenkte ihren Wagen auf die Schnellstraße in Richtung Wiener Neustadt und nicht in Richtung der A 3 nach Wien. Hoffmann folgte mit großem Sicherheitsabstand.

37. SZENE

Das war jetzt einfach notwendig gewesen. Sie hatte Zerstreuung gesucht und schnell gefunden. Das Shoppingcenter am Stadtrand hatte mit weithin sichtbaren Signalen um ihre Aufmerksamkeit gebuhlt und den Zuschlag erhalten. Sie war stehen geblieben, hatte ihre Handtasche geschnappt und war einkaufen gegangen. In einer Bar hatte sie einen Früchtemix getrunken, dann die Bankkarte gezückt und mit allerlei Zeug ihr Konto belastet. Ein Paar Schuhe, das sie höchstens dreimal im Jahr anziehen konnte, ein kurzer Rock, Jeans, eine Bluse, zwei Garnituren Unterwäsche und Lippenstift. Sie war ohne Gepäck von Wien losgefahren. Und so wie sie sich derzeit fühlte, war ihr nicht nach einer einsamen Nacht in ihrer Wohnung zumute.

Alles brach zusammen. Die Dämme hielten nicht mehr. Sie besaß nicht viel Geld. Warum das Wenige nicht unter die Leute bringen? Klara musste sich ablenken, irgendwie beschäftigen. Sie suchte nach Licht. Die Dunkelheit einer trostlosen Ehe hatte sie zuletzt andauernd erdulden müssen.

Der Dreckskerl hatte mit einer Schlampe durchbrennen wollen. Was für eine Wut in ihr war! Sie hatte vom ersten Augenblick an gewusst, dass Jurkowitsch sie nicht angelogen hatte. Der Kerl log fast pausenlos, aber seine Lügen waren leicht zu durchschauen. In Wahrheit fand sie Jurkowitsch nicht besonders clever. Er machte sich nur wichtig. Wirklich clever war Armin Retzer gewesen. Hatte Klara Jurkowitsch von Anfang an als rüpelhaften Deppen eingeschätzt, so war Retzer ihr immer irgendwie gruselig erschienen. Auf eine gefährliche Art. Wahrscheinlich hatte genau diese irre Gefährlichkeit seinen Freunden so imponiert. Und Viktor hatte Retzer erschlagen. Ihr Viktor, der mit einer Sexbombe hatte durchbrennen wollen.

In was für einer Scheißwelt lebte sie eigentlich?

Das musste aufhören.

Klara packte die Einkaufstüten und verließ das Shoppingcenter. Sie überquerte den Parkplatz. Die Tüten landeten im Kofferraum, und als Klara diesen schloss, ließ sie ihren Blick über den Parkplatz schweifen. Das Center würde in Kürze die Pforten schließen, zahlreiche Autos verließen den Parkplatz.

Da entdeckte sie Hoffmanns Wagen.

Sie erschrak.

Also hielt man sie unter Beobachtung. Klara überlegte, was sie tun sollte. Sie versperrte den Renault und ging direkt auf den Wagen zu. Das Licht wurde eingeschaltet. Also war der Wagen besetzt. Klara trat von rechts heran, öffnete die Beifahrertür und schaute in das Innere des Wagens.

»Guten Abend, Herr Inspektor.«

»Guten Abend, Frau Zeidler.«

»Na, auf Verbrecherjagd?«

»Ich, ja. Und Sie?«

»Darf ich mich kurz zu Ihnen setzen?«

»Nichts wäre mir lieber.«

Klara zog die Autotür zu.

»Werde ich verfolgt?«

»Nicht wirklich. Ich habe schauen wollen, wohin Sie so fahren.«

»Ich habe Ihr Auto beim Bauernhof gesehen.«

»Und Sie sind daran vorbeigefahren.«

»Sie reagieren aber schnell. Obwohl Sie Langsamkeit für sich beanspruchen.«

Hoffmann schmunzelte.

»Frau Zeidler, es ist immer wieder amüsant mit Ihnen zu plaudern.«

»Werde ich von der Polizei verfolgt?«

»Nein.«

»Na dann ist ja gut. Ich habe nichts verbrochen.«

»Korrekt. Es liegt nichts gegen Sie vor.«

»Das heißt, wenn ich in einem Shoppingcenter mein sauer verdientes Geld auf den Putz haue, geht Sie das gar nichts an.«

»Was Sie mit Ihrem Geld tun, ist allein Ihre Sache.«

»Gut. Dann will ich jetzt, dass Sie mich nicht weiter verfolgen.«

»So wird es sein, Frau Zeidler. Aber ich beschwöre Sie, mich sofort zu verständigen, wenn sich Ihr Mann bei Ihnen meldet.«

»Vielleicht ist Viktor schon tot.«

»Kann sein, glaube ich aber nicht.«

»Wenn Jurko ihn erwischt, macht er Viktor kalt.«

»Hat Herr Jurkowitsch etwas in dieser Art angedeutet?«

»Er hat das klipp und klar gesagt.«

Klara machte eine Pause. Hoffmann lugte zu Klara hinüber. Sie schien in Gedanken versunken. Hoffmann ließ ihr Zeit.

»Mir ist noch etwas eingefallen.«

Hoffmann zog die Augenbrauen hoch.

»Sprechen Sie bitte.«

»Vor einem Jahr, als es diese Drohungen gegeben hat, hat Viktor mir ja verboten, zur Polizei zu gehen. Da hat er etwas gesagt. Einen Nebensatz. Ist mir drinnen im Shoppingcenter eingefallen.«

»Was für ein Nebensatz?«

»Die verfluchten Syrer.«

»Das war es?«

»Ja. Ein kurzer Satz. Er hat das im Badezimmer zu sich gesagt, nicht zu mir. Ich habe den Satz im Vorbeigehen aufgeschnappt. Ich bin mir sicher, dass es mit den Drohungen zu tun hat, weil wir nur ein paar Minuten vorher über die tote Katze geredet haben. Was heißt geredet? Ich habe Viktor gefragt, er hat nichts gesagt. Gar nichts. Die Mauer.«

»Was könnte er damit gemeint haben? Wurde er von Syrern bedroht?«

»Keine Ahnung. Ich weiß überhaupt nichts mehr. Ich verstehe es nicht. Viktor und ich haben uns total entfremdet.«

Sie verfiel in brütendes Schweigen. Hoffmann wartete.

»Was werden Sie heute Abend noch tun, Frau Zeidler?«

Die Frage riss sie aus ihrer Grübelei.

»Können Sie mich bitte Klara nennen? Frau Zeidler geht mir schon längere Zeit auf den Geist.«

»Frau Zeidler, was werden Sie heute noch tun?«

»Sie wollen mich also nicht Klara nennen?«

»Wenn es irgendwie geht, würde ich gerne bei Frau Zeidler bleiben.«

»Sie sind langweilig.«

»Was haben Sie heute noch vor?«

»Nichts Strafbares. So viel ist schon mal sicher. Damit ist es nicht Ihr Bier.«

»Machen Sie bitte keine Dummheiten. Das meine ich ehrlich.«

Klara warf Hoffmann einen spöttischen Blick zu.

»Na, Sie sind ja fürsorglich! Verhalten Sie sich immer so gegenüber Ihren Kundinnen, Herr Inspektor? Oder nur bei alleingelassenen Frauen mit kessem Arsch? Meiner scheint Ihnen ja durchaus zu gefallen.«

Hoffmann wiegte den Kopf.

»Vielleicht sollten Sie jetzt wieder aussteigen, Frau Zeidler. Ich habe noch einiges an Arbeit.«

»Arbeit. Mehr fällt euch Männern nicht ein. Einer kann gar nicht aufhören zu arbeiten, ein anderer hat in seinem Leben noch nie etwas gearbeitet, aber dauernd wird über die Arbeit gejammert. Ich arbeite heute Abend einmal nicht. Ich habe den Tag frei. Und ich hoffe, dass damit Ihre Frage beantwortet ist.«

Hoffmann lächelte.

»Ausreichend beantwortet.«

»Tschüs, Herr Inspektor.«

»Auf Wiedersehen, Frau Zeidler.«

Klara stieg aus und entfernte sich ein paar Schritte.

Hoffmann startete den Wagen und fuhr los. Als er an ihr vorbeirollte, fing er ihren Blick auf. Ein einsames Mädchen. Verschreckt und verstört, aber nicht hilflos. Er hoffte wirklich, dass sie keine Dummheiten anstellte. Hoffmann hatte Menschen getroffen, die in ähnlichen Gemütszuständen alle Sicherheitsseile gekappt hatten.

Hoffmann zuckte mit den Schultern.

Wenn die Sicherheitsseile fort waren, schwebte man zwar in Gefahr, erlebte aber auch eine Art Freiheit. Und manchmal war das Gefühl von Freiheit ein Risiko wert.

38. SZENE

Sein Smartphone klingelte. Hoffmann lenkte den Wagen in die erstbeste Parklücke. Zwar verfügte das Auto über eine Freisprecheinrichtung, aber er telefonierte lieber bei stehendem Fahrzeug. Windisch war in der Leitung. Polizistentratsch.

»Hallo, Gerald.«

»Hallo, Wolfgang. Wo bist du unterwegs?«

»Habe eben die Handbremse angezogen. Sitze im Auto am Bahnhofsplatz in Wiener Neustadt.«

»Alles klar. Ein paar Informationen aus der Zentrale.«

»Gerald, leg los.«

»Die Analyse der Daten aus der Wohnung des Todesopfers liegen morgen Vormittag auf dem Tisch. Ich habe da noch mal Dampf gemacht.«

»Das ist gut.«

»Caroline hat heute mehrere Bewegungen der Gruppe beobachtet. Vor allem Jurkowitsch ist viel unterwegs in der

Stadt. Über Nacht kriegen wir zwar keine volle Beschattung, aber ein Kollege wird stichprobenartig nach dem Rechten sehen. Morgen früh ist Caroline wieder im Einsatz.«

»Klar so weit.«

»Gerhard macht jetzt gleich Feierabend und ich übernehme im Bereitschaftsdienst alle Anrufe.«

»Hab verstanden.«

»Wann bist du in Wien?«

Hoffmann überlegte kurz.

»Ich bleibe in Wiener Neustadt. Nehme mir ein Zimmer. Telefonisch bin ich jederzeit zu erreichen.«

»Okay, das passt mir gut. Ich habe die Info der Spurensicherung über den Einsatz im Bauernhaus vor mir. Zeidler muss in der Gegend in Deckung gegangen sein, da ist es vorteilhaft, wenn einer von uns nah am Geschehen bleibt. Danke, Wolfgang, dass du das übernimmst. Hast du übrigens eine Sichtung von Klara Zeidler gehabt?«

»Vor ein paar Minuten habe ich die Frau noch gesprochen.«

»Sie ist also in Wiener Neustadt.«

»Derzeit noch. Unklar, ob sie nach Wien fährt oder hierbleibt.«

»Umso wichtiger, dass du in der Nähe bist.«

»Das war mein Gedanke.«

»Gut, so weit die Informationsverteilung. Bis später.«

»Bis später, Gerald.«

Hoffmann legte sein Telefon ab. Sollte er gleich in Bahnhofsnähe ein Zimmer suchen? Oder doch lieber im Umland in einem Autobahnmotel? Hoffmann entschied sich für den Stadtrand. Er betätigte den Blinker und reihte sich in den Abendverkehr ein.

39. SZENE

Klara stieg aus der Duschkabine und trocknete sich ab. Dichte Dampfschwaden hingen im Badezimmer. Mit dem Handtuch wischte sie den beschlagenen Spiegel frei. Sie föhnte ihr Haar. Nach und nach schaffte die Ventilation die Luftfeuchtigkeit aus dem Raum. Klara verließ das Bad. Sie war nicht wählerisch gewesen und hatte das erstbeste Zimmer in einem Hotel in Bahnhofsnähe genommen. Kein sehr nobler Laden, aber das Zimmer und die Sanitäranlagen waren in Ordnung. Was brauchte sie schon? Neben der Zimmertür hing ein mannshoher Spiegel an der Wand. Sie trat davor und nahm sich in Augenschein.

35 Lebensjahre und zwei Schwangerschaften hatten an ihrem Körper ein paar Spuren hinterlassen. Allerdings keine gravierenden. Sie drehte sich nackt vor dem Spiegel. Die Beine und Achseln waren glatt rasiert. Sie fühlte sich gut. Attraktiv. Eine Frau, der alle Wege und Möglichkeiten offenstanden. Zumindest an diesem Abend.

Sie kleidete sich an. Sie probierte den neu gekauften Minirock und die Stöckelschuhe. Dann legte sie Make-up auf. Lippenstift und Wimperntusche. Sie frisierte ihr Haar, griff nach ihren Armreifen und Ketten und betrachtete sich erneut im Spiegel.

An ihrem linken Ringfinger saß ein Ring. Ein ganz spezieller Ring. Vor Jahren hatte Viktor ihr den Ring über den Finger geschoben. Damals auf dem Standesamt. Seither hing er an ihr. Klara drehte und zog daran. Langsam rutschte er vom Finger. Mit Daumen und Zeigefinger hielt sie ihn und betrachtete ihn. So ein kleines Ding, und doch hatte es über viele Jahre hinweg ihr Leben bestimmt.

Alles eine Lüge.

Sie warf den Ring in ein leeres Glas und schnappte sich ihre Handtasche. Klara kaute auf ihren Lippen. Sollte sie oder sollte sie nicht? Sie rang mit sich. Ja oder nein? Sie dachte an die Unnahbarkeit ihres Mannes. Sie dachte an die Tausenden Fragen, die sie ihm gestellt hatte und die allesamt unbeantwortet geblieben waren. Egal, ob sie einfühlsam und sanft, klar analytisch oder richtig grantig mit ihm ins Gespräch hatte kommen wollen, er hatte sie abblitzen lassen. Und sich immer antriebsloser in der Wohnung breit gemacht.

Klara fluchte derb, so wie sie es als Mädchen aus der Gosse erlernt hatte.

Sie klappte die Handtasche auf und zog ein Briefchen aus einem Seitenfach. Drei Pillen befanden sich darin. Eine verschwand in ihrem Mund. Sie spülte mit einem schnellen Schluck Wasser die Pille hinunter.

Sie starrte sich im Spiegel an.

Dreckszeug. Dumme Gans. Alles Scheiße.

Ein Lächeln rutschte in ihr Gesicht. Sie fand sich richtig hübsch mit einem Lächeln im Gesicht. Vielleicht hatte sie in den letzten Monaten einfach zu wenig gelächelt.

»Na, Mädchen, willst du noch ein paar Verrücktheiten anstellen?«

Sie zwinkerte ihrem Spiegelbild zu und verließ das Zimmer. In der Hotellobby wartete sie, bis die ältere Frau am Schalter für sie Zeit hatte.

»Was kann ich für Sie tun?«

»Ich habe da eine Frage.«

»Bitte sehr.«

»Gibt es in Wiener Neustadt eine Diskothek?«

»Natürlich. Es gibt eine große Diskothek und zwei kleinere Tanzcafés. Wobei ein Tanzcafé eher von älteren Leuten besucht wird. Dort finden auch Seniorentanzkurse statt.«

»Wo finde ich die Diskothek?«

Die Frau kramte in einem Stapel von Prospekten.

»Hier sehen Sie alle nötigen Infos. Adresse, Öffnungszeiten und Anfahrtsplan.«

»Vielen Dank.«

Klara schnappte den Prospekt, verließ das Hotel und ging zum Wagen.

40. SZENE

Hoffmann schaute auf die Uhr. Es war halb zehn Uhr abends. Müde war er noch nicht und auf Fernsehen in einem Hotelzimmer hatte er keine Lust. Er schaute sich im Zimmer um. Gepäck hatte er keines dabei, auch sein Waschtäschchen stand zu Hause im Badezimmer. Das hieße, dass sein Hemd morgen nicht mehr allzu frisch sein würde. Egal. Immerhin hatte er vom Portier eine Zahnbürste und Zahnpasta erhalten.

Er stieg in seine Schuhe und griff nach dem Jackett.

Der Tag war noch nicht vorbei. Zumindest eine kleine Runde würde er machen. Wie oft kam er schon nach Wiener Neustadt? Obwohl die Stadt nach einer halben Stunde auf der Autobahn von Wien aus zu erreichen war, besuchte er sie sehr selten. Verwandte hatte er hier keine.

Hoffmann dachte an eine Spritztour durch die Altstadt, und wenn ihm ein Lokal von außen zusagte, würde er hineingehen und ein kleines Bier trinken.

Er griff zu den Autoschlüsseln und knipste das Licht im Zimmer aus.

41. SZENE

Laute Musik, Lichter und Leute. Viel junges Volk, aber nicht ausschließlich. Sie fiel nicht wirklich auf. Rund die Hälfte der Besucher waren zwar Leute um die 20, die andere Hälfte jedoch war 30 aufwärts. Da passte sie gut ins Ensemble. Klara steuerte die Bar an. Die Diskothek war noch nicht voll, aber der Abend war noch jung. Die Kellner waren beschäftigt. Sie wartete, bis sich ein Barmann ihrer annahm.

»Was darf es sein?«

»Ein Red Bull mit Eis.«

Der junge Mann nickte und servierte das Getränk. Klara

schob ihm einen Zehner zu und winkte ab. Heute wollte sie spendabel sein.

Ein Weilchen schaute sie zur Tanzfläche hinüber. Wie lange hatte sie nicht mehr getanzt? Es schien eine Ewigkeit her zu sein. Als Mutter von zwei kleinen Kindern kam man nicht zum Tanzen. Da hatte man andere Dinge zu erledigen. Die Wäsche musste sauber sein. Der Kühlschrank musste gefüllt sein. Die Kinder hatten zur rechten Zeit im Kindergarten oder in der Schule zu sein. Und dann ihr Laden. Rechnungen mussten beglichen werden. Die Buchhaltung musste ordentlich gemacht werden. Die Kundschaft musste zufriedengestellt werden. Die Fenster mussten geputzt werden. Im Kopf ging sie die in nächster Zeit anstehenden Arbeiten durch, die in der Firma anstanden.

»Na, schöne Frau, heute ganz alleine?«

Klara hatte gar nicht bemerkt, dass sich ein Mann neben sie gestellt hatte. Sie fasste ihn ins Auge. Und zog die Augenbrauen hoch. Verdammt gut aussehend. Ein salopper Anzug, das Hemd war bis zur Brust geöffnet, er trug eine schlichte, aber gerade dadurch elegante Goldkette. Der Dreitagebart stand ihm gut. Wie alt mochte er sein? Um die 40? Klara klimperte mit den Wimpern.

»Schöne Frauen sind niemals alleine.«

Er schaute um sich.

»Na, da gerade kein anderer in der Nähe ist, kann ich wohl dafür sorgen, dass die schönste Frau des Abends nicht alleine bleibt. Ich glaube, ich werde mich mal auf diesen Barhocker setzen.«

Klara lächelte.

»Das ist ein freies Land.«

Er setzte sich.

»Darf ich dir ein Getränk ausgeben?«

Klara trank den letzten Rest aus ihrem Glas.

»Jetzt sitze ich auf dem Trockenen.«

»Das Problem kann beseitigt werden.«

»Ich trinke Red Bull.«

»Mit Wodka?«

»Kein Alkohol. Erstens bin ich mit dem Auto unterwegs, und zweitens mag ich Alkohol nicht. Davon schlafe ich immer gleich ein.«

»Das sollte heute Abend nicht passieren.«

»Sehe ich auch so.«

Der Mann winkte dem Kellner. Klara schaute auf die Hände des Mannes. Er trug keinen Ehering. Der Kellner trat heran und nahm die Bestellung entgegen.

»Wie heißt du?«

»Klara.«

»Ich heiße Fred.«

Sie schüttelten einander die Hände. Wenig später standen zwei Gläser vor ihnen auf dem Tresen. Klara lauschte seiner Erzählung über seine beruflichen Erfolge, die gute Auftragslage der Firma, in der er als Abteilungsleiter tätig war, über den Skiurlaub, den er über Silvester mit drei Freunden in Zell am See verbracht hatte und über sein neues Auto. Dann und wann erzählte sie ein bisschen von sich, wurde dabei aber wenig konkret.

»Du, Fred?«

Sie nutzte eine seiner Atempausen.

»Ja?«

»Bist du verheiratet?«

Er zuckte mit den Schultern.

»Geschieden. Seit drei Jahren.«

»Bist du Single?«

»Ja.«

»Und wie lebt es sich als Single?«

»Verdammt gut. Ich habe eine Tochter. Sie ist zehn. Für sie bezahle ich natürlich Alimente und am Wochenende sehe ich sie regelmäßig.«

»Triffst du sie an diesem Wochenende?«

»Ja. Morgen am Nachmittag kommt sie zu mir. Dann gehen wir shoppen und in den Eissalon.«

»Klingt nett.«

»Und du? Bist du verheiratet?«

Klara präsentierte ihre linke Hand.

»Der Ring ist weg. Noch nicht lange, aber er ist weg.«

Er grinste sie breit an.

»Das heißt, du hast alles hinter dir gelassen.«

»Man muss auch Schlussstriche ziehen können.«

»Bin ganz deiner Meinung.«

»Tanzt du?«

Fred schaute kurz zur Tanzfläche hinüber.

»Ich heiße nicht John Travolta, aber ich tanze.«

»Dann will ich jetzt tanzen!«

Klara hakte sich bei Fred unter, gemeinsam mischten sie sich unter die tanzenden Körper. Der wummernde Bass fuhr ihr durch alle Nervenbahnen. Die Pille schoss jetzt ein. Klara gab sich den Bewegungen hin. Richtig abtanzen! Ein großartiges Gefühl.

42. SZENE

Wieder Nacht. Hatte er geschlafen? Es fühlte sich an, als kochte er.

Wo war er hier bloß?

Immerzu Fragen. Fragen, Fragen. Hatten die Menschen nichts Besseres zu tun, als sich andauernd nutzlose Fragen zu stellen?

Ja, er war im Wald. Wie war er hierhergekommen? Keine Ahnung. Alles vergangen und vergessen. Nichts blieb.

Er schwitzte und zitterte doch vor Kälte.

Am Fenster standen vermummte Männer. Er sah nur ihre Augen. Schwarze Sturmhauben in schwarzer Nacht. Sie kamen und würden ihn töten. Nichts als töten hatten sie im Kopf. Massakrieren. Killen. Die Augen der Männer leuchteten in diffusem Dunkelrot durch das Fensterglas. Er wusste es genau, wenn das Dunkelrot sich in leuchtendes Hellrot verwandelt haben würde, dann würden sie die Holztür öffnen und ihn mit langen Messern erstechen.

Schlachten wie ein Schwein.

Viktor träumte mit offenen Augen. So viel war klar. Der Horror war dadurch noch größer. Die Angst. Das einzige Gefühl, das einem Menschen vor dem Tod noch blieb.

Elender Tod. Verreckt im Wald.

Bewegte sich da nicht etwas in der finsteren Ecke? Die Holzhütte bot keinen Schutz.

Er war Wurmfraß. Fettig glänzende Würmer so groß wie Baseballschläger krochen auf ihn zu. Er musste sich wehren. Die Pistole! Wo war die Pistole?

Ein bekanntes Gesicht tauchte aus der Dunkelheit. Der Mann trug eine Pistole. Er schoss auf ihn. Wieder und wieder.

Er musste telefonieren. Wen sollte er anrufen?

Niemand würde kommen.

Fieber.

Angst.

43. SZENE

Die Neonreklame machte ihn aufmerksam. Hoffmann lenkte den Wagen in gemessenem Tempo durch die Straßen. Linkerhand lag eine Diskothek. Er betätigte den Blinker und bog ab. Der Parkplatz neben dem Lokal war ziemlich voll. Nun, es war Freitagabend, da gingen die Leute aus und hatten Spaß. Hoffmann überlegte, ob er hier ein Glas Bier trinken sollte. In der Regel besuchte er viel lieber ruhige und lauschige Lokale, in denen man auch etwas zu essen bekam. Sollte er heute eine Ausnahme machen? Er hatte gute Lust dazu.

Hoffmann rollte im Schritttempo über den Parkplatz. Die besten Plätze direkt neben dem Eingang waren voll. Auch eine Menge Mopeds parkten vor dem Gebäude.

Er ließ seinen Blick über die Nummernschilder der Fahrzeuge streifen. Vor allem Wiener Neustädter Nummern, aber auch welche von benachbarten Bezirken. Da war sogar ein Wiener Kennzeichen. Hoffmann kam näher und konnte die Zahlenreihe entziffern.

Die Nummer war ihm bekannt!

Er trat auf die Bremse und schaute nach links durch das Seitenfenster auf einen weißen Renault Clio. Für einen Augenblick überlegte er. Reingehen, fortfahren oder aus der Ferne beobachten? Hoffmann rollte weiter und suchte am äußersten Ende des Parkplatzes im Schatten eines Baumes einen Stellplatz. Der Blick auf das Eingangsportal der Diskothek war frei.

Hoffmann stoppte den Motor, zog die Handbremse an und löste den Sicherheitsgurt. Er hatte alle Zeit der Welt.

44. SZENE

Er legte seinen Arm um ihre Hüften und zog sie an sich. Sie schmiegte sich an ihn. Es fühlte sich gut an.

»Ich brauche eine Pause.«

»Okay.«

»Und ich bin am Verdursten.«

»Dann an die Bar.«

Eng umschlungen verließen sie die Tanzfläche. Sie waren beide schweißüberströmt. Song für Song waren sie sich nähergekommen. Zuerst nur kleine, fast zufällige Berührungen, schließlich hatten sie ihre Körper aneinandergerieben. Klara war heiß, und nicht nur, weil sie sich beim Tanz verausgabt hatte.

Sie wusste nicht, was er bestellt hatte, sie trank einfach. Ein alkoholischer Cocktail. Weil sie niemals trank, vertrug sie auch nichts. Der Alkohol strömte direkt in ihre Blutbahn. Mehr als einen Cocktail sollte sie nicht trinken, wenn sie heute noch fahren wollte. Der Gedanke streifte sie nur. Genug mit den Tausenden Sorgen und Gedanken. Schluss damit.

Sie schaute an Fred hoch. Er hatte eigentlich die ideale Größe für einen Mann. Nicht zu klein, nicht zu groß. Und er war in ihrer Nähe. Sie hatte seinen Körper gerochen, ihn angefasst. Sie griff nach seinem Hemdkragen und zog ihn näher.

»Steht dein Auto auf dem Parkplatz?«

»Ja.«

»Hey, ich brauche jetzt einen echten Kerl, keinen Waschlappen.«

»Hier bin ich.«

»Machst du schlapp?«

»Ganz bestimmt nicht.«

»Dann los.«

»Wollen wir zu mir?«

»Nein, gleich hier. Im Auto. Ich brauche es sofort.«

»Du legst ja los.«

»Ich bin seit Monaten überfällig. Komm jetzt. Es wird dir gefallen.«

Er lachte und schob dem Barmann einen Geldschein zu.

45. SZENE

Um sich die Zeit zu zerstreuen, las Hoffmann auf seinem Smartphone die aktuellen Nachrichten. Er klickte sich von Artikel zu Artikel, schnappte diese Information auf, dann eine andere. Die meisten Nachrichten waren schlecht. Ein Bürgerkrieg da, eine Naturkatastrophe dort, ertrunkene Flüchtlinge im Mittelmeer, Großfirmen, die in den Konkurs schlitterten, an allen Ecken und Enden der Wirtschaft und Politik Korruptionsaffären. Die Welt der Menschen war ein dreckiger Ort. Hoffmann bemerkte, wie abgestumpft er diesen Meldungen gegenüber war. Keine rührte ihn. Man würde in nur drei Tagen vollkommen dem Wahnsinn verfallen, wenn man sich die Nachrichten, die jeden Tag in den Zeitungen standen, zu Herzen nehmen würde. Das könnte niemand schaffen, nicht der größte Weise, nicht ein wahrer Heiliger, niemand. Wie sollte dann ein einfacher Polizist aus Wien damit fertigwerden? Unmöglich. Man entwickelte notgedrungen eine Distanz zu allem, was einen nicht persönlich anging. Und was ging einen einfachen Polizisten aus Wien schon an? Nicht viel in Wahrheit.

Er schaute wieder zum Eingangsportal der Diskothek.

Da war sie! Da war Klara Zeidler.

Sie war anders bekleidet, als er sie zuletzt gesehen hatte. Natürlich, sie war im Shoppingcenter gewesen und hatte sich neue Sachen gekauft.

In Minirock und Stöckelschuhen sah sie verdammt sexy aus.

Hoffmann legte das Telefon zur Seite und kniff die Augen zusammen.

Klara und ein Mann gingen ineinander verkeilt über den Parkplatz. Sie näherten sich einem silbergrauen BMW. Hoffmann war natürlich klar, was Klara hier tat. Vollkommen klar. Sie beendete ihre Ehe. Dieser Glückspilz. Ein bisschen beneidete Hoffmann den Mann um dessen Eroberung. Aber nur ein bisschen.

Sollte er ihnen hinterherfahren? Nein. Das würde zu weit gehen. Er hatte gesehen, was es zu sehen gab, alles Weitere war Privatsache der beiden.

Hoffmann wartete. Aber der Wagen startete nicht. Er pfiff durch die Zähne. Gleich auf dem Parkplatz vor der Diskothek! Hoffmann schmunzelte. Wenn das nicht die große Liebe war.

Etwa zehn Minuten später stieg Klara aus dem silbergrauen BMW. Sie schien zu wanken. War sie betrunken? Nein, sie ging aufrecht und gerade zu ihrem Wagen. Der weiße Renault Clio brauste davon. Hoffmann sah noch den Mann, der offenbar verstört über den schnellen Abgang seiner Gespielin auf dem Parkplatz stand und dem abfahrenden Auto hinterhergaffte.

Tja, genau aus diesem Grund beneidete er den Mann nicht besonders.

Hoffmann drehte den Zündschlüssel um und fuhr los. Mittlerweile war er müde. Zeit für ein paar Stunden Schlaf. Er befürchtete, dass der morgige Tag lang werden würde.

46. SZENE

Sie warf die Tür hinter sich zu und versperrte sie. Alles in ihrem Kopf drehte sich. Wie hatte sie es nur bis ins Hotel geschafft? Sie schleuderte die Schuhe von ihren Füßen. Ihr war speiübel. Dieser Gestank. Sie fühlte sich schmutzig. Von oben bis unten mit Dreck besudelt. Eine heiße Dusche. Unbedingt eine Dusche. Und Seife. Sie musste den Dreck von sich abschrubben. Den Gestank loswerden.

Klara riss sich die Bluse und den Büstenhalter vom Leib. Dann zog sie den Minirock aus. Sie zuckte. Sie trug ja gar kein Höschen! Hatte sie es im Auto des Kerls vergessen? Wie hatte er noch geheißen? Unwichtig. Sie waren wie ein Donnerschlag gleichzeitig gekommen. Geile Nummer. Ein echter Mann. Dieses Arschloch. Er hatte alles richtig gemacht. Ein echter Gentleman, er hatte für das Kondom gesorgt. Hatte sie auch alles richtig gemacht? Ja. Nein. Egal. Sie hatte getan, was sie tun wollte. Nicht mehr, nicht weniger.

Ihr war schlecht.

War das der Cocktail? Oder die Pille? Oder die Quittung für den Fick auf dem Rücksitz eines beliebigen Autos?

Klara betrat das Badezimmer und wollte gerade in die Duschkabine steigen, da übermannte es sie. Sie ließ sich vor der Toilette zu Boden sinken und übergab sich. Alles raus. Der Dreck. Die Sorgen. Die Angst. Die Scham. Sie würgte alles hoch.

Klara erhob sich mühsam und betätigte die Spülung. Sie schaute in den Spiegel. Sie sah tatsächlich so kaputt aus, wie sie sich fühlte. Sollte sie heulen? Klara horchte in sich hinein. Sie würde auch diesmal nicht heulen. Als Heulsuse war sie nie besonders gut gewesen.

Jetzt die Dusche. Sie sparte nicht mit Duschgel. Auch nicht mit Wasser. Nach der Dusche putzte sie gründlich ihre Zähne, um den ekelhaften Geschmack des Erbrochenen loszuwerden.

Klara riss eine der ungeöffneten Packungen mit Unterwäsche auf. Ein Unterhemd und ein Höschen. Sie bekleidete sich, ließ sich zu Bett sinken und zog die Decke hoch.

Die Jungs! Ging es den Jungs gut? Bei ihren gewissenhaften Schwiegereltern würde es ihnen an nichts fehlen. Klara griff zu ihrem Smartphone. Vielleicht hatten sie ja eine SMS geschickt. Sie wischte über die Anzeige.

Eine SMS war im Laufe des Abends hereingekommen.

Sie las die Nachricht. Ihr Sohn Marvin hatte geschrieben.

Alles klar bei Oma, Nachmittag urfad, wir schauen jetzt fern. So einen Kinderfilm. Danach geht's zu Bett. Robin und ich haben eh gelernt. Ein bisschen. LG Marvin.

Jetzt musste Klara doch mit den Tränen kämpfen. Mit einem Schlag vermisste sie ihre Söhne geradezu körperlich. Ja, es war Sehnsuchtsschmerz.

Sie vergrub sich unter der Decke.

SAMSTAG

47. SZENE

Der Wecker klingelte wie geplant. Fünf Uhr früh. Caroline Stranek langte zum Nachtkästchen und schaltete den Wecker aus. Sie schob die Decke zur Seite und verließ das Bett. Gestern Abend hatte sie sich zeitig zur Ruhe begeben und war jetzt schlagartig munter. Sie huschte in die Küche, wo Bero sie bereits begrüßte.

»Na, kannst du auch nicht schlafen? Guten Morgen, Faulpelz.«

Sie bereitete das Frühstück zu. Kräutertee und Müsli mit Früchten. Sie sparte nicht mit dem Müsli, wer wusste schon, wann sie an diesem Tag wieder zum Essen kam.

»Die Morgentour muss heute ausfallen. Bleib im Garten. Gegen neun Uhr kommt Herr Spengler, dann kannst du eine Runde drehen. Ich muss gleich zur Arbeit.«

Der Hund lauschte langmütig den Erklärungen, und als sein Futter bereitstand, machte er sich gemächlich darüber her. An Wohnfläche war ihr Haus nicht allzu groß, auch der Garten war nicht riesig, aber für eine Frau und einen Hund fand sich ausreichend Platz. Wenn Stranek unterwegs war, konnte der Hund neben dem Garten auch das Vorhaus benutzen. Bei Regen oder Kälte hielt sich Bero meist darin auf. Die Wohnräume waren dann versperrt. Herr Spengler besaß zwar einen Schlüssel, aber er betrat nur selten das Haus. Stranek ihrerseits verwahrte auch den Schlüssel zum Haus des Ehepaares Spengler. In der Nachbarschaft war Stranek beliebt, den Leuten war es recht, dass eine Kriminalpolizistin gleich um die Ecke wohnte. Auch wenn sie sich manchmal über die Männerbesuche bei der alleinstehenden Frau wunderten. Da waren auch Kerle dabei, die man bei einer Polizistin nicht vermutet hätte.

Stranek erledigte ihre Morgentoilette und bekleidete sich. Unter der Lederkluft trug sie einen Sportanzug. Sie besaß zwar schwere Motorradstiefel, doch die trug sie bei Diensteinsätzen nicht. Die Stiefel waren beim Laufen und Springen hinderlich. Sie vertraute auf leichte Wanderschuhe, mit denen sie auf Asphalt schnell rennen konnte, aber auch im Gelände gut vorankam. Die Dienstwaffe trug sie in einem Schulterholster unter der Lederjacke.

»Also, tschüs und bleib brav. So wie immer.«

Sie kraulte den Kopf des Hundes und versperrte die Haustür. Bero begleitete sie noch bis zum Gartentor und suchte sich dann einen Platz an der Hausmauer.

Stranek setzte sich auf das Motorrad, zog den Helm über und schaltete das Kommunikationsmodul ein. Sie startete den Motor. Ein Blick auf die Zeitanzeige: halb sechs Uhr früh. Sie würde pünktlich um sechs die Überwachung von ihrem Kollegen aus der Nachtschicht übernehmen können. Der Mann hatte nicht angerufen, also war nichts passiert. Ob das tagsüber so bleiben würde? Stranek würde es erfahren.

Sie brachte das Motorrad auf die Fahrbahn und gab Gas. Nicht zu sehr. Die Nachbarn mussten nicht aus den Betten gejagt werden.

48. SZENE

Die Nachtluft war so mild gewesen, dass Hoffmann bei offenem Fenster zu Bett gegangen war. Richtig hübsch war die Gegend nicht gerade, ringsum lagen immer wieder Industrie- und Gewerbebauten, die Felder dazwischen waren eben und ausgeräumt, Straßen kreuzten und verknoteten sich hier. Gegenüber dem Motel an der Schnellstraße befand sich ein Parkplatz für Fernlaster, der Autobahnknoten Wiener Neustadt war nicht weit. Gegen Mitternacht, als Hoffmann das Licht ausgeknipst hatte, war die Nacht ruhig und klar gewesen.

Dafür riss ihn jetzt ein Traktor aus dem Schlaf. Ein Traktor, der in aller Frühe vor seinem Fenster mit laufendem Motor haltmachte. Hoffmann taumelte aus dem Bett zum Fenster. Der Traktor stand 30 Meter entfernt vor einem Feld hinter dem Motel. Was auch immer der Bauer um diese Zeit auf seinem Acker vorhatte, es hatte Hoffmanns Schlaf beendet. Eigentlich hatte Hoffmann gedacht, dass es ein Vorteil sein würde, ein Zimmer zugeteilt bekommen zu haben, dessen Fenster nicht an der Vorderseite zur Schnellstraße lag.

Missmutig schloss er den Fensterflügel und warf sich noch einmal in die Federn. Er langte nach seinem Smartphone und las die Zeit. Sechs Uhr. Knapp über sechs Stunden hatte er geschlafen. Das ging gerade so. Und ob er tagsüber müde werden würde, hing eher vom Adrenalinspiegel in den Arterien ab, als von der Menge an Schlaf der letzten Nacht.

Eines vermerkte Hoffmann zufrieden: Es waren keine Nachrichten hereingekommen. Und wie er gestern Abend schon philosophiert hatte, waren die Nachrichten meistens schlecht.

Keine Nachricht war also eine gute Nachricht.

Hoffmann kratzte sich am Kinn. Solange ihn niemand aus dem Zimmer klingelte, wollte er den Tag ruhig angehen. Erst mal Zähne putzen und duschen, dann ein Besuch im Frühstücksraum. Er erwartete von einem Motel dieser Art kein großartiges Frühstücksbuffet, aber Kaffee und in Teigwaren gebackene Kohlenhydrate würde er wohl kriegen.

49. SZENE

Mit dem ersten Lichtstrahl des Tages fuhr sie aus den Federn. Klara war hellwach. Sie fühlte sich richtig ausgeruht, voller Spannkraft. Mit schnellen Handgriffen kleidete sie sich für den Tag und packte ihre Sachen. War der Frühstücksraum überhaupt schon geöffnet? Was für einen Appetit sie hatte. Mal ordentlich essen und danach nicht das Geschirr abräumen müssen. Reiner Luxus für eine Frau, die von frühmorgens bis spätabends nur arbeitete. Heute jedoch nicht.

Klara lauschte in sich. Was war das für ein erstaunliches Gefühl, das da tief in ihr saß? Eine Zufriedenheit? Eine Beglückung? Einfach drauf geschissen? Sie hatte das Leben bei der Wurzel gepackt. Sich befreit. Auch wenn es eine Art von Einsamkeit war, die sie da auf sich nahm. Klara grinste lässig. Nun, mit der kurzweiligen Unterbrechung von Einsamkeit hatte sie gestern eine erstaunliche Erfahrung gemacht. Ihr war klar, dass diese Zufriedenheit auch eine körperliche Note hatte. Der Sex war gut, aber das Drumherum war Scheiße gewesen. Die Disco. Der Rücksitz des Autos. Die schnelle Flucht. Die verdammte Pille.

Klara schaute kurz zum Fenster des Zimmers. Dann griff sie nach ihrer Handtasche und suchte nach den Tabletten. Zwei besaß sie noch.

Dieses Dreckszeug.

Klara spürte einen Nachhall der Übelkeit von gestern Nacht. Zum Glück hatte sie alles rausgekotzt, und zum Glück hatte sich ihr Magen über Nacht wieder eingerenkt. Sie hatte richtig Hunger. Eine frische Semmel mit Marmelade oder Honig. Milchkaffee dazu. Wann sperrte endlich der Frühstücksraum auf? Wie spät war es überhaupt? Klara griff zu ihrem Smartphone und las die Uhrzeit ab. 6.43 Uhr.

Eine SMS von einer unbekannten Nummer war gekommen. Um 5.13 Uhr.

Sie öffnete die Nachricht.

Ihr stockte der Atem.

Die Nachricht war von Viktor.

50. SZENE

Die Fahrstuhltür glitt auf, und Gerhard Assmann trat in den Flur. Er ging auf das Büro zu. Als er hineintrat, hörte er von nebenan Geräusche. Er ging zur offen stehenden Nachbartür.

»Morgen, Walter. Gar nicht gewusst, dass du heute auch da bist.«

Walter Kaltenegger war dabei, in seinem Schreibtisch zu kramen. Er schaute kurz hoch.

»Morgen, Gerhard. Nur ausnahmsweise. Ein paar Dinge muss ich noch erledigen. Zu Mittag bin ich im Wochenende und fahre ins Weinviertel.«

»Kommt Sigrid auch?«

»Nein. Die hat schon Wochenende. Außer ihr verderbt uns den Spaß. Wie schaut es aus im Fall mit der Blumenvase?«

Kaltenegger richtete sich auf und blickte nun Assmann direkt an. Dieser zuckte mit den Achseln.

»Bis jetzt gibt es nur eine Leiche und ein paar Verdächtige. Nichts Genaues weiß man nicht. Aber heute soll der Bericht der Spurensicherung und der Gerichtsmedizin hereinflattern.«

Kaltenegger verzog anerkennend den Mund.

»Geh hör auf. Sollten die Kollegen vielleicht angefangen haben, ihre Arbeiten zu erledigen?«

Assmann lachte und hob die Hand.

»Der Gerald wird in etwa einer Stunde auftauchen.«

Kaltenegger nickte mit dem Kopf.

»Mir ist bis dahin eh nicht fad. Verflixt, wo hab ich den Zettel mit den Zugangscodes?«

Assmann verdrehte die Augen und rauschte in sein Büro. Wenn Kaltenegger die Notizzettel mit den diversen Zugangscodes suchte, sollte man ihn vorzugsweise allein arbeiten lassen. Assmann startete seinen Rechner und legte das Headset an. Er schaute auf die Uhr – 7.59 Uhr – und grinste schief. Das machte für ihn den Job interessant. Perfektion in den Abläufen. Wie vereinbart war er Punkt acht als Kommunikationsdrehscheibe online.

Er prüfte das Peilsignal von Straneks Motorrad. Vorhanden. Laut Plan war seine Kollegin seit zwei Stunden auf der Straße. Er wählte sie an.

»Hallo, Gerhard. Pünktlich im Büro?«

»Wie sich das so gehört. Standort?«

»Wien-Brigittenau.«

»Status.«

»Hier hat sich noch nichts gerührt. Alles ruhig.«

»Okay. Bis später.«

Assmann trennte die Leitung und wählte Hoffmanns Nummer.

»Guten Morgen«, meldete sich Hoffmann.

»Morgen, Wolfgang. Standort?«

»Nähe Wiener Neustadt. Motel A 3.«

»Status?«

»Bin gerade mit dem Frühstück fertig. Ich bin begeistert. Die Semmeln hier sind frisch.«

»Mahlzeit. Bis später.«

Routinemäßig schaute Assmann die aktuellsten Meldungen durch. Es war nichts dabei, was seine Aufmerksamkeit gefesselt hätte.

Eine Bewegung an der Tür ließ Assmann hochblicken.

Gerald Windisch trat in den Raum. Assmann hob die Hand zum Gruß.

»Morgen, Gerhard.«

»Bist du also schon früher los?«

»Ja, die Joggingtour habe ich heute früh ausgelassen. Hast du Neuigkeiten?«

Windisch schnappte sich einen Stuhl und schob ihn neben Assmann.

»Keine Neuigkeiten. Wolfgang und Caroline sind in Position. Alles auf Stand-by.«

Windisch blickte auf seine Armbanduhr.

»Die Berichte sind für neun Uhr zugesagt. Das heißt, wir haben noch ein bisschen Zeit.«

Assmann nickte zustimmend.

»Ich werde uns Kaffee besorgen. Was nimmst du?«

»Eine Melange. Eh wie immer.«

Windisch erhob sich, wollte zur Kaffeemaschine gehen, hielt jedoch inne.

»Und du hol mir bitte ein paar Infos zu den drei Männern auf dem Bildschirm. Zu Jurkowitsch, Prüller und … wie heißt der dritte Mann?«

»Hugo Swoboda. Der Herr Sportlehrer.«

»Ja genau. Schauen wir uns die Sache noch einmal genauer an. Vielleicht entdecken wir ja was.«

»Geht klar, Gerald.«

Windisch holte Kaffee, während Assmann die Datenbank öffnete.

51. SZENE

Ich brauche Hilfe. Viktor.

Klara war wütend. Was hätte sie anderes sein sollen? Er brauchte Hilfe. Na wunderbar. Offenbar hatte er sich ein neues Handy besorgt. Sie hatte bereits drei SMS an diese Nummer geschickt. Antwort war bislang keine gekommen. Sie würde ja gerne Hilfe leisten, wenn sie nur wüsste, wo er sich aufhielt.

Seit einer Stunde saß sie im Auto. Zuerst war sie die Strecke nach Mattersburg gefahren. Nun fuhr sie von Parkplatz zu Parkplatz und hoffte, dass Viktor endlich bekannt gab, wo er sich aufhielt.

Derzeit befand sie sich vor einem Möbelhaus, das gerade eben die Pforten öffnete. Der weitläufige Parkplatz war noch weitgehend leer.

Bei den Fahrten hatte sie, so gut es ihr möglich war, nach Verfolgern Ausschau gehalten. Sie hatte kein Polizeifahrzeug entdeckt, und auch Inspektor Hoffmanns Wagen war ihr nicht aufgefallen.

Das Hotel in Wiener Neustadt hatte sie praktisch fluchtartig verlassen. Sie hatte ohne Frühstück die Rechnung bezahlt und war losgefahren. Klaras Magen knurrte jetzt. Sie hatte zuvor bei einem Supermarkt angehalten, war jedoch gleich wieder weitergefahren. Klara setzte den Wagen in Bewegung und näherte sich erneut dem Supermarkt. Sie parkte den Wagen, griff nach ihrer Handtasche und stieg aus.

Sie versorgte sich mit dem Nötigsten. Vor allem einem Frühstück. Eine Wurstsemmel aus der Feinkost-Vitrine,

Joghurt und Obst. Sie lud auch eine Flasche Orangensaft und Wasserflaschen in den Einkaufswagen.

Klara stand an der Kassa und bezahlte mit der Bankkarte. Da kam eine SMS.

Hektisch kramte sie nach dem Smartphone in ihrer Handtasche.

»Verdammt, wo ist das Ding?«

Die Verkäuferin hielt den Rechnungsbeleg in der Hand und wartete. Klaras Einkauf lag noch auf der Ablage, sie kramte immer hektischer in der Handtasche. Nur eine Kassa war geöffnet, sodass sich eine Schlange bildete.

»Entschuldigung. Ich hab es gleich.«

Endlich hatte sie das Telefon in Händen. Sie tippte auf das Display, die SMS erschien. Viktor hatte sie von seinem neuen Handy gesendet. Schnell packte sie ihren Einkauf und eilte zum Auto. Die Einkaufssäcke stellte sie auf der Rückbank ab. Klara warf sich auf den Sitz und zog die Autotür zu.

»Jetzt zu dir, Freundchen.«

Sie öffnete die SMS noch einmal. Klara las den Text.

Bin in der Hütte. Bei der Warte.

Klara dachte scharf nach. Was zum Teufel sollte das heißen? Welche Hütte? Welche Warte? Hütten und Warten hatten in ihrem gemeinsamen Leben keine große Rolle gespielt. Ihr Leben hatte in der Stadt stattgefunden. Aber sie hatten gemeinsam wiederholt die Jubiläumswarte in Wien besucht. Mit dem Bus an den Stadtrand und dann die Warte hoch. Da waren die Jungs noch im Kindergartenalter gewesen, als sie einige Male diesen Ausflug unternommen hatten. Viktor meinte doch bestimmt nicht die Jubiläumswarte am Stadtrand von Wien. Wo sollte er sich da tagelang verstecken?

Mit dem Hinweis »Hütte« kam sie gar nicht klar. Welche Hütte meinte er nur?

Vielleicht hatte er ja mit seinen Motorradkumpels irgendwelche Hütten gekannt? Aber er hatte nie eine Hütte erwähnt.

»Welche Hütte, du Idiot?«

Klara öffnete auf ihrem Smartphone eine App mit Landkarte und Suchfunktion. Sie suchte nach Aussichtswarten im Burgenland.

»So viele. Verdammt.«

Die Abfrage musste eingeschränkt werden. Irgendwie würde sie dahinterkommen. Zuerst aber schickte sie Viktor eine SMS.

Sag bitte genau, wo du bist. Mit Ortsangabe. Und bitte gleich.

Sie sendete den Kurztext an seine neue Nummer und legte das Smartphone zur Seite. Klara griff nach ihrem Proviant.

52. SZENE

Hoffmann fuhr diesmal eine andere Route. Ein Umweg auf den ersten Blick, Auskundschaften von Straßenverläufen auf den zweiten. Er war unterwegs zum Bauernhaus in Pöttelsdorf. Vielleicht würde er heute irgendetwas entdecken, was ihm gestern nicht aufgefallen war. Ein kleines Schwätzchen mit den Nachbarn konnte auch nicht schaden. Und das bisschen frische Landluft tat ohnedies gut.

Kurz dachte er an die Beobachtungen der letzten Nacht. Ob Klara Zeidler wieder nach Wien gefahren war? Hoffmann rechnete damit. Was sollte sie noch länger in Wiener Neustadt tun? Ihre Söhne waren zwar bei den Großeltern, aber auch das schönste Wochenende ging vorbei, und danach war wieder Schulbetrieb, danach musste der Friseurladen geöffnet werden und das normale Leben würde wieder ablaufen. Wenn es denn für Klara Zeidler einen Weg zurück ins normale Leben gab. Hoffmann drängte die Befürchtung beiseite, dass Klara straucheln und fallen könnte. Mit verheerenden Folgen für das Leben der beiden Buben. Dass Viktor Zeidler sein Leben in den Sand gesetzt hatte, war für Hoffmann längst klar. Unklar war dagegen, ob der Mann seine ebenso tapfere wie verzweifelte Ehefrau mit in den Abgrund reißen würde, und mit ihr die gemeinsamen Söhne.

Hoffmann machte sich bewusst, dass er sich gerade aufrichtig Sorgen um jemanden machte. Also war er doch eine sentimentale Eule. Hoffmann lachte über diese Selbsterkenntnis. Na, warum nicht mit den Jahren sentimental werden? Manche wurden mit den Jahren verbittert. Andere wieder verblödeten ganz einfach. Er wurde sentimental. War doch nicht schlecht? Und eine Eule zu sein, war gar keine schlechte Sache. In den dunklen Nächten der menschlichen Seele flog die Eule mit unfehlbarem Gehör und scharfem Blick. Für einen Polizisten vorteilhaft.

Hoffmann erreichte den Bauernhof und stellte den Wagen ab. Die Tür des Hauses war von den Kollegen gestern Abend versiegelt worden. Und das Siegel war nicht gebrochen. Alles ruhig hier auf dem Land.

Sein Telefon klingelte. Hoffmann schaute auf die Anzeige und kehrte zum Wagen zurück. Assmann rief an.

»Hallo, Gerhard.«

»So, Wolfgang, bist du gerade unterwegs oder steht der Wagen?«

»Ich stehe vor dem Bauernhaus in Pöttelsdorf.«

»Du kannst also telefonieren.«

»Passt gerade ganz ausgezeichnet.«

»9 Uhr vorbei, die Berichte sind da.«

Hoffmann kippte die Sitzlehne ein Stückchen zurück.

»Gerhard, ich bin ganz Ohr.«

»Die Gerichtsmedizin bestätigt die erste Diagnose des Arztes vor Ort. Armin Retzer ist durch Ersticken ums Leben gekommen. Das Blut von den Kieferverletzungen und der Mageninhalt haben die Luftröhre verschlossen. Die Schädelknochen waren nicht gebrochen, aber durch den Schlag mit der Vase und dem schweren Aufschlag mit dem Hinterkopf auf dem Fliesenboden hat er eine erhebliche Gehirnerschütterung erlitten. Die wäre nicht letal gewesen, hat aber einige Regionen des Gehirns beschädigt. Das alleine hätte wahrscheinlich für lebenslange Folgeschäden gesorgt.«

»Okay. Der Schlag mit der Vase war nicht ohne.«

»Aufschlussreicher ist die Analyse der Kriminaltechnik. Ich fasse das Wichtigste für dich zusammen.«

»Das wäre gut.«

»Die am Tatort gefundenen Blutspuren haben ja gleich auf blutende Verletzungen von mindestens zwei Personen hingedeutet. Das ist jetzt forensisch gesichert, das Blut stammt von zwei verschiedenen Menschen. Der eine ist Armin Retzer. Der andere Mensch ist nach DNA-Analyse identifiziert. Das Blut stammt von Viktor Zeidler.«

Hoffmann pfiff durch die Zähne.

»Wie wir vermutet haben.«

»So viel ist sicher. Auch die Fingerabdrücke sind eindeutig. Die Bodenvase hat ganz eindeutige Muster von Fingerabdrücken gezeigt. Die Kollegen haben das sogar visualisiert. Ich sehe ein Foto der Vase mit den darauf eingezeichneten Fingerabdrücken von Viktor Zeidler am Bildschirm. Und das Muster ist klar. Er greift zur Vase, holt damit aus und landet einen Volltreffer. Alleine für die Fingerabdrücke auf der Vase atmet der Mann ein paar Jahre gesiebte Luft.«

»Verkauf erst das Fell, wenn du den Bären erlegt hast.«

»Nur nicht meckern, Herr Kollege. Gerald sitzt neben mir und leitet gerade alles ein. Die Fahndung geht raus, ab jetzt wird Viktor Zeidler offiziell als Tatverdächtiger gesucht. Die Meldung geht in den nächsten Minuten an alle Dienststellen.«

»Sucht auch gleich nach dem schwarzen Fiat Doblo.«

»Na logisch sind die Fahrzeugdaten mit dabei. Glaubst du, wir schlafen hier?«

Hoffmann lachte ins Telefon.

»Wenn da wer schläft, dann bin ich das. Das Wetter im Burgenland ist prima. Ich glaube, ich mache jetzt ein Nickerchen unter einem Apfelbaum.«

»Du, Wolfgang, deine Schmähs werden immer skurriler.«

»Wie schaut es mit Caroline aus?«

»Sie wird von mir gleich über die Berichte informiert werden. In jedem Fall ist sie in Wien unterwegs. Es gibt Bewegungen von Jurkowitsch und Prüller.«

»Ich verstehe. Pass auf, Gerhard, du musst einen Kollegen zur Wohnung von Viktor und Klara Zeidler schicken. Der soll unbedingt prüfen, ob die Frau zu Hause ist.«

»Der Gutraterplatz ist seit über einer Stunde unter Beobachtung. Ein Wagen steht bereit. Ich frage einmal an, ob sie Klara Zeidler gesehen haben.«

»Die sollen auf jeden Fall Bescheid geben. Egal ob sie zu Hause ist oder nicht. Kann ja sein, dass Zeidler sich doch irgendwann bei seiner Frau meldet.«

»Nach über einer Woche? Na ja, wer weiß, möglich ist es natürlich.«

»Und ich rufe die Frau jetzt sofort an.«

»Du willst sie über die Fahndung informieren?

»Früher oder später erfährt sie es doch. Ich muss mich mit ihr treffen. Bin mir ziemlich sicher, dass wir über Klara an Viktor Zeidler herankommen.«

»Okay, ich leite alles gleich weiter. Eines noch.«

»Und zwar?«

»Ich werde ein Netzwerk einrichten, damit wir alle online reden können.«

»Sehr gut, Gerhard. Bis später.«

Hoffmann trennte die Leitung.

53. SZENE

»Hallo.«

»Guten Tag, Frau Zeidler. Hier spricht Wolfgang Hoffmann.«

»Guten Tag, Herr Inspektor.«

»Frau Zeidler, darf ich mich erkundigen, wie es Ihnen geht?«

»Es geht mir gut.«

»Das höre ich gerne. Frau Zeidler, in unserem Fall haben sich ein paar Entwicklungen ergeben, die es sinnvoll erscheinen lassen, dass wir zwei uns treffen.«

»Wieder zum Kaffee bei mir?«

»Wo auch immer. Frau Zeidler, wo sind Sie denn gerade?«

»Doch die Verfolgung?«

»Sitzen Sie in einem fahrenden Auto?«

»Gute Ohren.«

»Lenken Sie das Fahrzeug?«

»Ja. Und ich habe keine Freisprecheinrichtung, sondern fahre mit dem Telefon in der Hand. Kriege ich jetzt einen Strafzettel?«

»Bestimmt wäre es sehr gut, wenn Sie ehestmöglich anhalten und ich Ihnen sage, was ich zu erzählen habe.«

»Eine Geschichte? Dafür habe ich derzeit wenig Zeit.«

»Stellen Sie bitte das Fahrzeug an einer geeigneten Stelle ab.«

»Ich fahre geradeaus, vor mir ist keine geeignete Stelle, um stehen zu bleiben. Doch, da vorne. Warten Sie. Jetzt aber. Das Auto steht.«

Hoffmann glaubte an den Hintergrundgeräuschen zu erkennen, dass der Wagen wirklich stand.

»Vielen Dank, Frau Zeidler.«

»Also, was wollen Sie von mir?«

»In jedem Fall ist die Frage geklärt, ob Sie zu Hause sind oder nicht.«

»Ich bin unterwegs.«

»Wo sind Sie unterwegs?«

»In Österreich. Ich hoffe, das genügt. Oder gibt es einen Grund, weswegen ich genauer werden sollte?«

»Ja, Frau Zeidler, diesen Grund gibt es tatsächlich.«

»Dann mal raus damit.«

»Ihr Mann wird ab sofort steckbrieflich gesucht. Die Fahndung geht genau in diesen Sekunden an alle Dienststellen in Österreich. Und die Nachbarstaaten erhalten Basisinformationen. Da rollt jetzt die Polizeimaschine an, Frau Zeidler.«

»Die Spurenanalysen?«

»Korrekt. Die Spurenlage ist objektiv eindeutig. Niemand anderer als Ihr Mann Viktor hat den für Armin Retzer in letzter Konsequenz tödlichen Schlag ausgeführt. Ich spreche von einem Haftbefehl.«

»Ach du Scheiße!«

»Wir sollten uns unbedingt treffen, um zu klären, wo und in welchem Zustand Ihr Mann ist. Frau Zeidler, die kriminaltechnischen Untersuchungen haben noch mehr ergeben. Ihr Mann hat am Tatort stark geblutet. Wir wissen nichts über seinen gegenwärtigen Gesundheitszustand. Er hat in keinem öffentlichen Krankenhaus die Verletzung behandeln lassen. Also sehe ich gegenwärtig die Notwendigkeit, dass wir uns treffen, Frau Zeidler. Ich glaube, mit Ihrer Hilfe können wir ihn finden.«

»Das glauben Sie also?«

»Ja. Wir sollten uns treffen.«

»Okay, treffen wir uns. Ich treffe mich gern mit feschen Männern.«

»Frau Zeidler, das ist kein Scherz.«

»Ich mache keine Scherze. Mir sind Scherze vergangen. Und wissen Sie warum, Herr Inspektor?«

»Sagen Sie es mir.«

»Weil das Leben als solches ein Scherz ist. Sie wollen sich mit mir treffen? Okay, das kann ich einrichten. Allerdings bin ich noch unterwegs.«

»Wann können wir uns treffen?«

»In zwei Stunden. Das wäre möglich. Sagen wir in zwei Stunden bei mir zu Hause. Ich lade Sie auf eine Tasse Kaffee ein. Oder wäre ein Glas Sekt dem Umstand angemessen? Lasst uns trinken auf Viktor Zeidler, den Vollidioten, der seinen Kumpel erschlagen hat.«

»Um genau zu sein, ist Armin Retzer erstickt. Aber die Kausalität ist aus kriminalistischer Sicht klar, zuerst der Schlag, dann unterlassene Hilfeleistung und schließlich der Eintritt des Todes. Ob es sich um Notwehr gehandelt hat, muss das Gericht klären.«

»Mord, Totschlag, Notwehr, das geht mir alles am Arsch vorbei. Ich verstehe nur so viel, dass Viktor einen Menschen getötet hat.«

»Sie klingen bitter, Frau Zeidler.«

»Und Sie gaffen mir hinterher.«

»Frau Zeidler, es liegt mir fern, Sie beleidigen oder belästigen zu wollen, aber mein Beruf erfordert eine gewisse Hartnäckigkeit, für die ich mich vielleicht entschuldigen kann, nicht aber sie ablegen. Und eines versichere ich Ihnen ehrlich, Frau Zeidler. Ich gehe Ihnen nur so lange auf den Wecker, wie es der Fall nötig macht.«

»Na, das klingt ja wie ein Freundschaftsangebot.«

»Toll, dass Sie das so sehen.«

»Okay, also in zwei Stunden in meiner Wohnung. Ich versuche halbwegs pünktlich zu sein. Wird schon klappen.«

»Ich freue mich auf ein Wiedersehen, Frau Zeidler.«

»Da freue ich mich auch drauf.«

Klara trennte die Leitung. Der Vormittag zog sich dahin.

Zwei Aussichtswarten in der Gegend hatte sie schon abgeklappert. Aber die Tankfüllung näherte sich dem roten Bereich. Klara startete und fuhr weiter. Sie bewegte sich auf einer Bundesstraße, da würde sie bald eine Tankstelle finden. Tankstellen verkauften in der Regel auch Landkarten. Derzeit navigierte sie mit dem Smartphone. Wenn der Akku leer war, brauchte sie Landkarten.

Irre eigentlich. Das war ja wohl das verrückteste Wochenende seit Menschengedenken. Sie hatte schnellen Sex mit einem wildfremden Mann auf dem Rücksitz eines Autos gehabt und spontan in einem Hotel übernachtet. Sie fuhr pausenlos durch die Gegend, hatte eben ein Date mit einem interessanten Polizisten vereinbart und Viktor war wirklich ein Mörder. Ein Totschläger. Mit dem Kerl hatte sie ein Hühnchen zu rupfen.

Sie keifte das am Beifahrersitz liegende Telefon an.

»Verdammt, warum rufst du nicht an. Oder schreib wenigstens verständlich, wo du bist!«

Klara spulte ein paar Kilometer ab. So nebenbei trank sie Orangensaft aus der Flasche.

Sie gestikulierte mit dem rechten Arm und sprach wieder mit dem Telefon.

»Ja, schon gut, Herr Inspektor, wird nie wieder vorkommen. Tut mir leid. Aber da müssen Sie schon ein bisschen Verständnis haben. Eine Dame von Welt darf sich doch gewisse Eigenheiten erlauben, nicht wahr?«

Klara kicherte.

Da kam eine Tankstelle in Sicht. Sie nahm die Zufahrt und parkte das Auto an einer Zapfsäule. Klara stieg aus, füllte den Tank und betrat das Kassenhäuschen.

Sie kramte in der Handtasche. Ein kurzer Blick auf das Telefon zeigte keine eingegangenen SMS. Sie suchte nach der Geldbörse. Die Dose Pfefferspray kam ihr zwischen die Finger. Klara zog die Augenbrauen hoch. Sie war ja bewaffnet. Nun, wer in der Stadt lebte, musste auch bewaffnet sein. In den dunklen Gassen Ottakrings fühlte sie sich mit dem Spray einfach sicherer. Würde sie ihn an diesem Wochenende einsetzen? Zum Beispiel gleich hier in der Tankstelle.

Hey, Leute, ich bin die Rockerbraut, mein durchgeknallter Kerl hat einen gekillt, deswegen sind die Bullen hinter ihm her, und ich mach hier einen Tankstellenüberfall mit einer Dose Pfefferspray in der Hand!

Klara schaute beunruhigt um sich. Hatte sie das jetzt laut gesagt oder nur gedacht? Sie ächzte. Der Stress war echt nicht ohne. Jetzt bekam sie schon verrückte Ideen. Klara zog die Geldbörse und trat an die Kassa.

»Ich habe die Säule zwei. Und ich brauche eine Straßenkarte von hier. Geben Sie mir bitte eine Flasche Cola. Ich zahle bar.«

54. SZENE

Assmann hatte das Netzwerk eingerichtet. So konnten alle, die sich mit dem Telefon einwählten und die er freischaltete, miteinander sprechen. Stranek hatte sich bereits eingewählt.

»Wolfgang ist wieder unterwegs nach Wien. Er hat einen Termin mit der Frau des Verdächtigen«, sagte Assmann.

»Ich verstehe. Er soll da unbedingt dahinter bleiben.«

»Gerald wird bei dem Treffen mit der Ehefrau dabei sein. Die werden sie zu zweit in die Mangel nehmen.«

»Passt schon so.«

»Wo bist du gerade?«

»Raffineriestraße, Höhe Lobau. Nordwärts fahrend.«

»Sichtkontakt mit Zielperson?«

»Sie sind nach wie vor zu zweit. Eine Harley-Davidson und eine Ducati. Jurkowitsch und Prüller. Sie machen kein Wettrennen, fahren unauffällig. Ich bin mit gutem Sicherheitsabstand in der Nähe.«

»Okay. Ich klicke dich mal weg, Caroline. Der Gerald ruft an.«

»Ist klar.«

Die beiden hatten eine Tour durch Wien gemacht. Offenbar wollten sie sehen, ob jemand an ihnen dranhängt. War verdammt kniffelig für Stranek, unbemerkt die Fühlung zu halten. Zugute kam ihr, dass die beiden offenbar nach Autos Ausschau hielten und die Motorradfahrerin, die eine halbe Stunde lang auf Distanz zu ihnen gefahren war, war ihnen bis jetzt nicht aufgefallen.

Beim Knoten Kaisermühlen nahmen sie die Donauufer-Autobahn. Weiter in Richtung Norden. Bei der Reichsbrücke fuhr ein Motorrad auf die Autobahn auf. Stranek war nur knapp dahinter. Sie konnte sogar das Kennzeichen des Fahrzeugs erkennen. Eine Honda. Der Fahrer gliederte sich in den Verkehr und beschleunigte. Stranek sah, wie die Honda zu den beiden anderen Motorrädern aufschloss.

»Stranek an Assmann. Die drei sind jetzt komplett. Hugo Swoboda ist zu den beiden anderen gestoßen. Ich folge den dreien. Sie blinken und verlassen die Autobahn bei der Floridsdorfer Brücke. Muss den Abstand vergrößern. Bin dran.«

55. SZENE

Ernst Jurkowitsch blinkte und bog rechts ab. Sie hatten den Parkplatz auf der Donauinsel immer wieder für Treffen genutzt. Da war es möglich, in aller Öffentlichkeit beisammenzustehen und zu reden, ohne dass man belauscht werden konnte. Und auf ihrer Fahrt durch Wien hatten Prüller und er kein Auto bemerkt, das sie verfolgte. Jurkowitsch war klar, dass die Sache verdammt knapp war, dass sie nur sehr wenig Spielraum hatten. Eine verdammte Situation. Er wusste nicht, ob seine Freunden erkannten, wie brenzlig die Lage war. Deshalb das Treffen.

Jurkowitsch nahm den Helm ab und schaute sich um. Auf dem Parkplatz standen sieben Autos und ein Lieferwagen. Der Freizeitbetrieb auf der Donauinsel schien heute gut anzulaufen. Ein paar Jogger und Radfahrer machten schon Meilen, die Spaziergänger mit ihren Hunden kamen auf die Insel. Das Wetter war gut und der Frühling lockte die Menschen an diesem Samstagvormittag an die Sonne.

Seine beiden Kumpels zogen ebenfalls ihren Helm vom Kopf. Sie bildeten einen Kreis.

»Also, was machen wir?«, fragte Swoboda.

»Zuerst muss ich telefonieren«, erwiderte Jurkowitsch.

Der Mann holte sein Telefon aus der Lederkluft, doch bevor er wählte, schaute er sich auf dem Parkplatz um. Von der Straße kamen weitere Zweiräder zum Parkplatz. Eine Gruppe Jugendlicher mit ihren Mopeds und mittendrin eine Enduro.

Jurkowitsch kniff die Augen zusammen.

Eine BMW 700. Geiles Gefährt. Jetzt erkannte er, dass der Fahrer eine Fahrerin war. Coole Braut. Wenn er jemals keine Harley-Davidson fahren würde, dann würde er bestimmt auf BMW umsteigen. Allerdings nicht auf eine Enduro von BMW, sondern auf einen Straßenkreuzer mit allen Schikanen. Die Jugendlichen stellten ihre Mopeds ab und alberten herum.

Jurkowitsch suchte in den Anruflisten seines Telefons und drückte das Ding an sein Ohr.

»Er ruft einen Kumpel an, der gute Beziehungen zur Polizei hat. Die haben zuvor schon telefoniert«, erklärte Prüller.

Swoboda nickte verstehend. Die beiden lauschten dem Telefonat von Jurkowitsch. Allerdings beschränkten sich Jurkowitsch' Wortmeldungen auf kurze Zwischenfragen. Der Anruf dauerte nur ein paar Augenblicke. Jurkowitsch bedankte sich bei seinem Bekannten und steckte das Telefon wieder ein.

»Verdammter Scheißdreck!«

Jurkowitsch machte seiner Wut gleich mal Luft.

»Wie ist jetzt die Lage?«, fragte Swoboda.

»Wir stecken voll in der Scheiße.«

»Ein bisschen deutlicher bitte«, forderte Prüller.

Jurkowitsch schaute zuerst Prüller, dann Swoboda direkt in die Augen.

»Jetzt ist es amtlich. Die Polizei hat einen Haftbefehl gegen Viktor erlassen.«

»Hat also Viktor Armin wirklich umgebracht?«

»Die Polizei geht davon aus. Und die machen das nicht ohne Grund.«

Jurkowitsch machte eine Pause. Seine Miene war düster.

»Ihr wisst hoffentlich, dass wir nur zwei Möglichkeiten haben, um aus der Scheiße wieder herauszukommen.«

»Aber wenn die gesamte Polizei Viktor jagt, dann werden sie ihn früher oder später finden. Das wäre eine Katastrophe. Er hält bestimmt nicht dicht. Nach allem was geschehen ist.«

Jurkowitsch reagierte aufgebracht auf die geistige Langsamkeit Swobodas.

»Sag ich ja! Verdammt noch mal, wovon rede ich hier die ganze Zeit? Die Kieberer dürfen Viktor nicht erwischen. Der Mistkerl packt aus. Taufrisch und fein vom Apfelbaum direkt auf den Tisch. So packt der aus. Wir sind im Arsch, das versuche ich dir ja begreiflich zu machen.«

»He, stink mich nicht so an! Dir passt es doch eh ganz gut, dass Armin erschlagen worden ist. Wie viel hast du ihm geschuldet? 70.000? Mehr? Passt dir doch super, dass Armin tot ist.«

Jurkowitsch trat an Swoboda heran.

»Hugo, halt die Pappen. Wir haben hier ernsthafte Probleme. Deinen Kindergarten kann ich jetzt genau gar nicht gebrauchen.«

»Wer sagt, dass du nach Armin der Chef bist?«

Prüller trat zwischen die beiden und schob sie auseinander.

»So, genug gespielt, meine Herren. Jetzt wieder sachlich. Du sprichst von zwei Möglichkeiten. Was für Möglichkeiten?«

Jurkowitsch lehnte sich an sein Motorrad und strich sich durch den Bart.

»Im Prinzip ist es ganz einfach. Die Polizei darf Viktor nicht kriegen. Armin und er haben ja eine heftige Auseinandersetzung gehabt. Die Polizei weiß, dass Viktor beim Kampf verwundet worden ist. Niemand weiß wie stark. Vielleicht ist er schon tot. Liegt irgendwo im Wald und ist an der Verletzung gestorben. Das wäre dann die erste und gleichzeitig beste Möglichkeit.«

Prüller verzog sein Gesicht.

»Klingt verdammt scheiße, aber ich fürchte du hast recht, Jurko. Immerhin war Viktor ein guter Kumpel, aber wenn er genau jetzt irgendwo abkratzt, wäre das gar nicht so schlecht.«

Jurkowitsch gestikulierte und nickte Prüller zu.

»Die letzte Heldentat von Armin, der den Verräter mit in den Tod genommen hat. Sofern Viktor tot ist. Wissen wir aber nicht, die Polizei weiß es auch nicht, aber sie fahnden nach ihm. Das heißt, wir müssen davon ausgehen, dass die Polizei Viktor findet. Das müssen wir verhindern. Und das ist unsere zweite Möglichkeit.«

Swoboda konnte sich unter den dunklen Andeutungen nichts vorstellen.

»Wie bitte willst du verhindern, dass die Polizei ihre Arbeit tut?«

Jurkowitsch hatte von Swobodas Intelligenz nie viel gehalten, da konnte der Mann einen Uni-Abschluss haben oder nicht, im Alltag kapierte Swoboda einfach nur die Hälfte, und das in der doppelten Zeit. Jurkowitsch schüttelte den Kopf. Prüller übernahm die Antwort.

»Wovon Jurko spricht, ist Folgendes. Wir müssen Viktor *vor* der Polizei erwischen und dafür sorgen, dass ihn die Polizei *danach* nicht mehr erwischen kann.«

»Ihr wollt Viktor …«

»Wir müssen das fertigstellen«, meinte Jurkowitsch, »was Armin leider nicht abschließen konnte. Dann können wir die Sache ein für alle Mal vergessen.«

»Nur wo finden wir ihn?«

Jurkowitsch winkte seine Kumpel näher heran. Er flüsterte.

»Ich muss heute noch ein paar Leute treffen. Informationen beschaffen. Ich habe gehört, dass Viktor sich eine Zeit lang im Burgenland aufgehalten hat. Im Haus seiner Großeltern in einem Kuhdorf. Dort ist er nicht mehr. Ich tippe, er ist in einer Hütte untergetaucht.«

»Liegt nahe. Aber in unseren beiden Hütten wird er wohl nicht sein. So blöd ist Viktor nicht«, sagte Prüller.

Jurkowitsch zuckte mit den Achseln.

»Andererseits ist er verwundet. Vielleicht ist er in einer Notsituation doch zu einer unserer Hütten gefahren. Das können wir prüfen. Seid ihr, wie besprochen, für eine Tour bereit?«

Prüller und Swoboda nickten.

»Okay, Chris checkt die Hütte bei Mürzzuschlag. Hugo die Hütte im Waldviertel. Wir bleiben permanent in Telefonkontakt. Wenn ihr gleich losfahrt, seid ihr im Laufe des Nachmittags wieder in Wien.«

Prüller schaute auf seine Armbanduhr.

»Wird sich ausgehen. Ich muss abends aber mit meiner Frau zu ihren Eltern. Das ist ein Pflichttermin. Also sofern wir Viktor nicht finden. Wenn doch, sage ich meinen Schwiegereltern ab. Irgendeine Panne mitten auf der Straße. Das kann immer passieren.«

»Okay. Dann ist das beschlossen.«

»Und was soll ich tun, wenn Viktor wirklich in der Hütte ist?«, fragte Swoboda.

»Tu nichts, bleib auf Distanz und beobachte. Und ruf Chris und mich sofort an. Dann kommen wir.«

»Wir machen das gemeinsam!«, rief Prüller und streckte seine Faust nach vorn.

»Gemeinsam!«, riefen die beiden anderen unisono und streckten ebenfalls ihre Fäuste nach vorn.

Christoph Prüller und Hugo Swoboda fuhren ab. Ernst Jurkowitsch setzte sich auf sein Motorrad, startete den Motor aber noch nicht. Er schaute sich um. Hatte sie irgendjemand beobachtet? Er konnte niemanden entdecken. Die Jugendlichen standen noch bei ihren Mopeds. War die kesse Biene mit der Enduro noch da? Jurkowitsch ließ den Blick schweifen. Schade, sie war weg. Eine kleine Doppelfahrt mit einer Lady auf einer BMW 700 wäre ein Spaß gewesen. Jurkowitsch schob den Gedanken beiseite. Für Spaß hatte er heute keine Zeit. Viel zu tun.

Die Harley-Davidson knatterte vom Parkplatz.

Hoffmann nahm den Anruf entgegen.

»Hallo, Gerhard.«

»Hallo. Ich habe da eine Informationen für dich.«

Hoffmann schmunzelte. Der gewissenhafte Herr Assmann. Er näherte sich Wien.

»Ich lausche.«

»Ich habe jetzt mit Dr. Alfons Knoll gesprochen.«

»Mit wem?«

»Dr. Knoll. Der Oberarzt der Unfallambulanz in Krems. Du hast mir eine Notiz geschrieben, dass ich bei Gelegenheit dort anrufen soll. Habe ich getan. Es geht um einen Motorradunfall von Zeidler vor vier Jahren.«

»Tut mir leid, der Doktor ist mir fast entfallen. Ich habe da zweimal angerufen, aber immer zur falschen Zeit. Hat er irgendetwas über seine Zweifel am Hergang des Unfalls gesagt?«

»Hat er. Auf deine Aufforderung hat er sich die Krankenakte noch einmal angesehen. Er konnte sich erinnern, warum er damals Anzeige erstattet hat.«

»Schieß los, Gerhard.«

»Zeidler hat angegeben, beim Sturz einen Helm getragen zu haben. Und der Helm kam auch mit ins Krankenhaus. Dr. Knoll hat den Helm gesehen. Ein normaler Integralhelm mit starrem Kinnschutz und aufklappbarem Visier. Der Arzt sagt, dass so ein Bruch bei aufgesetztem Schutzhelm aus physikalischen Gründen extrem unwahrscheinlich ist. Da die Dislokation des Nasenbeins nach rechts geragt hat, musste es ein schlanker und herausragender Gegenstand gewesen sein, der genau im Visierausschnitt des Helms auf die Nase getroffen ist. Ein stumpfer Ast zum Beispiel. Und das wäre nur möglich gewesen, wenn das Visier offen war, weil am Visier keinerlei Anzeichen von Kratzern oder Dellen oder sonst irgendeiner Beschädigung zu sehen waren. Die Hämatome am Oberkörper können schon von einem Motorradsturz herrühren, könnten aber auch, so die Aussage von Dr. Knoll, von kräftigen Faustschlägen oder Fußtritten stammen. Aber der Nasenbeinbruch als Folge eines Sturzes ist für den Arzt eine faule Ausrede für eine, und jetzt zitiere ich den Mann wörtlich, ›für eine besoffene Wirtshausschlägerei‹. Wobei Zeidler damals nicht alkoholisiert war.«

»Das, was wir schon erwartet haben.«

»Noch was hat der Arzt gesagt.«

»Was?«

»Wenn man ihm weiter mit so saublöden Fragen die Zeit stiehlt, dann beschwert er sich bei der Wiener Polizeidirektion.«

Hoffmann lachte.

»Der Wichtigmacher soll sich nicht so aufplustern.«

»Ein Arzt eben. Was willst von den Göttern in Weiß anderes erwarten?«

»Ja, eh. Aber die Frage war schon ziemlich nervig, da hat er schon recht.«

»Hat aber voll bestätigt, was wir längst angenommen haben, nämlich dass die tüchtigen Staatsbürger dieser Clique zwar bürgerliche Berufe ausüben, brav Steuern zahlen, in ordentlichen Wohnverhältnissen leben und zwei von ihnen Kinder haben, dass sie aber in ihrer Freizeit recht rauen Männerbeschäftigungen nachgegangen sind. Und das vielleicht auch noch tun.«

»Wir wissen noch immer nicht, weswegen die ganze Sache eskaliert ist. Warum haben sich Retzer und Zeidler dermaßen in die Wolle gekriegt? Das ist die eigentliche Frage.«

»Drei Möglichkeiten habe ich genannt, aber Wolfgang, ich bin so nebenbei damit beschäftigt, in der Datenbank zu graben. Vielleicht finde ich noch etwas.«

»Du, Gerhard, bleib da bitte dran.«

»Okay. Bis später.«

57. SZENE

Ein Arbeitskollege von Christoph Prüller stammte aus dem Mürzer Oberland. In dieser Region der Steiermark konnte man im Prinzip nur drei Berufe ausüben. Entweder war man Holzfäller, Almbauer oder Gastwirt, der die Holzfäller und Almbauern mit Bier und Schweinsbraten versorgte. Prüller und der Kollege waren in der Gegend gelegentlich zum Wandern gewesen. Dem Bruder des Arbeitskollegen gehörte ein gutes Stück Wald in einem entlegenen Seitental, und dort stand die Holzhütte, die die Clique gemietet hatte. Ohne Mitvertrag und mit Bargeld auf die Hand. Sie hatten sich ein kleines Depot angelegt. Schnaps, Bier, Konserven, Bettzeug und Sprit für die Motorräder.

Prüller rollte den Forstweg entlang und kam zur Lichtung. Wer den Ort der Hütte nicht kannte, würde sie nicht finden. Optimal für ihre Treffen. Armin Retzer hatte dort immer wieder Schießübungen machen können. Prüller musste es zugeben, Retzers Begeisterung für Waffen hatte nicht nur auf ihn, sondern auch auf die anderen übergegriffen. Prüller hatte dort mehrmals auf Zielscheiben geschossen. Mit seiner Heckler & Koch. Retzer besaß fünf Pistolen und drei Schrotflinten, und er hatte seine Kumpels mit Waffen versorgt. Schwarz. Ohne Waffenschein und behördlichen Schnickschnack. Ohne Kontrolle durch lästige Beamte. Und ja, Prüller hatte seine Pistole eingesteckt.

Was, wenn Viktor vor Ort war? Gleich kurzer Prozess? Oder sollte er die Drecksarbeit Jurkowitsch erledigen lassen?

Er kam zur Lichtung. Der schwarze Fiat war nicht hier. Prüller stieg ab, schaute sich genau um und holte dann den Schlüssel aus dem Versteck. Er betrat die Hütte. Prüller zog sein Telefon hervor.

»Hallo, Chris«, meldete sich Jurkowitsch.

»Hi. Also hier ist alles ruhig. Viktor war ganz bestimmt nicht hier.«

»Okay, dann ist das auch gecheckt. Hugo hat vor fünf Minuten angerufen. Im Waldviertel war Viktor auch nicht.«

»Fünf Minuten? Hat Hugo einen Umweg gemacht?«

»Nein, er ist in einen Stau geraten. Das hat Zeit gekostet.«

»Zusammengefasst heißt das, wir haben keine Ahnung, wo der Kerl steckt.«

»Warte ab. Wie gesagt, ich treffe hier in Wien noch ein paar Leute. Einen Mann habe ich bereits getroffen, der hat nichts gewusst, zwei weitere Termine stehen noch auf dem Programm.«

»Mal sehen, ob da etwas herauskommt.«

»Hast du noch etwas vor oder kommst du zurück?«

»Nichts mehr vor. Setze mich aufs Bike. Wie gesagt, ich habe heute Abend noch einen familiären Termin.«

»Okay. Wir hören uns.«

»Tschüs.«

Prüller steckte das Telefon wieder ein und verschloss die Hütte. Nur die Abgase seiner Maschine hingen noch länger zwischen den Bäumen.

58. SZENE

Stranek hatte Swoboda verloren. Als er bei der Ortschaft Ottenschlag von der Landesstraße abgefahren und über verschlungene Nebenstraßen gebraust war, hatte sie den Sichtkontakt verloren. Was suchte der Mann hier auf dem Land? Sie hatte sich aus einem einfachen Grund für die Verfolgung von Swoboda entschieden: Auf dem Parkplatz auf der Donauinsel hatte Jurkowitsch sie bemerkt. Also war sie abgefahren. Dass sich die drei Männer zu einer Besprechung getroffen hatten, war ohnedies klar gewesen, also hatte sie sich etwas abseits auf Warteposition begeben. Als dann die Honda von Swoboda an ihr vorbeigefahren kam, hatte sie sich drangehängt, war über die Autobahn nach Stockerau gefahren und dann weiter auf der Schnellstraße nach Krems. Bei Krems hatte sich wegen einer Baustelle ein Stau entwickelt. Selbst mit den Motorrädern waren Swoboda und Stranek nur im Schritttempo vorangekommen. Dass sie es geschafft hatte, unerkannt zu bleiben, war Riesenglück. Jetzt aber hatte sie ihn verloren.

»Hallo, Gerhard.«

»Ja?«

»Ich fürchte, Swoboda ist mir entkommen. Ich drehe noch eine Runde um Ottenschlag, dann kehre ich zurück.«

»Bestätigt.«

Sie rollte durch einen ausgedehnten Wald. Kein echtes Kunststück im Waldviertel durch den Wald zu fahren. Stranek schmunzelte. Sie hatte im Waldviertel privat auch immer wieder Touren gemacht, selbst wenn sie die Gegend um Ottenschlag nicht so gut kannte.

In einiger Entfernung verließ von rechts kommend eine Honda einen Forstweg und zog mit ordentlichem Tempo ihr entgegen. Der Fahrer der Honda hob kurz die Hand zum Motorradfahrergruß. Stranek erwiderte ihn. Sie schmunzelte. Hatte er also tatsächlich nicht mitgekriegt, dass sie ihm anderthalb Stunden auf den Fersen gewesen war?

»Hallo, Gerhard.«

»Du schon wieder. Was gibt es?«

»Sichtung Hugo Swoboda. Er ist auf einem Forstweg im Wald unterwegs gewesen. Augenblicklich fährt er in die entgegengesetzte Richtung. Ich nehme die Verfolgung nicht auf, er hat mich gesehen. Wahrscheinlich fährt er zurück nach Wien. Ich schau mich mal auf dem Forstweg um.«

»Forstweg. Das klingt interessant.«

»Gebe Bescheid, wenn ich etwas entdeckt habe.«

»Okay. Ich warte auf deine Info.«

Stranek schaute in den Rückspiegel. Die Honda war verschwunden, also wendete sie, fuhr das Stückchen zurück und bog in den Forstweg. Die Enduro hatte mit der holprigen Fahrbahn keinerlei Probleme.

59. SZENE

Gerald Windisch und Wolfgang Hoffmann standen sich am Gutraterplatz die Beine in den Bauch. Seit einer halben Stunde warteten sie vor dem Haus, schlenderten ein wenig auf und ab, plauderten über dies und das, besprachen den Fall. Hoffmann war vom Süden kommend direkt zum Kommissariat gefahren und hatte Windisch bei sich einsteigen lassen. Sie hatten pünktlich an der Wohnungstür von Familie Zeidler geklopft, aber niemand hatte geöffnet. Sie hatte am Telefon gesagt, dass sie es vielleicht nicht schaffen würde, in zwei Stunden zu Hause zu sein. Also warteten sie.

Um sich die Zeit zu vertreiben, hatte Windisch Wurstsemmeln und Cola in einem nahe gelegenen Supermarkt gekauft. Die Semmeln waren schon verputzt und Hoffmann hatte seine Cola bereits geleert, Windisch schüttelte den letzten Rest in der Flasche, bis er warm, ohne Kohlensäure und damit ungenießbar war. Mit saurer Miene warf er die Plastikflasche in den Müll.

»Ruf noch einmal an.«

Mit Windischs Stimmung stand es nicht zum Besten. Hoffmann war nach außen hin gelassen. Er hatte, gleich nachdem sie an die Wohnungstür geklopft hatten und ihnen nicht geöffnet worden war, Klara angerufen, war jedoch nur von ihrer Mobilbox begrüßt worden. Er zog erneut sein Telefon aus dem Jackett.

»Sie hebt nicht ab.«

»Bist du schon auf der Mobilbox?«

»Noch nicht, aber gleich.«

»Sag ihr, sie soll sich unverzüglich am Kommissariat melden.«

Hoffmann nickte. Die Mobilbox sprang an.

»Hier noch mal Wolfgang Hoffmann. Mein Chef und ich haben jetzt ein halbe Stunde vor Ihrer Wohnung gewartet. Wir werden ins Kommissariat zurückkehren. Bitte melden Sie sich unverzüglich bei mir. Am besten, Sie kommen ins Kommissariat. Frau Zeidler, ich hoffe sehr, dass Sie uns nicht deswegen versetzt haben, weil Sie in Schwierigkeiten stecken. Und wenn das so ist, dann müssen Sie mich unbedingt anrufen. Ich kann Ihnen helfen. Vielen Dank.«

Hoffmann trennte die Leitung. Windisch winkte noch dem am Platz Wache schiebenden Polizisten, dann stapften die beiden Kriminalisten zum Auto. Windisch verzog seine Miene.

»Echt jetzt, Wolfgang, du bist ein Phänomen.«

»Ein Phänomen? Was meinst du?«

»Na du redest unglaublich geduldig und verständnisvoll mit der Dame. Mir platzt der Kragen. Wenn ich eine halbe

Stunde warten muss, nur um versetzt zu werden, werde ich narrisch. Und du bleibst einfach nur cool.«

Hoffmann zuckte mit den Schultern.

»Narrisch werden bringt die Frau auch nicht her.«

Windisch gestikulierte.

»Siehst du! Das ist genau das, was ich meine. Wie machst du das, dass du so ruhig bleibst? Entspannt wie eine heilige Kuh in einem indischen Dorf!«

Hoffmann lachte.

»Kuh passt nicht. Eher heiliger Hornochse.«

Jetzt lachte auch Windisch. Die beiden Männer setzten sich ins Auto. Hoffmann steckte den Schlüssel an. Bevor er ihn drehte, schaute er Windisch mit düsterem Blick an.

»Aber ganz so cool bin ich nicht. Was ist, wenn die brodelnde Scheiße richtig übel hochkocht?«

Windisch langte zum Sicherheitsgurt.

»Kann dir exakt sagen, was dann sein wird.«

»Nämlich?«

»Nämlich, dass wir beide wie üblich bis zu den Ohren mittendrin stecken werden.«

60. SZENE

Das Telefon klingelte. Sie hob das Ding vom Beifahrersitz vor ihre Augen. Wieder Inspektor Hoffmann. Klara las die Zeit vom Display ab. Vor etwa einer halben Stunde hatte er schon einmal angerufen. Sie legte das Telefon wieder weg und ließ es klingeln. Irgendwann würde ihre Mobilbox rangehen. Sie kaute auf ihren Lippen. Machte sie sich strafbar, weil sie einen Termin mit einem Polizisten vorsätzlich hatte platzen lassen? Bestimmt nicht. Sie kannte sich mit dem Steuerrecht und der Gewerbeordnung gut aus, mit dem Strafgesetz gar nicht, aber so etwas konnte keinen Strafbestand darstellen. Die zweieinhalb Stunden Vorsprung hatte sie allerdings bitter nötig.

Nach wie vor irrte sie durch die Gegend und suchte nach einer Hütte in der Nähe einer Warte. Idiotisch. Mit einer solch unbestimmten Beschreibung könnte jede zweite Aussichtswarte in ganz Europa gemeint sein. Sie würde Viktors Versteck niemals finden. Oder doch? Vielleicht mit etwas Glück. Oder mit einer konkreteren Beschreibung, die ihr Viktor vielleicht irgendwann doch zukommen lassen würde. Sie brauchte ja keine Hilfe, er brauchte welche! Sie hatte sich ja nicht von einem alten Kumpel anschießen lassen! Sie hatte nicht an einem Tatort stark geblutet! Also sollte er mit genaueren Informationen herausrücken.

Dummerweise hatte sie in der letzten Nacht, in diesem Hotel in Wiener Neustadt, nicht daran gedacht, den Akku ihres Handys aufzuladen. Nun war er bereits im roten Bereich. In etwa einer halben Stunde würde das Telefon runterfahren.

Klara hatte Hunger. Das Frühstück im Auto hatte ihren Hunger nur kurz stillen können. Wahrscheinlich hatte sie in den letzten Monaten zu wenig gegessen. Nicht weil sie schlanker sein wollte, sondern weil der Stress sie das Essen hatte vergessen lassen. Sie fuhr durch eine kleine Ortschaft im Mittelburgenland und entdeckte ein Gasthaus. Spontan blinkte sie und stellte den Wagen auf dem Parkplatz hinter dem Gasthaus ab. Der Parkplatz war ziemlich voll. Das war gut so. Sie hasste es, wenn sie in Gaststuben trat, in denen drei halb oder ganz besoffene Kerle saßen, die die eintretende Frau mit notgeilen Blicken angafften. Dann schon lieber eine volle Gaststube, wo sie nur einen schlechten Tisch bekam, sich aber die Leute nicht an sie erinnerten. Außerdem konnte man bei einem gut besuchten Gasthaus wenigstens hoffen, dass die Küche etwas taugte.

Bevor Klara den Autoschlüssel abzog, schaute sie auf den Kilometerstand. Nun, ihre Freundin Sabine würde sich über die vielen gefahrenen Kilometer wundern. Klara würde nicht nur den Tank wieder füllen, sondern Sabine auch Geld für die Benutzung geben. Sabine hatte das Geld natürlich nicht nötig, aber es wäre ein Zeichen für ihr Entgegenkommen. Denn schuldig bleiben wollte Klara niemandem etwas.

War sie jetzt Inspektor Hoffmann etwas schuldig?

Klara grübelte.

War sie Viktor etwas schuldig?

Sie war sich nicht sicher.

Dann zuckte sie mit den Achseln. Sie hatte sich entschieden, auf eigene Faust nach Viktor zu suchen und die Polizei zu meiden. Es war allein ihre Entscheidung. Und wenn sie ihn gefunden hatte, dann würde sie ihn in die Mangel nehmen, aber irgendeinen Grund, sich schuldig zu fühlen, gab es nicht. Das war ja das Schema, mit dem Männer Frauen niederhielten. Die Frauen sollten sich schuldig fühlen, sie sollten sich in Selbstzweifeln zerreiben, sie sollten unsicher und unbestimmt durchs Leben gehen, damit sie kein eigenes Leben entwickelten, sondern dem Leben des Mannes dienen konnten.

Klara lachte laut.

Jetzt dachte sie schon wie eine Emanze. Vielleicht war sie eine Emanze? Eine selbstbestimmte Frau? Sie wiegte den Kopf.

»Und warum fährst du dann diesem Vollidioten von Ehemann hinterher?«

Klara versuchte, ihre brodelnde Energie unter Kontrolle zu bringen. Sie atmete langsam und bedächtig ein und aus. Ihre durcheinandergeratenen Gedanken und Gefühle ordneten sich so halbwegs.

»Jetzt etwas Nahrung.«

Sie packte das Telefon in die Handtasche, stieg aus und trat in das Lokal. Wie erwartet war rund die Hälfte der Tische besetzt. Ausflügler aus Wien, Wiener Neustadt, Neunkirchen und Eisenstadt nahmen hier ihre Mahlzeit ein. Das hatte sie an den Autonummern gesehen. Eine der zwei Kellnerinnen stand hinter dem Tresen und füllte Biergläser.

»Guten Tag.«

»Guten Tag.«

»Haben Sie einen Platz für eine Person?«

»Sie können sich an diesen Tisch setzen. Brauchen Sie die Speisekarte?«

»Ja bitte.«

»Ich komme gleich zu Ihnen.«

Die Frau mittleren Alters sprach mit ungarischem Akzent. Klara setzte sich. Wenig später trat die Kellnerin schwungvoll zu ihr an den Tisch. Klara nahm die Speisekarte entgegen.

»Soll ich schon etwas zu trinken bringen?«

»Ich hätte gerne einen großen Apfelsaft gespritzt. Und ich hätte eine Frage.«

»Ja?«

»Kann ich mein Handy bei Ihnen aufladen?«

»Natürlich.«

»Ich bezahle auch dafür.«

Die Kellnerin winkte ab.

»Das ist nicht nötig. Ist ja nur ein bisschen Strom.«

»Und noch eine Frage.«

Die Kellnerin nickte.

»Wie komme ich zur Aussichtswarte?«

»Ganz einfach. Die Straße 200 Meter geradeaus, dann links abbiegen und den Berg hochfahren. Sie können es nicht verfehlen, es gibt überall Schilder.«

61. SZENE

Hoffmann und Windisch betraten das Büro. Wie erwartet saß Gerhard Assmann mit einem Headset ausgerüstet vor dem Computer. Assmann hob den Blick zur Tür.

»Hallo, die Herren.«

Hoffmann schlurfte an seinen Arbeitsplatz und ließ sich

auf den Stuhl fallen. Windisch zog den Besucherstuhl vor Hoffmanns Schreibtisch und setzte sich. Assmann war natürlich über die vergebliche Warterei auf Klara Zeidler informiert. Windisch wandte sich Assmann zu.

»Wie schaut es mit Caroline aus?«

»Letzter Kontakt vor fünf Minuten. Sie ist unterwegs nach Wien und sucht jetzt irgendwo bei Stockerau nach einer Tankstelle.«

»Was hat sie im Waldviertel herausgefunden?«

»Swoboda ist zu einer Hütte gefahren. Caroline hat mir den Standort durchgegeben, ein paar Fotos geschossen und mir geschickt.«

Windisch erhob sich.

»Will ich sehen.«

Auch Hoffmann erhob sich und stellte sich neben Windisch an Assmanns Schreibtisch. Dieser klickte einige Fotos in den Vordergrund seines Bildschirms.

»Ganz normale Holzhütte in der Nähe von Ottenschlag. Die Hütte ist versperrt, alles ruhig dort. Keinerlei Anzeichen von kürzlicher Benutzung. Hugo Swoboda hat offenbar die Hütte inspiziert, nichts gefunden und ist dann wieder abgefahren. Caroline hat neben dem Müllcontainer hinter der Hütte zwei Bierkisten gefunden, die offenbar vor einer ganzen Weile geleert worden sind.«

»Das heißt, die Bande hat im Wald Saufgelage veranstaltet.«

»Wahrscheinlich. Die Hütte ist groß genug, dass dort sechs bis acht Personen im Matratzenlager übernachten können.«

»Sie suchen Zeidler«, sagte Hoffmann.

Windisch nickte zustimmend.

»So viel scheint klar. Und sie haben uns gegenüber einen Vorteil: Sie wissen, wo er sich aufhalten könnte.«

»Wo sind die anderen?«, fragte Hoffmann.

»Jurkowitsch ist in Wien. Ein Kollege hat seine Maschine vor seinem Wohnort gesehen. Das ist jetzt rund eine halbe Stunde her. Aber es ist niemand an ihm dran, das heißt, er könnte jetzt schon irgendwohin unterwegs sein. Und von Christoph Prüller haben wir keine Sichtung, seit Caroline die drei Männer auf der Donauinsel gesehen hat.«

Windisch zuckte mit den Schultern, umrundete Assmanns Schreibtisch und setzte sich wieder in die Mitte des Raumes. Er verschränkte seine Hände hinter dem Kopf und lehnte sich zurück.

»Es liegt nichts gegen die drei vor. Mehr als eine Beamtin kann ich beim besten Willen nicht für die Beschattung abstellen.«

»Völlig klar«, bestätigte Hoffmann und setzte sich ebenfalls wieder.

»Und eines geht mir so richtig auf den Sack«, brummte Windisch. »Wir haben nur vage Vermutungen über die Gründe, warum die Männer so aktiv sind. Und warum Zeidler und Retzer so heftig aneinandergeraten sind.«

Windisch blickte sinnierend zum Fenster hinaus. Hoffmann entdeckte einen Aktenumschlag auf Assmanns Schreibtisch. Er kannte das von seinem langjährigen Kollegen. Wenn er recherchierte, dann druckte er immer wieder Ergebnisse aus und sammelte die Papiere in Aktenumschlägen.

»Hast du in der Datenbank gegraben?«, fragte Hoffmann.

»Ja. Ist sich nebenbei ausgegangen.«

Windisch wandte seinen Blick Assmann zu.

»Und hast du irgendetwas für uns?«, fragte Windisch.

»Zwei Geschichten, die eventuell infrage kommen könnten. Ich habe die Suchmuster immer weiter ausgedehnt.«

»Lass mal hören. Wir haben eh nichts Besseres zu tun.«
Assmann klappte den Aktenumschlag auf.

»Zwei Geschichten. Die erste betrifft eine Vergewaltigung. Im Dezember 2015 hat in Oberösterreich eine 26-jährige Frau Anzeige gegen unbekannt erstattet. Sie hat angegeben, dass sie am besagten Wochenende im Oktober von drei Männern vergewaltigt worden ist. Und zwar nach einem Zeltfest. Die Frau war dort mit Freunden und hat einiges getrunken. Auf dem Nachhauseweg ist sie von drei unbekannten Männern überfallen, in einen Lieferwagen verschleppt und dort missbraucht worden. Wegen des Schocks hat sie erst anderthalb Monate später Anzeige erstattet. Die drei Männer waren Inländer, darin ist sich die Frau völlig sicher, sie haben mit österreichischem Dialekt gesprochen.«

Hoffmann grübelte.

»Könnte natürlich sein, aber so richtig passt das nicht. Gewalt gegen Frauen ist nicht das Schema der Gruppe. Außerdem ist Jurkowitsch verdammt stolz darauf, so was wie ein Herzensbrecher zu sein. Und das glaubhaft. Die kreuzen mit den Feuerstühlen auf, spendieren ein paar Runden und kriegen die jungen Frauen ohne Gewalt ins Bett.«

»Vielleicht wollten sie etwas Neues ausprobieren. Nicht immer nur Schlägereien unter echten Kerlen, sondern mal eine böse Nummer gegen eine Frau. Und Zeltfeste haben die Männer wiederholt aufgesucht«, entgegnete Windisch.

Hoffmann zuckte mit den Achseln.

»Möglich ist es. Und zuzutrauen ist es denen auch. Was ist die zweite Geschichte?«

»Das ist etwas mit einem erweiterten Suchschema. Wie ihr wisst, war der Herbst 2015 kein gewöhnlicher Herbst in Österreich. Ich erinnere an die Flüchtlingswelle.«

»Wer kann das vergessen?«, erwiderte Windisch. »Wir alle haben Überstunden ohne Ende angehäuft.«

»Genau. Für die Polizei und für das Rote Kreuz war der Herbst 2015 der blanke Horror. Im Sommer 2015 bewegten sich plötzlich zigtausende Flüchtlinge von Griechenland den Balkan hoch und standen vor der österreichischen Grenze. Und dann kam es zum Vorfall in Parndorf. Ein Laster mit 71 erstickten Flüchtlingen parkte da plötzlich auf einer österreichischen Autobahn. Die Flüchtlinge soffen nicht irgendwo fern der Heimat an der nordafrikanischen Küste im Mittelmeer ab, sondern verreckten auf elende Art und Weise auf dem Weg von Ungarn ins Burgenland.«

»Hängt deine Geschichte mit dem Vorfall in Parndorf zusammen?«, fragte Windisch.

»Nein, aber mit syrischen oder irakischen Flüchtlingen.«

Hoffmann spitzte die Ohren und verschränkte die Arme.

»Weiter«, forderte Windisch auf.

»Ihr kennt die Lage. Österreich und Deutschland haben die Grenzen aufgemacht und im großen Stil Flüchtlinge eingelassen. Der Merkel-Faymann-Pakt hat das tödliche Schlepperwesen mit einem Schlag zerstört, dafür sind halt Hunderttausende Flüchtlinge ohne Registrierung ins Land gekommen. Und wie wir wissen, haben einige Flüchtlinge das Land nie wieder verlassen, und nicht, weil sie bei uns um Asyl angesucht haben.«

»Komm auf den Punkt.«

»Am 29. Jänner 2016 hat ein Forstarbeiter bei Rodungen in der Korneuburger Au drei männliche Leichen gefunden. Wir können davon ausgehen, dass die Männer syrische oder irakische Flüchtlinge gewesen sind. In jedem Fall sind sie das Opfer eines Gewaltverbrechens geworden.«

»Die verfluchten Syrer«, murmelte Hoffmann und starrte ins Leere.

Windisch und Assmann schauten fragend zu Hoffmann hinüber.

»Wie bitte?«

»Die verfluchten Syrer. Klara Zeidler hat vor einem Jahr mit angehört, wie ihr Mann diesen Satz vor sich hin gemurmelt hat. Das war, als es diese Drohungen gegen die Familie Zeidler gegeben hat. Erkläre mal genauer, was da vorgefallen ist.«

Assmann nickte und blätterte in seinen Papieren.

»Also, kaum war die Streife am Fundort, wurden kriminalpolizeiliche Ermittlungen eingeleitet. Die Leichen lagen seit Längerem in einem Tümpel tief im Auwald, dennoch war sofort zu erkennen, dass zwei der Personen durch Schussverletzungen gestorben sind. Die Spurensicherung hat eindeutig festgestellt, dass der Fundort nicht der Tatort war. Sonst konnte man praktisch nichts feststellen. Interessant ist der Bericht der Gerichtsmedizin. Die Todesursachen konnten ermittelt werden. Wie gesagt, zwei Männer wurden durch mehrere Schüsse getötet. Einer hatte drei Schussverletzungen am Torso, der andere eine am Kopf und eine in der Brust. Der dritte Mann ist durch die Einwirkung stumpfer Gewalt ums Leben gekommen. Soweit sich das noch rekonstruieren ließ, war der Mann offenbar von mehreren Seiten mit Eisenstangen oder Holzknüppel schwerst misshandelt worden. Zum Tod hat wahrscheinlich eine Fraktur der Halswirbelsäule geführt.«

»Mehrere Seiten? Was heißt das?«, hakte Hoffmann nach.

»Das heißt, dass entweder mehrere Personen gleichzeitig von vorne, von der Seite und von hinten mehrere Male zugeschlagen haben, solange der Mann sich noch auf den

Beinen halten konnte, oder dass eine Person auf den Mann eingeschlagen hat und diese dann möglicherweise über den Boden gerollt und so von mehreren Seiten getroffen hat. Möglicherweise war es eine Mischung von beidem. Das lässt sich so nicht mehr sicher feststellen. Und jetzt zum Grund, weswegen ich die Geschichte ausgegraben habe.«

Windisch und Hoffmann starrten Assmann gebannt an.

»Die Leichen lagen über mehrere Wochen teilweise im Tümpel, es haben also die Fäulnisprozesse voll eingesetzt, es gab Tierfraß, der einsetzende Winter hat das Wasser im Tümpel frieren lassen und somit die Verwesung verlangsamt, also das volle Programm der Verwesung, und dennoch konnte die Gerichtsmedizin den Tatzeitpunkt ziemlich genau eingrenzen.«

»Mitte Oktober«, riet Hoffmann.

Assmann nickte mit düsterer Miene.

»Laut Bericht wird eine Zeitspanne vom 10. Oktober bis zum 30. Oktober angegeben.«

»Ist das sicher, dass es syrische oder irakische Flüchtlinge waren?«

»Mit an Sicherheit grenzender Wahrscheinlichkeit. Bei den Leichen wurden keine Dokumente gefunden, keine Mobiltelefone, nichts, was auf ihre Identität hätte schließen lassen können. Auch waren alle drei nur mit Hose und T-Shirt bekleidet. Da hat sich jemand erfolgreich Mühe gegeben, die Identität der Leichen zu verschleiern. Aber die DNA-Analysen haben festgestellt, dass die Leichen auf Menschen mit arabischen Wurzeln schließen lassen. Die drei Männer waren zwischen 17 und 23 Jahre alt. Syrer oder Iraker. Sehr wahrscheinlich keine Afghanen. In jedem Fall wurden Fingerabdrücke, so sie noch verwendbar waren, genommen, alle biometrischen Merkmale, die man noch bestimmen konnte, wurden untersucht und archiviert. Es wurden verschiedene Anfragen an das Ausland gestellt. Sogar an die Amerikaner ging eine Anfrage. Nichts. Rein gar nichts. Und aus Syrien und Irak kamen sowieso keine Antworten. Zwei vom Bürgerkrieg zerstörte Länder. Was interessiert die mitten im Krieg lebenden Menschen das Schicksal von drei Landsleuten, deren Leichen man in der Korneuburger Au gefunden hat?«

»Wenn das drei Burschen aus einem Bergdorf in Syrien waren, dann haben die bestenfalls einen Ausweis gehabt. Aber Fingerabdrücke oder DNA-Befunde in der Datenbank existieren da einfach nicht«, sagte Windisch.

»In den Körpern wurden zwei Projektile gefunden. Steckschüsse. Die Analyse der Projektile ergab keine Anhaltspunkte.«

»Wir haben ein Projektil aus Retzers Waffe! Die Kugel, die im Sofa gesteckt hat«, rief Hoffmann aufgebracht.

Windisch nickte.

»Das müssen wir unbedingt prüfen.«

Assmann machte sich einen Vermerk.

»Ich werde das gleich veranlassen.«

»Was haben die kriminalpolizeilichen Ermittlungen im Fall der drei Toten ergeben?«, fragte Windisch.

»Tja, da ist einiges gemacht worden. Die Kollegen in Niederösterreich haben ihre Hausaufgaben gemacht. Leider erfolglos. Man hat mehrere Ansätze verfolgt. Der erste war, dass es einen ethnischen oder politischen Konflikt innerhalb der Flüchtlinge gegeben hat. Erfolglos. Wie da etwas finden, wenn am 29. Jänner 2016 die allermeisten Flüchtlinge, die sich im Oktober 2015 in Österreich aufgehalten haben, über ganz Mitteleuropa verstreut sind? Chancenlos. Als nächstes wurde die Neonazi-Szene durchleuchtet.

Dieser Ansatz versprach etwas mehr, aber es hat sich nichts ergeben. Die gewaltbereiten und amtsbekannten Neonazis in Österreich konnten mit dem Tod der drei Männer nicht in Verbindung gebracht werden. Die Möglichkeit, dass eine Schlepperbande die drei Personen getötet hat, ist relativ gering, wie gesagt, im Oktober 2015 war der Menschenschmuggel durch die offenen Grenzen praktisch tot. Insgesamt ein Klassiker für einen ungelösten Fall, der ins Archiv wandert.«

»Was ist mit den sterblichen Überresten passiert?«

»Die Leichen lagen rund drei Monate im Kühlhaus der Gerichtsmedizin. Irgendwann hat man sich entschlossen, sie nach islamischem Ritus am Wiener Zentralfriedhof zu bestatten. Ein islamischer Geistlicher hat die Beisetzung begleitet. Der Staat Österreich hat die Kosten dafür übernommen. Ein schlichtes Armengrab ohne Namen.«

Hoffmann ließ sich die Geschichte durch den Kopf gehen. Er räusperte sich und sprach mit knarrender Stimme.

»Kleines Gedankenspiel, meine Herren. Wenn ich eine harte Sau bin und mich Raufereien hinter Bierzelten schon anöden, wenn ich einmal im Leben einen anderen Menschen killen will, nur um zu sehen, wie das ist, wenn man killt, wenn ich Ausländer hasse wie die Pest und ich meine Wut mal richtig rauslassen will, dann bot der Herbst 2015 die ideale Gelegenheit dazu. Hunderttausende Flüchtlinge kommen ohne Registrierung ins Land. Ich brauche nur zuzugreifen. Und wenn ich das halbwegs klug anstelle, werde ich nie ertappt. Und Intelligenz kann man unseren Freunden mit den Motorrädern nicht absprechen.«

Windisch und Assmann starrten Hoffmann an.

»Ein Problem gibt es nur dann«, setzte Windisch mit ebenso düsterer Stimme wie Hoffmann fort, »wenn einer der tollen Hechte, die mal ein bisschen Killer spielen wollen, die Hosen voll hat und droht, alles der Polizei zu erzählen. Weil dann wäre man plötzlich keine harte Sau auf einem Motorrad, sondern längere Zeit Insasse in der Justizanstalt Stein an der Donau.«

Hoffmann erhob sich und öffnete das Fenster.

»Alles nur Spekulation.«

62. SZENE

Der Parkplatz auf der Donauinsel leerte sich Zug um Zug. Die Nacht war über die Stadt gesunken, die Straßenlaternen wurden eingeschaltet, die Wiener beendeten das Freizeitvergnügen auf der Insel. Hugo Swoboda stand bei seinem Motorrad und beobachtete, wie ein Auto nach dem anderen den Parkplatz verließ. Swoboda fluchte in sich hinein. Jurkowitsch ließ ihn nun schon eine halbe Stunde warten. Und zu Hause wurde seine Freundin immer ungeduldiger. Die dritte SMS kam herein. Swoboda tippte wieder eine Entschuldigung. Sie war ziemlich sauer geworden, als Swoboda ihr mitgeteilt hatte, dass aus dem geplanten romantischen Wochenende nichts werden würde, weil er etwas Wichtiges mit seinen Freunden zu erledigen hatte. Es war eine kleine Szene daraus geworden. Und jetzt war sie richtig grantig, weil er sie den ganzen Abend über warten ließ. Swoboda hatte Retzer und Jurkowitsch immer ein bisschen beneidet, weil sie ihren Freundinnen klipp und klar zeigen konnten, wer die Hosen anhatte. Er selbst hatte sich damit immer schwergetan. Vielleicht suchte er sich einfach die falschen Freundinnen.

Er vernahm das typische Knattern einer Harley-Davidson. Swoboda steckte sein Telefon ein und verfolgte, wie Jurkowitsch eine Runde auf dem Parkplatz drehte und dann sein Bike neben der Honda abstellte. Jurkowitsch stieg ab und zog seinen Helm vom Kopf. Er trat auf Swoboda zu. Die Männer stießen mit den Fäusten aneinander.

»Du bist spät dran.«

»Sorry, hat länger gedauert.«

»Kathi beschwert sich schon.«

Jurkowitsch ignorierte die Äußerung.

»Kommt Chris noch?«

Swoboda schüttelte den Kopf.

»Nein, er kann nicht. Hat er ja gesagt. Das Abendessen mit seinen Schwiegereltern. Und dann gehen sie noch ins Theater. Irgendetwas Lustiges.«

Jurkowitsch verdrehte die Augen.

»Ins Theater? Auch das noch. Das heißt, er ist telefonisch nicht zu erreichen.«

»Genau. Die Vorstellung beginnt um acht.«

Jurkowitsch schaute auf seine Armbanduhr.

»Also genau jetzt. Scheiße!«

»Hast du etwas herausgefunden?«

Jurkowitsch warf Swoboda einen dunklen Blick zu.

»Und ob.«

»Sag schon.«

»Ich habe mich mit Mike getroffen. Alter Kumpel. Fährt auch eine Harley. Kennst du Mike?«

Swoboda dachte nach.

»Hm, weiß ich nicht.«

»Wohnt in Liesing. Großer Mann mit langem Haar. Tätowierungen an beiden Armen.«

»Sagt mir jetzt nichts.«

»Wurscht. Mike hat sich früher immer wieder mit Viktor getroffen. Die kennen sich noch aus der Zeit, als Viktor bei der Austria gespielt hat. Mike war damals Masseur im Club. Er stammt aus Kirchschlag. Er besitzt ein Stückchen Wald in der Buckligen Welt. Erbteil von seinen Großeltern. Und in diesem Wald steht eine Hütte. Viktor hat Mikes Hütte immer wieder mal gemietet. Wenn er allein sein wollte. Ich glaube auch, um den einen oder anderen Seitensprung zu machen. Du weißt noch, die vollbusige Ungarin, mit der er eine Zeit lang rumgefickt hat.«

Swoboda nickte.

»Das heißt, wir sollten uns diese Hütte mal genauer ansehen.«

»So ist es, Hugo. Am besten wird es sein, wir tanken unsere Öfen noch mal auf und fahren gleich los.«

Der Vorschlag überrumpelte Swoboda.

»Ohne Chris?«

»Wir können ihn ja aus dem Theater schleifen. Wahrscheinlich wäre er darüber heilfroh. Theater! Wem fällt so ein Scheiß ein?«

»Seiner Schwiegermutter. Kulturbeflissene Oma.«

»Ich rufe ihn an.«

Jurkowitsch wählte Prüllers Nummer.

»Jurko. Was gibt's?«

»Ich habe einen todsicheren Tipp.«

»Fass dich bitte kurz. Bin im Theater.«

Prüllers Stimme klang gedämpft. Im Hintergrund hörte Jurkowitsch Stimmen und Geräusche.

»Hugo hat es mir gesagt.«

»Da ist gerade Einlass.«

»Sag den Scheiß ab und schwing dich aufs Bike. Wir müssen los.«

»Wohin?«

»Hutwisch an der Grenze von Niederösterreich zum Burgenland. In der Buckligen Welt.«

»Hutwisch? Kenne ich. Auf dem Berg gibt es eine Aussichtswarte.«

»Dort ist Viktor untergetaucht. In einer Hütte irgendwo im Wald.«

»Ist das sicher?«

»Ziemlich sicher.«

»Verdammt. Ich kann hier nicht weg.«

»Echt nicht?«

»Echt nicht. Das wäre verdächtig. Mein Schwiegervater ist misstrauisch. Du weißt, dass er uns schon mal die Polizei auf den Hals gehetzt hat.«

»Uns? Mir hat er die Polizei auf den Hals gehetzt. Der Spießer.«

»Hast eh recht. Aber was soll ich tun?«

»Okay, dann machst du weiter auf Kunst und Kultur, Hugo und ich erledigen den Job.«

»Nein! Wir machen das gemeinsam.«

»Dann setze dich aufs Bike!«

»Wir machen das morgen früh. In der Nacht wird uns Viktor nicht davonlaufen. Wir fahren um 7 Uhr los, sind um acht in der Buckligen Welt und um neun ist der Job erledigt.«

Jurkowitsch überlegte kurz.

»Okay. So machen wir es.«

»Treffpunkt morgen 7 Uhr früh bei der Raststation Bad Fischau.«

»Abgemacht.«

Jurkowitsch hörte noch, wie Prüller etwas zu seiner Frau sagte, dann war die Leitung getrennt.

»Was hat Chris gesagt?«

»Er will dabei sein. Treffpunkt morgen 7 Uhr früh.«

63. SZENE

Eine Stunde war sie durch die Wälder und über die Wiesen des Brenntenriegels geirrt, so gut es ging mit dem Auto, auf besonders unwegsamen Forst- oder Feldwegen auch zu Fuß. Neben einer Sendeanlage befand sich eine kleine Sternwarte auf dem Berg. Wobei die Bezeichnung Berg nur im Burgenland Sinn ergab. In Salzburg oder Tirol wäre so eine Erhebung nicht einmal ein Hügel. Der höchste Punkt befand sich auf 606 Meter Seehöhe, wie Klara von der Landkarte wusste. Um den Akku ihres Smartphones zu schonen, nutzte sie diese. Nun, die Warte hier war keine Aussichtswarte, sondern eine Sternwarte, aber der Berg lag in der Nähe von Mattersburg. Daher hatte sie sich hier umgesehen. Weil Viktor nach wie vor weder angerufen noch eine SMS geschickt hatte. Und seine Angaben in der SMS von heute früh waren denkbar unpräzise gewesen.

Und tatsächlich hatte sie auch auf diesem Berg eine versteckte Waldhütte gefunden. Aber wie die anderen Hütten, die sie bislang aufgespürt hatte, war auch diese verlassen und versperrt. Keine Spur von Viktor.

Klara kehrte von einer Runde zu Fuß zum Wagen zurück.

Sie war erschöpft. Weniger von den vielen Fußmärschen des heutigen Tages, sondern vielmehr von der zermürbenden Suche an sich. Mehr als einmal hatte sie mit dem Gedanken gespielt, ihre Solotour aufzugeben und Inspektor Hoffmann anzurufen. Sollte sich doch die Polizei mit diesem Idioten abmühen. Dann wieder war ihr durch den Kopf gegangen, wie verzweifelt Viktor sein musste, dass er sich trotz einer Schussverletzung im Wald versteckt hielt. Ihr klangen noch Hoffmanns Worte in den Ohren.

»Ihr Mann hat am Tatort stark geblutet.«

Sie war hin und her gerissen. Einerseits hasste sie Viktor für das, was er getan hatte, nämlich sie belogen, sie mit Huren betrogen, sich mit irgendwelchen Kerlen geprügelt und schließlich seinen Kumpel getötet, andererseits fürchtete sie, dass er schwer verletzt in einer Hütte liegen würde und jede Minute, die verstrich, der Tod näher kam. Allein die Vorstellung, dass sie ihren Söhnen irgendwann würde sagen müssen, dass ihr Vater ein Mörder war, versetzte sie in Panik. Was würde aus ihnen werden? Würden sie auch zu Schlägertypen und Hurenfickern werden? Zu Mördern? Was würde mit ihr passieren, wenn Viktor den ganzen Irrsinn zwar überleben, aber für Jahre im Gefängnis sitzen würde?

Lauter Fragen. Keine Antworten. Das machte sie fix und fertig.

Mittlerweile war es stockfinster. Sie sog die kühle Luft am Waldrand tief ein. Wie schön es hier war. So still. So frei. So einsam. Das Dorf lag zwar in Sichtweite an der Flanke des Berges, dennoch hörte sie keine Geräusche. Sie war ein Stadtmensch. Sie hörte den Lärm nicht. Seltsam, aber wahr, sie hörte die Stille. Großartig eigentlich. Und beängstigend. Rational musste sie sagen, dass es um diese Zeit in Ottakring wesentlich gefährlicher für eine Frau war als hier am Waldrand, dennoch hatte sie in den nächtlichen Gassen ihrer Heimatstadt noch nie wirklich Angst gehabt. Hier draußen schon. Aber es war eben nicht nur Angst, sondern auch eine Art der Euphorie in ihr.

War das die Freiheit? Eine irre Mischung von Angst und Euphorie?

Klara zuckte mit den Achseln und öffnete die Wagentür. Im Laufe des Tages hatte sie sich mit allerlei Zeug eingedeckt. Mitten auf dem Forstweg putzte sie ihre Zähne und wusch sich Hände und Gesicht. Es war noch nicht allzu spät, die Nacht war erst angebrochen, dennoch setzte sie sich ins Auto, klappte die Sitzlehne zurück und schloss die Augen.

Der Schlaf fiel überaus schnell über sie. Und mit dem Schlaf kamen die Albträume.

SONNTAG

64. SZENE

Hoffmann schreckte hoch. Verwirrt rieb er seine Augen. Wie spät war es? Er schaute auf den Wecker neben dem Bett. 5 Uhr früh. Lange hatte er nicht geschlafen. Er sank zurück auf die Matratze. Sollte er sich umdrehen, die Decke über die Ohren ziehen und weiterschlafen? Keine schlechte Idee. Aber würde er wieder einschlafen? Fünf Minuten blieb er regungslos liegen und horchte in die sich verlierenden Träume der Nacht. Unklare Schemen zogen vor seinen Augen vorbei. Was hatte er geträumt? Warum war er im Schlaf erschrocken?

Da war eine Diskothek. Hämmernde Bässe. Er kannte die Diskothek. Es war jener Laden, den er als 18-Jähriger mit seinen Freunden immer wieder besucht hatte. Sie hatten Mädchen kennenlernen wollen. Im Traum hatten in der Diskothek breitschultrige Rocker an der Bar gestanden und niemanden zur Tanzfläche gelassen. Dort hatte eine unendlich schöne Frau getanzt. Bis auf zahlreiche Armreifen, bunte Ketten und modische Ohrgehänge hatte sie sich nackt und lasziv über die Tanzfläche bewegt. Die Rocker hatten ihn herumgeschubst. Er hatte panische Angst gekriegt. Auf einmal hatte die Diskothek wie die Kühlkammer der Gerichtsmedizin ausgesehen. Maskierte Ärzte mit Skalpellen und Sägen in der Hand waren aufgetaucht. Die Schürzen und Werkzeuge der Ärzte waren blutverschmiert gewesen. Dann war er aufgewacht.

Hoffmann rätselte. Was bedeutete dieser Traum?

Er strampelte die Bettdecke zur Seite und erhob sich. Seit einem Jahr das gleiche Spiel. Knapp nach dem Aufwachen erinnerte er sich an seine Träume, war völlig verwirrt über das seltsame Spiel von Gedanken und Gefühlen, und sobald er sich aus dem Bett erhob, verschwanden all die Traumbilder in der Vergessenheit. Das war bestimmt besser so.

Hoffmann stapfte in die Küche. Kaffee oder Tee? Er entschied sich für Tee. Eine Kanne English Breakfast und zwei dick beschmierte Marmeladenbrote würden ihn in den Tag hieven.

Er füllte den Wasserkocher zur Hälfte und hing drei Teebeutel in die Kanne. Während das Wasser erhitzt wurde, griff er zu seinem Telefon und kontrollierte die Anzeige. Keine Anrufe, keine SMS, keine E-Mail. Eine ruhige Nacht. Gut so. Langsam und bedächtig schmierte er Butter und Marmelade auf die beiden Brotscheiben. Als das Wasser kochte, füllte er die Kanne. Hoffmann setzte sich an den kleinen Küchentisch. Mit einem um sich schweifenden Blick stellte er fest, dass sich seine Wohnung langsam dem früheren Zustand näherte. Seit Montag arbeitete er wieder und kam daher kaum dazu, für Ordnung zu sorgen. Geschirr stand herum, der Boden könnte wieder gesaugt werden, die Mülleimer füllten sich. Sollte er eine Putzfrau engagieren? Das hatte er früher nicht gemacht und daher in einem chaotischen Junggesellenhaushalt gelebt. Darauf hatte er keine Lust mehr. Die Wohnung sagte viel über deren Bewohner, und selbst wenn er äußerst selten Besuch in seinen vier Wänden empfing, so sagte eine chaotische Bude ihm selbst, dass sein Leben chaotisch verlief. Wohin das geführt hatte, war ihm nur zu gut in Erinnerung. Wieder ins Chaos zu rutschen, hatte er keine Lust. Er würde sich um eine Haushaltshilfe kümmern müssen. Das Geld war kein Problem. In finanziellen Problemen steckte er nicht.

Steckte Klara Zeidler in Problemen? Hoffmann kaute einen Bissen und nahm einen kleinen Schluck Tee. Ihr Mann steckte in jedem Fall bis über beide Ohren in Problemen.

Sollte er sie anrufen? Um halb sechs Uhr früh? Er wog sein Telefon in den Händen.

65. SZENE

Sie hatte einen unangenehmen Geschmack auf den Lippen, der Rücken schmerzte, sie fühlte sich zerknautscht, und geschlafen hatte sie miserabel. Die Fenster waren beschlagen. Klara öffnete die Wagentür und stieg aus.

Die Sonne schob sich über den Horizont und breitete das erste Tageslicht aus. Nebelschwaden krochen über die Baumwipfel. Klara atmete tief ein und aus. Die Luft war kühl und klar. Von allen Seiten hörte sie Vogelstimmen. Klar, Frühling, die Zeit des Gezwitschers. Sie konnte sich nicht erinnern, jemals so viele Vögel gehört zu haben. Und so deutlich. Klara schaute sich um, weit und breit war kein Mensch zu sehen, also zog sie ihre Hose runter und verrichtete ihr Geschäft.

Was für ein verrücktes Wochenende. Letzte Nacht in einem Hotel, jetzt die Nacht im Auto irgendwo im Hinterland. Sie ging einige Schritte auf und ab, machte ein paar Dehnungsübungen und Kniebeugen. Die Bewegung tat gut, die Verspannungen lösten sich. Klara griff nach einer Wasserflasche und nahm einen Schluck.

Genug herumgeirrt. Schluss damit. Sie musste sich jetzt um ihre Söhne kümmern. Es hatte keinen Sinn, noch weiter auf gut Glück durch die Gegend zu fahren und auf einen Zufallstreffer zu hoffen.

Ihr Telefon klingelte. Um diese Zeit würden weder ihre Schwiegereltern noch ihre Buben anrufen. Außer in einem Notfall. Klara zog das Telefon aus der Handtasche.

Viktors Nummer. Sie zog überrascht die Augenbrauen hoch und nahm den Anruf entgegen.

»Viktor, bist du es?«

»Ja.«

»Du rufst ja jetzt von deinem Handy an. Hast du das neue wieder weggeworfen?«

»Was?«

»Na, das neue Handy. Du hast die SMS von einer anderen Nummer geschickt.«

»Ach so, das Wertkartenhandy. Was weiß ich, ich finde es nicht. Wahrscheinlich habe ich es verloren. Egal. Wo bleibst du? Ich warte auf dich.«

Er klang gar nicht gut. Richtig gebrochen.

»Wie geht es dir? Bist du verletzt?«

»Mir geht es schlecht. Die Wunde. Ich schaffe das nicht mehr lange.«

»Warum bist du nicht in ein Krankenhaus gegangen?«

»Geht nicht. Ich brauche Hilfe. Warum lässt du mich so lange warten?«

»Ich lasse dich warten? Seit gestern fahre ich wie verrückt durch die Gegend und klappere alle Warten im Burgenland ab! Sag verdammt noch mal genau, wo du bist!«

»Ich brauche Medikamente.«

Klara brüllte in ihr Telefon.

»Wo bist du, du Idiot?«

»Schrei nicht herum!«

»Sag endlich, wo du bist.«

»Hutwisch. In der Hütte am Hutwisch.«

»Hutwisch? Was soll das sein?«

»Stell dich nicht so blöd an.«

»Soll ich dir helfen oder nicht?«

»Das ist ein Berg.«

Klara klemmte das Telefon zwischen Schulter und Ohr und faltete mit hektischen Bewegungen die Landkarte auseinander.

»Wo ist das genau?«

»Bucklige Welt.«

»Ist das noch im Burgenland?«

»Niederösterreich. Direkt an der Grenze zum Burgenland.«

»Warte. Ich suche auf der Karte danach. Okay. Hutwisch. Hab ich gefunden. Wo genau ist die Hütte?«

»An einem Forstweg. Wenn du links von der Zufahrtsstraße zur Warte abzweigst und in den Wald fährst, kommst du zu einer Kreuzung. Dort noch mal links. Etwa 500 Meter weiter. Dort steht die Hütte.«

»Okay, zweimal links.«

»Beeile dich.«

»Was brauchst du für Medikamente?«

»Keine Ahnung. Bin kein Arzt. Fahr endlich los.«

Damit trennte Viktor die Verbindung. Ohne ein Abschiedswort. Klara starrte zornerfüllt das Telefon an. Wie er sie herumkommandierte. Was bildete sich der Kerl eigentlich ein? Wie hatte sie es so lange mit diesem Mann ausgehalten?

Klara warf das Telefon auf den Beifahrersitz.

»Verdammt, verdammt, verdammt!«

Mit der Fingerspitze auf der Landkarte suchte sie den Weg von ihrem jetzigen Standort zum Hutwisch. Der Motor heulte auf, der Wagen schoss in den anbrechenden Frühlingsmorgen.

66. SZENE

Caroline Stranek stand vor dem Spiegel im Vorzimmer und schloss den Reißverschluss ihrer Lederjacke. Sie war bereit. Hüftgurt, Rückenschutz, die Dienstwaffe. Da sowohl Ernst Jurkowitsch als auch Hugo Swoboda sie gestern auf dem Motorrad gesehen hatten, plante sie heute die Beschattung von Christoph Prüller. Zu diesem Zweck musste sie von der Alten Donau quer durch Wien fahren und dann noch ein Stückchen raus aus der Stadt nach Pressbaum. Im Frühverkehr an einem Wochentag war das eine Weltreise, aber knapp nach Sonnenaufgang an einem Sonntag hoffte sie flott voranzukommen.

Bero trottete von seinem Futternapf zur Haustür, setzte sich und beobachtete sein Frauchen. Stranek griff nach dem Sturzhelm und den Handschuhen. Sie trat an den Hund heran und kraulte sein Fell.

»Ja, schon gut, ich weiß. Du brauchst gar nicht so vorwurfsvoll zu schauen. Wenn die Sache ausgestanden ist,
machen wir einen richtigen schönen Dauerlauf auf der
Donauinsel. Einverstanden? Hm? Na, siehst du. Geht ja.«

Die Polizistin und ihr Hund durchmaßen den Vorgarten. Bero wartete, bis er das Knattern des Motorrades nicht
mehr hörte, dann suchte er sein Plätzchen an der Hausmauer
auf. Er hatte eindeutig gehört, dass seine Mitbewohnerin
an diesem Tag verdammt flott davongefahren war. Wäre er
ein Mensch gewesen, hätte er vielleicht über den Grund für
die Eile gerätselt. Aber als Hund hatte er es da einen Tick
leichter im Leben. Er nahm, wie es kam. Bero machte es
sich gemütlich und fing die ersten Sonnenstrahlen des Tages.

67. SZENE

Hoffmann wartete, bis die Ampel umschaltete, und fuhr
dann los. Sein Auto verfügte über eine Freisprecheinrichtung. Überhaupt war der Wagen mit der modernsten Elektronik ausgerüstet. Er rollte die Alserbachstraße hoch und
kam an der ehemaligen Markthalle vorbei. Sein üblicher
Weg ins Büro. Der Tag versprach trocken und sonnig zu
werden, um diese Zeit waren wenige Autos unterwegs, die

Gehsteige leer und die Läden geschlossen. Das Fenster der Beifahrertür stand offen, die noch kühle Morgenluft strömte herein. Hoffmann schloss das Fenster, betätigte eine Taste und wählte Straneks Nummer. Er musste nicht lange warten. Stranek nahm seinen Anruf entgegen.

»Hallo.«

»Guten Morgen. Wolfgang spricht.«

»Bist du auch schon unterwegs?«

»Auf dem Weg ins Büro. Nußdorfer Straße, Ecke Währinger Straße. Wo bist du?«

»Knapp vor der Westautobahn.«

»Wann wirst du in Pressbaum sein?«

»Wenig Verkehr. In ein paar Minuten bin ich vor Ort.«

»Okay, gib dann kurz Bescheid.«

»Mach ich.«

»Bis später.«

Hoffmann trennte die Verbindung. Er kam am Allgemeinen Krankenhaus vorbei und näherte sich dem Gürtel. Eine Ampel schaltete auf Rot. Hoffmann stieg auf die Bremse.

Sein Handy schlug an. Mit einem schnellen Wisch brachte er den Anruf in die Freisprechanlage. Die Nummer des Bereitschaftsdienstes.

»Hoffmann.«

»Morgen, Herr Hoffmann. Drabek am Apparat.«

Eine ihm lange vertraute Stimme. Romana Drabek verrichtete seit zehn Jahren ihre Arbeit im Innendienst des Kommissariats.

»Guten Morgen, Frau Drabek.«

»Habe ich Sie geweckt?«

»Nein, ich stehe vor einer Ampel am Gürtel.«

»Auf dem Weg ins Kommissariat?«

»Genau. Was haben Sie für mich?«

»Das ist ganz frisch, habe gleich angerufen.«

»Und zwar?«

»Eine Handyortung im Fall Retzer.«

Hoffmann spitzte die Ohren.

»Welches Handy wurde geortet?«

»Der Anschluss von Viktor Zeidler ist um 6.07 Uhr in Betrieb genommen worden. Und um 6.09 Uhr ist von diesem Anschluss ein Telefonat geführt worden.«

»Das ist eine brandheiße Info.«

»Denke ich mir. Hab ja gehört, was da los ist.«

»Wer ist angerufen worden?«

»Der Anruf ging an die Nummer, die auf die Ehefrau des Tatverdächtigen gemeldet ist, an Klara Zeidler.«

»Dachte ich es mir doch. Ist der Anruf entgegengenommen worden?«

»Mit an Sicherheit grenzender Wahrscheinlichkeit. Die Verbindung hat knapp drei Minuten bestanden.«

»Dann haben sie gesprochen.«

»Die Übertragung ist vom Sender in Hochneukrichen aufgezeichnet worden.«

»Hochneukrichen? Wo ist das zum Kuckuck?«

»Bucklige Welt in Niederösterreich.«

»Okay, dann weiß ich Bescheid«

»So weit die Sachlage, Herr Hoffmann. Brauchen Sie noch etwas?«

»Ja. Rufen Sie bitte die Kollegin Stranek an und geben Sie ihr die Infos durch. Ich rufe Herrn Windisch an.«

»So gut wie erledigt.«

»Besten Dank, Frau Drabek.«

Hoffmann trennte die Verbindung und stellte eine neue her. Kaum wahrscheinlich, dass sein alter Kumpel Windisch noch im Bett lag. Und tatsächlich ging dieser sofort ran.

»Wolfgang, was gibt's?«

»Eine Spur zu Zeidler.«

»Und zwar?«

»Irgendjemand hat heute knapp nach sechs sein Handy eingeschaltet und damit Klara Zeidler angerufen. Bin gerade eben darüber informiert worden.«

»Also lebt der Mann noch.«

»Möglich.«

»Wo steckt er?«

»Irgendwo in der Buckligen Welt. Ortung vom Sender Hochneukirchen.«

»Die Gegend kenne ich. Er hat sich also tief im Wald versteckt.«

»Bist du schon unterwegs ins Büro?«

»Noch im Badezimmer. Bei der Rasur.«

»Rasieren kannst du dich auch noch morgen, Gerald. Ich würde sagen, wir satteln jetzt die Pferde.«

»Renne gerade durch die Wohnung. Die Rasur ist eh schon fertig. Im Nullkommanichts sitze ich im Auto.«

»Wir brauchen vor Ort ein Team, um den Wald zu durchkämmen.«

»Ich werde das gleich in die Wege leiten.«

»Frau Drabek informiert gerade Caroline. Die im Übrigen in Kürze bei Prüller in Position sein wird.«

»Sehr gut. Ich überlege, ob wir die Cobra gleich hinzuziehen sollen.«

»Noch ist nicht sicher, ob Zeidler den Anruf getätigt hat oder irgendeine andere Person, die das Handy im Müll oder sonst wo gefunden und es kurz ausprobiert hat.«

»Am Sonntag um die Zeit? Und dann ruft die Person ausgerechnet Frau Zeidler an? Ich tippe auf Viktor Zeidler höchstpersönlich.«

»Hast eh recht, Gerald. Also ich würde den Leuten von der Cobra sagen, dass sie ihre Schuhbänder knüpfen sollen, aber noch nicht losfahren müssen.«

»Passt, ich rufe die Kollegen an.«

»Und ich fahre nicht ins Büro, sondern auf geradem Weg zur Autobahn. In etwa einer Stunde kann ich in der Buckligen Welt sein.«

»In Ordnung. Und ich jage das Team aus den Federn. Ich spüre es in den Knochen, dass wir den Mann heute noch fassen.«

»Wollen wir hoffen.«

»Bis später.«

»Bis später, Gerald.«

Hoffmann hob seinen Blick zur Ampel. Er hatte die Grünphase übersehen. Im Werktagsverkehr hätte er längst ein Hupkonzert verursacht. Es schaltete eben auf Gelb. Hoffmann schaute in die Kreuzung. Alles frei. Er trat aufs Gaspedal.

68. SZENE

Praktisch kein Verkehr. Der kleine Renault jagte über die Bundesstraße. Irgendwo musste die Abzweigung sein. Aus der Ferne entdeckte sie eine Kreuzung und eine Anzeigetafel. Sie hob den Fuß vom Gaspedal und legte den Leerlauf ein, dennoch näherte sich der Wagen schnell der Kreuzung. Klara kniff die Augen zusammen. Ja, das war die Abzweigung. Sie betätigte den Blinker und trat auf die Bremse.

Seit einer Viertelstunde drehte sich ihr Denken nur um eine Frage, aber egal wie krampfhaft sie auch nach der Antwort suchte, da war nichts. Ihr Kopf war wie leer gefegt.

Warum sollte sie Viktor jetzt noch helfen?

Eines war klar: Sie wollte keinen Neuanfang. Nicht nach all dem, was vorgefallen war. Nicht nach all den Verletzungen, Missachtungen und Erniedrigungen. Nicht nach einem Mord. Oder Totschlag. Oder was auch immer. In jedem Fall war Viktor für den Tod seines ehemals besten Kumpels verantwortlich. Das war unverzeihlich. Er hatte sie und die Kinder wegen einer Schlampe verlassen wollen. Er hatte sie jahrelang, ohne mit der Wimper zu zucken, belogen. Und hatte sich wie ein Feigling in seinem Zimmer verkrochen.

Und noch eines war klar: Sie würde nie wieder mit Viktor schlafen. Ausgeschlossen. Nicht nach diesem Moment auf dem Parkplatz. Klara dachte daran zurück. Sie hasste sich für diesen Exzess. Und war gleichzeitig unheimlich stolz auf sich.

Das Leben war verwirrend. Mühsam rackerte man für ein wenig Klarheit und Sicherheit, doch mit einem winzigen Windstoß stürzte das Kartenhaus zusammen. Was blieb, war Chaos im Kopf, Chaos im Leben, Chaos in der Gegenwart und der Zukunft.

Warum also sollte sie Viktor helfen?

Ein schwerer Stein legte sich in ihren Bauch. Hoffte sie doch noch auf eine Wendung zum Guten? Auf ein gemeinsames Leben? Auf Glück trotz aller Gefahren?

Und schon war aus einer Frage eine ganze Schar von Fragen geworden.

Das Telefon schlug an. Mit einem Seitenblick sah Klara, dass wieder Inspektor Hoffmann anrief. Sie nahm den Anruf nicht entgegen. Bald erstarb das Klingeln. Für Gespräche mit der Polizei hatte sie keine Zeit. Und erst recht keine Nerven.

Das Auto näherte sich über eine kurvenreiche Straße einem dicht bewaldeten Berg. Die Landschaft war einfach nur großartig.

69. SZENE

Die Verkehrslage in Wien bot einen Vorteil, brachte aber auch einen Nachteil. Der Vorteil war, dass sie die Zielperson kaum aus den Augen verlieren würde. Der Nachteil war, dass die Zielperson sie entdecken konnte. Wenn Prüller regelmäßig in den Rückspiegel oder über die Schulter schauen würde, könnte er auf die Enduro aufmerksam werden, die zwar in großem Abstand, aber doch konsequent dieselben Straßenzüge wie er nahm. Nun, diese Gefahr bestand bei jeder Beschattung.

»Stranek an Zentrale. Frau Drabek, hören Sie mich?«

Eine Weile hatte sie in Pressbaum in Sichtweite zu Christoph Prüllers Einfamilienhaus Stellung bezogen, dann war der Mann auf seinem Motorrad aus der Garage gefahren.

Das war auffällig gewesen. Stranek hatte die Zentrale angerufen und hielt seither eine Leitung zum Netzwerk aufrecht.

»Klar und deutlich, Frau Stranek.«

»Die Zielperson biegt auf die Altmannsdorfer Straße. Die Reise scheint in Richtung Süd Autobahn zu gehen.«

»Vermerkt.«

»Wo ist Kollege Hoffmann unterwegs?«

»A 2 Süd Autobahn. Er hat Wiener Neustadt hinter sich gelassen.«

»Schon so weit? Verbinden Sie mich bitte mit ihm.«

»Einen Moment bitte. Außerdem habe ich noch eine Info für Sie.«

»Und zwar?«

»Major Windisch hat das Team einberufen. Der Kollege Assmann wird in etwa 20 Minuten meinen Platz übernehmen.«

»Lange Nacht gehabt, nicht wahr?«

»Irgendwann muss sogar ich schlafen. Auch wenn es gerade spannend wird. Einen Moment, ich schalte Herrn Hoffmann zu.«

»Bitte darum.«

»Hoffmann. Caroline, bist du dran?«

»Du, Wolfgang, folgende Info.«

»Ich höre.«

»Prüller fährt mit seiner Ducati in Richtung A 2. Bin derzeit am Altmannsdorfer Ast, Richtung Wiener Neustadt.«

»Ich bin eben an Seebenstein vorbei.«

»Ich fürchte, der Mann kriegt bald mit, dass da ein Motorrad hinter ihm her ist. In der Stadt ging es ja noch, aber auf der leeren Autobahn könnte ich auffallen.«

»Verstehe.«

»Wenn er tatsächlich in die Bucklige Welt fährt, könntest du ihn abfangen, und wir wechseln uns mit der Beschattung ab.«

»Gute Idee.«

»Dass er in aller Früh genau in unsere Richtung fährt, kommt mir auffällig vor.«

»Sehe ich auch so. Die nächste Raststätte ist bei Zöbern am Wechsel. Da halte ich an und warte, bis Prüller und du aufgeschlossen habt.«

»Ist in Ordnung.«

Caroline Stranek sah, dass Prüller vom Zubringer auf die Autobahn auffuhr und mächtig Gas gab. Sie selbst befand sich ein gutes Stück hinter ihm auf dem Zubringer, taktierte noch und wollte dann ebenfalls das Gas durchdrücken. Da sah sie aus dem Augenwinkel eine Honda auf der Autobahn, die mit Karacho an ihr vorbeizog. Sie reduzierte das Tempo und wechselte fast gemächlich vom Zubringer auf die Fahrbahn der A 2.

»Sichtmeldung Stadtrand Wien, Ende Altmannsdorfer Ast, Auffahrt A 2. Eine silbergraue Honda ist mit hohem Tempo an mir vorbeigefahren. Konnte das Kennzeichen nicht eindeutig identifizieren, aber das Motorradmodell ist identisch mit dem, das Hugo Swoboda fährt.«

»Jetzt geht es los!«, rief Hoffmann ins Telefon. »Siehst du irgendwo die Harley-Davidson von Jurkowitsch?«

»Negativ. Ich schalte die Übertragung auf Stand-by, muss mich jetzt konzentrieren. Die Burschen haben es verdammt eilig. Ich beschleunige.«

Hoffmann glaubte durch die Telefonübertragung den hochdrehenden Motor der BMW Enduro zu hören.

»Caroline, fahr um Himmels willen vorsichtig! Kein Risiko. Ich bin bald auf dem Parkplatz bei Zöbern und fange die Männer hier ab.«

Sie antwortete nicht, also wusste Hoffmann nicht, ob sie ihn noch gehört hatte. Egal, Stranek wusste, was zu tun war.

»Frau Drabek, sind Sie noch in der Leitung?«

»Natürlich, Herr Hoffmann.«

»Nachricht gleich an Major Windisch. Wir brauchen Verstärkung für Caroline. Und geben Sie der Autobahnpolizei durch, dass eine Kollegin eine Tempofahrt auf der A 2 macht. Vielleicht haben die ja einen Wagen in der Nähe.«

»Notiert.«

»Am besten, Sie stellen den Gerald gleich durch. Dann rede ich mit ihm.«

»Wird gemacht.«

70. SZENE

Sigrid Körner bremste ihr Fahrrad und kettete es an den Fahrradständer. Sie hatte mächtig in die Pedale getreten, ihre Atmung ging schnell. Wenn so wenig Verkehr und die Luft in Wien so rein und klar wie heute früh war, legte sie den Weg zur Arbeit gerne zügig zurück. Sie liebte es, den Körper in Schwung zu setzen und ihre Muskulatur zu spüren. Nach dem Anruf ihres Chefs hatte sie nur schnell einen

Becher Joghurt gelöffelt und die Zähne geputzt, dann war sie gleich losgeradelt.

Ein Auto fuhr schwungvoll auf den Parkplatz. Körner hielt an und schaute hinüber. Gerhard Assmann katapultierte sich aus dem Wagen. Er schien es verdammt eilig zu haben.

»He, Gerhard, du bist ja richtig geladen.«

Assmann winkte Körner und eilte in Richtung Eingang.

»Die Sache nimmt Fahrt auf. Habe eben mit Gerald telefoniert. Die Caroline macht eine Tempofahrt auf der A 2.«

»Ach du Scheiße.«

Die beiden rannten die Treppe zum Büro ihres Vorgesetzten hoch. Sie hörten schon auf dem Flur seine Stimme.

»… und wann sind die Kollegen so weit? Das geht nicht schneller? Okay. Dann machen wir es so. Ja, wird schon schiefgehen. Vielen Dank, Herr Oberstleutnant. Wir hören uns.«

Windisch knallte den Hörer des Telefons auf den Apparat. Er blickte zu seinen jungen Mitarbeitern hoch.

»Super, dass ihr da seid!«

»Wo stehen wir?«, fragte Assmann.

Windisch erhob sich und umrundete seinen Schreibtisch.

»Also Folgendes: Caroline hat eben gemeldet, dass Swoboda und Prüller auf der Raststation Bad Fischau Halt gemacht haben. Jurkowitsch hat sich noch nicht blicken lassen. Caroline ist an ihnen dran und sie ist sich sicher, dass sie vorerst noch nicht entdeckt wurde.«

Körner pfiff durch die Zähne.

»Ist das geil! Die Caro hat Beschattungen voll drauf.«

Windisch verdrehte die Augen.

»Zum Glück. In jedem Fall ist die Tempofahrt vorerst vorbei. Da bin ich durchaus froh darüber. Es scheint so, dass die Männer sich sammeln. Ich zweifle nicht daran, dass sie auf Jurkowitsch warten. Wolfgang, Caroline und ich sind einer Meinung. Die Männer haben irgendwie herausgefunden, wo sich Viktor Zeidler aufhält und wollen ihm einen Besuch abstatten.«

»Wo ist Wolfgang?«, fragte Assmann.

»Wolfgang steht auf Abruf an der Raststation Zöbern am Wechsel. Sobald die Männer weiter südlich fahren, kann er eingreifen. Die Autobahnpolizei hat einen Wagen geschickt, der zurzeit aus Wien raus in Richtung Süden fährt. Die Kollegen sind informiert und sollen uns auf der Autobahn bei der Beschattung helfen. Und eben habe ich mit Oberstleutnant Meierhofer aus Wiener Neustadt telefoniert. Die Cobra ist in Bereitschaft, drei Mannschaftsbusse können jederzeit losfahren. Und er hat zwei Kollegen von der Motorradstaffel abkommandiert, die als direkte Verstärkung für Caroline unterwegs sind.«

Assmann nickte mit harter Miene.

»Klingt jetzt einmal gut.«

»Und wo steckt Viktor Zeidler?«, fragte Sigrid Körner.

Windisch zuckte mit den Achseln.

»Das wissen wir noch nicht. In jedem Fall sind drei Streifenwagen aus Burgenland und Niederösterreich im Gemeindegebiet Hochneukirchen unterwegs und schauen sich auf den Forststraßen um.«

»Den Kerl kriegen wir«, meinte Assmann.

»Und jetzt zu uns«, sagte Windisch.

Assmann und Körner schauten ihren Chef an.

»Gerhard, du übernimmst das Netzwerk. Sigrid, wir beide setzen uns ins Auto und fahren in die Bucklige Welt.«

Assmann zog eine saure Miene.

»Ich soll dableiben?«

»Ja. Du sitzt an den Schaltern.«

»Ich würde aber lieber mitfahren. Kann nicht Walter das Netzwerk übernehmen? Oder einer vom Journaldienst?«

Windisch wischte die Anfrage seines Mitarbeiters mit einem Augenzwinkern fort.

»Walter wird erst in einer Stunde im Kommissariat sein. Er kommt von seinem Gartenhaus im Weinviertel. Und ich brauche einen Mann am Regler, der alle technischen Finessen kennt und der die Nerven nicht wegschmeißt, wenn es haarig wird. Also dich.«

Assmann schluckte seine Enttäuschung hinunter.

»Gut, dann starte ich den Rechner.«

»Frau Drabek gibt dir alle nötigen Infos.«

Assmann nickte seinem Chef und seiner Kollegin zu und verließ im Eilschritt das Büro.

»Soll ich fahren?«, fragte Körner.

Windisch nickte.

»Unbedingt. Ich muss telefonieren. Gehen wir.«

71. SZENE

Der Wagen rumpelte über die Forststraße. Wo war die Abzweigung links? Hatte sie den richtigen Weg genommen?

Sehr genau war Viktors Wegbeschreibung ja nicht gewesen. Was, wenn sie sich hier völlig verirren und niemals wieder aus dem Wald herausfinden würde? Oder ein Reifen würde im Schlamm feststecken? Eine Panne mitten im Wald. Tausend Probleme und keine Lösungen kamen ihr in den Sinn.

Vor ihr lag eine tiefe Rinne auf dem Weg. Im Kriechtempo lenkte sie den Wagen daran vorbei. Was würde ihre Freundin Sabine sagen, wenn Klara den Wagen beschädigte?

Weiter. Voran. Der Weg war jetzt in besserem Zustand. Also beschleunigte sie ein bisschen. Wo war die Abzweigung?

Ein Hochsitz kam in Sicht. Direkt neben dem Weg war der Jägerstand aus schlankem Rundholz gebaut. Klara erschrak. Was sollte sie sagen, wenn der Revierjäger auf seinem Hochsitz saß, sie kommen sah, herunterkletterte und den Wagen anhielt? Sollte sie den Mann überfahren? Klara lachte nervös. Mit einer Geschwindigkeit von fünf Kilometern pro Stunde würde der Jäger wohl kaum Schwierigkeiten haben, dem Auto auszuweichen.

Niemand stieg von der Holzleiter herab. Sie war alleine im Wald.

Eine Weggablung lag vor ihr. Sie nahm den linken Pfad. Der Wald war hier noch dichter. Die eng beieinander stehenden Nadelbäume verdunkelten den Waldboden. Bedrückend. Ein Zauberwald, bewohnt von bösen Hexen und gefährlichen Zauberern. Klara schüttelte den Kopf. Keine Frage, langsam drehte sie völlig durch. Sie fuhr schneller, als es auf dem Weg angeraten war.

Geradezu abrupt endete der dichte Nadelwald. Obwohl sie keine Ahnung von Forstwirtschaft hatte, verstand sie, dass sie durch eine Plantage gefahren war. Natürlich, die Fichte war der Lieblingsbaum der heimischen Forstwirtschaft. Das wusste sogar eine eingefleischte Städterin wie Klara.

Das folgende Waldstück war offener, alte Laubbäume bildeten ein lichtes Dach, durch das jetzt, im April, noch viel Licht auf den Waldboden fiel. Klara atmete ein wenig auf. Und sie sah ihr Auto. Der schwarze Fiat Doblo stand etwas abseits des Weges. Sie rollte näher. Sie erkannte eine Holzhütte auf der Lichtung, hielt an, warf die Tür hinter sich zu und schaute sich um.

Der Ort war wunderschön. Versteckt, die Vormittagssonne beleuchtete und wärmte das Dach der Hütte, kein störender Lärm, nur das unter den Ästen hallende Gezwitscher der Vögel.

Sie trat an das Fenster und schaute ins Innere. Es war dunkel. Sie konnte nichts erkennen. Klara klopfte an die Scheibe.

»Hallo! Ist da jemand?«

Nichts.

Klara ergriff die Türklinke. Die Tür war nicht versperrt.

»Viktor, bist du da?«

»Hier hinten.«

Seine Stimme klang schwach. Klara huschte in die dunkle Ecke des Raumes. Viktor lag in muffige Decken gehüllt auf einer Pritsche. Sein Gesicht war bleich. Klara legte ihre Hand auf seine Stirn. Er roch nicht gut, richtig ungepflegt und krank.

»Du hast Fieber.«

»Mir geht's scheiße.«

»Du musst dringend zu einem Arzt.«

»Hast du Medikamente?«

»Nein. Ich habe keine Ahnung, was du brauchst. Hast du eine Wunde?«

»Ja.«

»Lass sehen.«

»Links an der Brust.«

Klara zog die Decken zur Seite. Er trug ein ihr unbekanntes Hemd.

»Wo hast du das Hemd her?«

»Von einer Wäscheleine genommen.«

»Ich helfe dir beim Ausziehen.«

Der um seinen Brustkorb gewickelte Verband war ganz steif vom getrockneten Blut.

»Jetzt der Verband.«

»Vorsicht.«

»Na klar, ich pass schon auf. Hast du eine Schere?«

»Da. Ein Messer.«

Klara fasste das Messer ins Auge. Es hatte eine rostige Klinge. Damit den Verband aufschneiden?

»Ich hole den Verbandskoffer aus dem Auto.«

Er nickte schwach. Klara rannte zum Fiat und öffnete die Fahrertür. Auch auf dem Sitz klebte getrocknetes Blut. Sie fand den Verbandskoffer nicht. Bestimmt hatte Viktor das Verbandszeug bereits verbraucht. Also ging sie zum Renault hinüber und holte sowohl dessen Verbandskoffer als auch eine Wasserflasche. Sie eilte zurück in die Hütte.

»So, ich habe jetzt die Schere. Bleib ruhig liegen. Ich schneide den Verband ab und werde die Wunde säubern. Hast du Schmerzen?«

»Ja.«

»Beiß die Zähne zusammen.«

»Mache ich seit einer Woche.«

»Du hättest sofort ins Krankenhaus müssen.«

Sie spülte ihre Hände ab, dann schnitt sie den Verband von unten nach oben auf. Vorsichtig zog sie die Stoffbahnen ab. Fasern klebten an der Wunde. Viktor stöhnte, als sie die Wunde freilegte. Ekelhafter Gestank schlug ihr entgegen.

»Das sieht übel aus.«

»Ich bin am Ende.«

Ihre Gedanken überschlugen sich. Mühsam versuchte sie, Ordnung in ihr Denken zu bringen.

»Wasser. Ich brauche Wasser.«

»Einen Moment. Zuerst muss ich dir einen neuen Verband anlegen.«

Klara riss eine Kompresse aus der Verpackung, befeuchtete sie und wischte damit rund um die Wunde das trockene Blut, so gut es ging, ab. In ihrem Verbandskoffer befand sich leider keine Flasche mit Desinfektionsmittel, also legte sie eine frische Kompresse auf und fixierte sie mit Verbandsmaterial. Dann flößte sie Viktor Wasser ein. Gierig schluckte er. Seine Lippen waren spröde und rissig, er wirkte ausgezehrt.

»Wir müssen jetzt zum Auto.«

»Wohin willst du?«

»Ins nächste Krankenhaus natürlich.«

»Nicht ins Krankenhaus. Da bin ich geliefert.«

»Du bist geliefert, wenn ich dich nicht ins Krankenhaus bringe. Du hast Fieber, die Wunde ist entzündet, mich würde nicht wundern, wenn du eine Blutvergiftung hättest.«

»Ich muss abhauen. Du musst mir helfen.«

»Die einzige Hilfe, die ich dir noch leisten kann, ist dich zu einem Arzt zu bringen.«

»Ich muss fliehen, verdammt noch mal.«

Klara schaute ihrem Mann in die Augen. War da noch irgendetwas von dem witzigen und feschen Kerl, in den sie sich Hals über Kopf verliebt hatte? War da noch etwas von dem Vater ihrer Söhne, der mit dem Buben herumgetollt hatte, der mit ihnen über die Wiese gelaufen war, der ihnen beigebracht hatte, wie man mit einem Ball umgehen konnte? Sie entdeckte nichts davon. Da war nur irre Angst, die sich zu verbissenem Hass gewandelt hatte. Hasste er sie? Hasste sie ihn? Klara fand auf letztere Frage eine schnelle Antwort. Hass war es nicht. Es war Abscheu und Zorn.

»Hast du Armin getötet?«

»Ist er tot?«

Klara schrie ihn an.

»Na klar ist er tot! Es liegt ein Haftbefehl gegen dich vor.«

»Ich muss fliehen.«

»Die einzige Flucht, die du noch schaffen kannst, ist die ins Grab.«

»Du musst mich über die Grenze nach Ungarn bringen. Dort kann ich mich um die Wunde kümmern.«

»Hast du es noch nicht begriffen?«

»Wenn mich Jurko und die anderen erwischen, bin ich ein toter Mann.«

Klara lachte bitter.

»Ihr Trottel. Ja, bringt euch nur selbst um. Sonst fällt euch ohnedies nichts Besseres ein. Los jetzt, ich bringe dich zum Wagen.«

»Am besten fährst du auf direktem Weg nach Budapest. Dort finde ich schon was.«

»Natürlich, ich fahre dich nach Budapest und schmiere einen Arzt, der dich wieder auf Vordermann bringt. Dann bringe ich dir alles Geld, das ich habe, und du setzt dich nach Thailand oder Brasilien ab. So stellst du dir das also vor.«

»Guter Plan.«

Vorsichtig zog sie ihm das Hemd und die Lederjacke über, dann umfasste sie seine Hüfte und half ihm auf die Beine. Sie stützte ihn beim Gehen. Nicht mit einem Sterbenswört-

»Was soll ich mir darunter vorstellen?«

»Sei nicht so begriffsstutzig, Klara. Rein in einen Keller, Sturmhauben, Baseballschläger und ein bisschen Action. Das war es. Wir haben nicht zugeschlagen. Wir haben den Burschen nur Angst eingejagt. Wollten wir mit den syrischen Flüchtlingen auch tun.«

Das Bild, das vor Klaras geistigem Auge erschien, kotzte sie an. Widerlich. Was für ein Idiot war der Mann, der jahrelang mit ihr Tisch und Bett geteilt hatte?

»Hat auch alles super geklappt. Jurko führte die drei Flüchtlinge in den Keller und sagte, sie müssen eine halbe Stunde warten. Die waren misstrauisch. Das habe ich gleich gesehen. Die haben den Braten gerochen, aber es war zu spät. Wir alle rein in den Keller mit den Sturmhauben und Baseballschlägern. Wir machten unsere Show. Wie aus dem Nichts hat der Dreckskerl das Messer gezogen. Ich weiß nicht, wo er das gehabt hat. Armin hat das Gepäck kontrolliert. Der war wahnsinnig. Ich habe mich fast angeschissen. Armin hat gemeint, dass der Bursche ein ausgebildeter Terrorist sein musste. Ich glaube weit eher, dass er ein desertierter Soldat war. Einer, der im Krieg war, und der deswegen aus der Heimat geflüchtet ist. Keine Ahnung, was richtig ist. Eiskalte Fresse. Hat seine Kumpel hinter sich gebracht und ist sofort zum Angriff übergegangen. Ohne mit der Wimper zu zucken, hat er zugestochen. Blitzschnell. Zweimal in den Bauch. Chris hat sofort geblutet wie ein Schwein. Und dann Armin. Ich habe Wochen gebraucht, um das zu verstehen. Wir waren mit Baseballschlägern bewaffnet. Dass Armin seine Pistole hatte, wussten wir nicht. Also ich wusste es nicht. Armin zog die Puffen und drückte ab. Auch blitzschnell. Es ist alles so schnell gegangen. Der Lärm war mörderisch. Im Keller waren das Peitschenhiebe direkt auf das

Ohr. Ich weiß gar nicht, wie oft Armin abgedrückt hat. Oft. Vielleicht das ganze Magazin. Zwei Flüchtlinge sind getroffen worden. Der Bursche mit dem Messer war sofort tot, der andere hat noch gezuckt. Aber nicht lange. Der dritte hat sich in eine Ecke geworfen und war außerhalb der Schusslinie. Das ist alles völlig aus dem Ruder gelaufen. So eine Scheiße.«

Klaras Hände zitterten. Wie verrückt konnten Menschen sein? Völliger Wahnsinn.

»Und was habt ihr mit dem dritten Flüchtling gemacht? Er war ja ein Zeuge.«

»Na was wohl?«

»Sag es mir.«

»Totgemacht.«

Klara runzelte die Stirn.

»Was soll das heißen?«

»Wir haben ihn totgemacht.«

»Wie totgemacht? Mit den Baseballschlägern etwa?«

»Ja.«

»Du auch?«

Er schwieg.

»Viktor, hast du zugeschlagen?«

»Wir haben alle zugeschlagen.«

Klara hatte das Bedürfnis, sich zu übergeben. Oder Viktor die Augen auszukratzen. Oder beides. Ihr Mann, der Killer aus Blödheit.

72. SZENE

Caroline Stranek hatte ihr Motorrad zwischen zwei Sattelschleppern abgestellt. Einer der Fahrer hatte in der Kabine gesessen und sie scheel gemustert, aber sie hatte auf seine Blicke nicht reagiert. Dann war der Mann zum Kassenhaus der Tankstelle marschiert und darin verschwunden. Es mochte sein, dass er sich einen Fensterplatz gesucht hatte, seinen Laster und die Motorradfahrerin im Auge behielt, während er einen Imbiss nahm oder Kaffee schlürfte. Auch das war Stranek egal, denn ihr Versteck war für den eigentlichen Zweck gut gewählt. Sowohl von der Zufahrt zur Tankstelle als auch vom Pkw-Parkplatz war sie nicht zu entdecken. Prüller und Swoboda konnten nicht mitbekommen haben, dass Stranek ihnen auf der Fährte war.

Und sehr wahrscheinlich wussten sie auch nicht, dass sich ein dunkelblauer Skoda Superb mit zwei Männern der Autobahnpolizei auf dem Parkplatz befand. Ein nach außen unauffälliger Wagen, aber innen mit Elektronik vollgestopft. Unter der Motorhaube sorgte ein Benzinaggregat mit 220 PS dafür, dass der Wagen im Ernstfall auch auf der Überholspur gut vorankam. Stranek hatte mit den Kollegen vereinbart, dass sie die direkte Beschattung übernehmen würden. Sie würde mit großem Sicherheitsabstand dem Wagen folgen. Die Kollegen waren im Netzwerk online, sie konnte jederzeit mit ihnen sprechen.

Sie schaute auf die Uhr. Seit fast einer Viertelstunde standen Prüller und Swoboda neben ihren Maschinen. Offenbar warteten sie. Stranek sah die Männer nicht, aber die Kollegen im Skoda hatten sie im Blickfeld. Und sie hatte die Kollegen im Ohr.

Am schmalen Spalt zwischen den beiden Lastern rollte ein Motorrad vorbei. Es genügte der Bruchteil einer Sekunde, um das Fahrzeug zu erkennen.

»Sichtmeldung. Eine Harley-Davidson ist eben an mir vorbeigefahren.«

»Bestätige. Die Harley-Davidson nähert sich den beiden anderen Motorrädern.«

»Gerhard, hast du die Zeit festgehalten?«, fragte Stranek.

Gerhard Assmann hatte inzwischen den Platz an der Schaltzentrale eingenommen.

»Zeitpunkt notiert.«

»Der dritte Mann nimmt den Helm ab. Sie reden. Einer schaut auf seine Armbanduhr. Sie setzen die Helme wieder auf. Die beiden Wartenden steigen auf ihre Motorräder. Der Mann mit der Harley-Davidson fährt voran. Die anderen folgen. Wir sind an ihnen dran.«

Stranek hörte den Bericht des Kollegen und startete ihre BMW.

»Okay, ich bin bereit.«

»Wir verlassen jetzt die Raststätte Bad Fischau in Fahrtrichtung Graz. Die Zielpersonen bleiben beisammen. Tempo unauffällig.«

Caroline Stranek rollte zwischen den beiden Lastern hervor und beschleunigte.

73. SZENE

Hoffmann überlegte die längste Zeit, ob er schnell zum Tankstellenhaus eilen und sich eine Wurstsemmel kaufen sollte. Sein Magen knurrte. Die Marmeladenbrote zum Frühstück waren doch etwas zu wenig gewesen. Er wagte es dennoch nicht, seinen Posten zu verlassen. Wäre zu peinlich, wenn seine Kundschaft an ihm vorbeifahren würde, nur weil in der Schlange vor der Kassa jemand langwierig in der Geldbörse nach Münzen kramte. Dann hörte er die Info der Kollegen der Autobahnbahnpolizei. Die drei Musketiere hatten sich also zusammengefunden und fuhren los. Damit war der Gedanke an seinen Magen vergessen. Die Strecke zwischen den beiden Raststätten maß rund 40 Kilometer. Bei moderatem Tempo würden die drei in ungefähr 20 Minuten hier vorbeikommen, und in 15 Minuten, wenn sie ihre Bikes ein wenig in Schwung brachten.

Hoffmann hörte die Stimme des Kollegen im Ohrstöpsel.

»Achtung! Die Zielpersonen verlassen die A 2 bei der Ausfahrt Neunkirchen. Korrigiere, eine der Zielpersonen verlässt die Autobahn. Der Mann mit der Ducati.«

»Das ist Prüller. Ich übernehme. Ihr bleibt an den anderen dran«, meldete sich Stranek.

Hoffmann fluchte in sich hinein. Hatten sie den Braten gerochen? Oder teilten sie sich vorsorglich?

»Verstanden, Frau Abteilungsinspektor.«

Hoffmann trommelte mit den Fingerspitzen auf dem Lenkrad.

»Achtung! Der Fahrer auf der Harley-Davidson erhöht massiv das Tempo. In wenigen Augenblicken ist er außer Sichtweite. Die Honda hält das Tempo. Was sollen wir tun?«

Hoffmann wollte schon in das Mikro rufen, da hörte er Assmanns Stimme.

»Sie bleiben an der Honda dran. Wolfgang, hörst du mich?«

»Bin online.«

»Mach dich bereit. Jurkowitsch wird bald auf der Höhe Zöbern sein.«

»Bin bereit. Aber zwischen Neunkirchen und meinem Standort liegen weitere Abfahrten.«

»Leider ja. Jurkowitsch könnte uns in Kürze entschlüpft sein.«

Hoffmann startete den Motor und verließ die Parklücke. Mit laufendem Motor wartete er auf weitere Angaben. Drei, vier Minuten vergingen. Sollte er losfahren? Oder auf die Nachricht von Assmann warten? Blöde Situation.

»Durchsage an alle.«

Assmann machte eine kurze Pause.

»Die Kollegen von der Autobahnpolizei müssen von der Beschattung abgezogen werden. Verkehrsunfall mit Personenschaden auf der S 4 bei Wiener Neustadt.«

»So ein Mist! Dann bleibt nur Caroline.«

»Hallo, Burschen, ich höre euch klar und deutlich. Bin an Prüller dran. Er verlässt eben das Ortsgebiet von Neunkirchen in Richtung Seebenstein.«

Hoffmann brachte den Wagen auf Touren. Er spürte, wie Zorn in ihm hochkochte. Ein Gefühl, das er beinahe vergessen hatte. Da war es wieder. Fühlte sich irgendwie gar nicht schlecht an. Lebendig.

Noch keine Spur von der Harley-Davidson.

74. SZENE

Klara passierte die Ortseinfahrt von Kirchschlag in der Buckligen Welt. Sie fuhr mit der vorgeschriebenen Geschwindigkeit. Eine grüne Tafel stach ihr ins Auge. Praktischer Arzt, Dr. Klaus Baumeister. Kurzerhand stieg sie auf die Bremse und blinkte links.

»Wo fährst du hin?«

»Da ist irgendwo ein Arzt.«

»Nein. Fahr weiter. Wir müssen über die Grenze.«

»Ich habe meinen Reisepass nicht dabei.«

»Scheiß auf den Reisepass.«

»Willst du über die grüne Grenze?«

»Wenn es sein muss.«

»Du krepierst unterwegs.«

Er wollte ihr ins Lenkrad greifen. Klara stieß ihn zur Seite. Der Wagen schlingerte und krachte beinahe gegen einen am Fahrbahnrand abgestellten Kleinlaster.

»Spinnst du? Hast du nicht schon genug Unheil ange-
richtet?«

Klaras Stoß gegen die linke Schulter nahm Viktor die Luft.
Er stöhnte und sackte zur Seite.

»Siehst du. Du bist fix und fertig, du brauchst sofort medi-
zinische Hilfe.«

Klara fuhr die Gasse entlang und blickte nach links und
rechts. Sie fand nirgendwo ein Türschild des Arztes. Also
wendete sie am Ortsende und suchte weiter. Irgendwo
musste ja die Praxis des Arztes sein. Sie fluchte in sich hinein. Es war Sonntag. Die Praxis war garantiert geschlossen.
Sie entdeckte eine ältere Frau, die ihren Hund spazieren
führte. Klara hielt an und öffnete das Seitenfenster.

»Entschuldigung bitte.«

Die Frau hielt inne.

»Ich suche die Praxis von Dr. Baumeister.«

»Den Doktor suchen Sie?«

»Ja. Wo kann ich ihn finden?«

Die Frau zeigte die Richtung.

»Da vorne bei der Kreuzung.«

Klara war also daran vorbeigefahren.

»Wahrscheinlich ist die Praxis am Sonntagvormittag
geschlossen.«

»Ist es ein Notfall?«

»Meinem Mann ist schlecht geworden.«

»Der Dr. Baumeister ist bestimmt zu Hause. Der ist Sonntag meistens zu Hause.«

»Und wo wohnt er, wenn ich fragen darf?«

»Na, eh dort. Die Praxis ist in seinem Wohnhaus.«

»Vielen Dank! Sie haben mir sehr geholfen.«

Klara winkte noch mal und schloss das Fenster. Die Frau
und der Hund schauten ihnen hinterher. Klara sah hinter

einem Holzzaun ein schmuckes Haus. Der Garten schien recht groß zu sein. Sie parkte direkt vor dem Haus des Arztes.

»Du wartest hier.«

Klara zog den Autoschlüssel ab und trat an die Gartentür. Sie war nicht versperrt, dennoch betätigte sie die Klingel. Und trat in den Garten. Ein kurzer, mit Steinplatten verlegter Weg führte zum Haus. Sie ging darauf zu. Aus den Augenwinkeln sah sie eine Bewegung. Klara hielt an und blickte die Frau um die 60 an.

»Sie wünschen?«

Die Frau trug eine grüne Schürze, Arbeitsschuhe und Handschuhe. In ihrer Hand hielt sie einen Spaten.

»Ich suche Dr. Baumeister.«

»Mein Mann ist im Haus. Worum geht es?«

»Ein Notfall. Mein Mann sitzt im Auto. Es geht ihm sehr schlecht.«

Die Frau des Arztes legte den Spaten weg und marschierte mit schnellen Schritten los. Sie öffnete die Tür und trat in das Haus. Klara folgte ihr.

»Klaus! Klaus, hörst du mich?«

Von irgendwoher hörte Klara eine Stimme.

»Klaus, kommst du bitte! Ein Notfall!«

»Was ist?«

»Da ist jemand gekommen. Ein Notfall!«

»Einen Moment, ich komme sofort.«

Sie warteten nur einige Augenblicke. Ein kahlköpfiger Mann Mitte 60 erschien. Er trug legere Freizeitkleidung.

»Also, was ist los?«

Er kam direkt auf Klara zu und reichte ihr die Hand zur Begrüßung.

»Mein Name ist Zeidler, ich bin aus Wien. Herr Doktor,

es tut mir schrecklich leid, Sie am Sonntag zu stören, aber meinem Mann geht es sehr schlecht. Er sitzt im Auto.«

Der Arzt nickte und marschierte los.

»Was ist vorgefallen?«

»Das ist schwierig zu erklären. Er hat eine Wunde an der Brust. Eine alte Wunde. Sie ist entzündet. Vielleicht hat er sogar eine Blutvergiftung.«

Der Arzt runzelte die Stirn und schaute Klara kurz von der Seite an. Sie kamen zum Wagen. Viktor lehnte mit schmerzverzerrtem Gesicht an der Tür.

»Bringen wir ihn gleich in das Behandlungszimmer. Margit, sperrst du auf.«

Die Arztgattin eilte los.

»Wie war der Name?«

»Zeidler. Mein Mann heißt Viktor Zeidler.«

Der Arzt öffnete vorsichtig die Beifahrertür.

»Herr Zeidler, können Sie selbstständig aussteigen?«

»Geht schon.«

»Ich stütze Sie.«

Viktor griff nach dem Rucksack und wollte aussteigen. Er wankte. Baumeister nahm Viktor den Rucksack aus der Hand und reichte ihn Klara.

»Den nehmen besser Sie.«

Der Arzt stützte Viktor beim Gehen.

»So, schön langsam, Sie schaffen das schon. Sehr gut. Und jetzt hinein. Na prima. Einen Schritt nach dem anderen. Wir kriegen das hin. So, legen Sie sich erst mal hin, Herr Zeidler. Und ich werde Ihre Temperatur messen. Sie haben nämlich Fieber, Herr Zeidler.«

Klara stellte den Rucksack neben die Tür und postierte sich an der Wand beim Fenster. Der Arzt und seine Frau kümmerten sich um Viktor, er war in guten Händen. Baumeister griff nach dem Thermometer, setzte eine Kunststoffhülle auf den Sensor und führte das Messgerät in Viktors Ohrmuschel. Das Gerät piepte.

»39,5 Grad. Das ist keine Kleinigkeit, Herr Zeidler. Jetzt zeigen Sie mir die Wunde.«

Der Arzt half Viktor, die Lederjacke auszuziehen. Er streifte Latexhandschuhe über und schnitt den Verband auf. Vorsichtig zog er die Kompresse ab.

»Um Gottes willen!«

Baumeister schaute teils entsetzt, teils vorwurfsvoll zu Klara hinüber.

»Warum sind Sie nicht schon längst zu einem Arzt gegangen? Das ist ja nicht zu fassen. Die Wunde ist in einem entsetzlichen Zustand. Herr Zeidler, ich muss Sie sofort in ein Krankenhaus bringen lassen.«

»Kein Krankenhaus.«

»Wie bitte?«

»Kein Krankenhaus.«

»Da muss ich jetzt als Mediziner ein Machtwort sprechen. Sie gehören auf dem schnellsten Weg in ein Krankenhaus. Ich werde die Wunde reinigen und den Eiter entfernen. Margit, rufst du bitte einen Krankenwagen.«

»Natürlich.«

Die Arztgattin wandte sich zum Gehen.

»Warten Sie noch einen Moment«, presste Viktor hervor und setzte sich auf.

»Worauf?«

»Geben Sie mir bitte den Rucksack. Es ist sehr wichtig.«

Frau Baumeister hob den Rucksack und reichte ihn Viktor.

»Ich kann Ihnen alles erklären«, sagte er, griff in den Rucksack, zog eine Pistole hervor und richtete sie gegen die Frau.

»Kein Krankenwagen. Es wird niemand angerufen. Sie machen jetzt Ihre Arbeit und ich verschwinde dann.«

Das Ehepaar stand starr vor Schreck im Raum. Klara schnappte nach Luft.

»Viktor, leg die Waffe weg.«

Er richtete die Pistole nun gegen Klara.

»Von dir will ich gar nichts hören. Absolute Funkstille. Du willst dich also scheiden lassen? Fickst mit anderen Männern herum? Ganz toll. Dir werde ich schon noch Manieren beibringen.«

75. SZENE

Hoffmann hatte das Bergland des Wechsels hinter sich gebracht, die Ausfahrt Friedberg kam in Sicht. Er betätigte den Blinker. Mit einem schnellen Seitenblick schaute er auf sein Telefon. Der Empfang war nicht sehr gut. Er hoffte, dass er für den Anruf ausreichte.

»Hallo, Gerhard.«

»Ich höre.«

»Der Empfang hier ist schwach. Kann sein, dass bald mal die Verbindung abreißt.«

»Du kannst dich jederzeit wieder einwählen.«

»Ich habe jetzt die Autobahn verlassen und werde in Richtung Hochneukirchen fahren.«

»Verstanden.«

»Caroline, hörst du mich?«

»Ja.«

»Wo bist du?«

»Ortsgebiet Seebenstein. Ich habe schlechte Nachrichten. Gerhard, notierst du bitte: Fühlung von Prüller verloren. Der Mann hat wohl bemerkt, dass ich an ihm dran war. Offenbar hat er sehr gute Ortskenntnisse, er hat mich in den Seitengassen abgehängt. Seit fünf Minuten habe ich keine Sichtung mehr.«

»Notiert.«

»Wo bleibt die Verstärkung aus Wiener Neustadt?«

»Ist unterwegs. Die sind in drei bis vier Minuten in Seebenstein.«

»Ich warte beim Bahnhof auf sie.«

»Gebe ich so durch. An alle. Einen Moment bitte, ich kriege da eben einen Anruf auf einer anderen Leitung. Ich schalte euch auf Stand-by.«

Hoffmann lenkte sein Auto in Richtung der Landesstraße. Auf der Autobahn war er zügig unterwegs gewesen, jetzt fuhr er wieder gemächlich. Die Kerle waren der Beschattung entkommen, also konnte die Polizei nichts anderes tun, als weiterhin wachsam zu bleiben und abzuwarten, was da kommen würde.

Gerhard Assmann meldete sich.

»Assmann, ich bin wieder zurück in der Leitung. Eine Meldung für alle. Die Kollegen im Gemeindegebiet Hochneukirchen melden die Sichtung eines weißen Renault Clio mit Wiener Kennzeichen. Das ist das Fahrzeug, mit dem Klara Zeidler zuletzt unterwegs gewesen ist. Das Kennzeichen habe ich geprüft. Der Wagen steht an einer Forststraße unweit des Aussichtsturms am Hutwisch. Bei einer unversperrten Holzhütte. Die Kollegen haben in der Hütte verschmutzte Verbände und ein zerrissenes T-Shirt gefunden. Weder Viktor Zeidler noch seine Frau wurden vor Ort angetroffen. Die Reifenspuren im Wald sind sehr frisch.«

»Verdammt, die sind uns durch die Lappen gegangen!«, rief Hoffmann aus. »Gerhard, schick die Spurensicherung zu dieser Hütte. Ich bin auf dem Weg dorthin.«

»Wird gemacht.«

Hoffmann fuhr nun doch wieder schneller. Er kaute auf seinen Lippen. Die gute Frau Zeidler spielte also ein undurchsichtiges Spiel. Was hatte sie vor? Versuchte sie ihren Ehemann außer Landes zu bringen? Vor ihm fuhr ein Traktor. Hoffmann setzte zu einem Überholmanöver an. Dann tippte er das Ziel »Aussichtswarte Hutwisch« in das Navigationsgerät.

76. SZENE

Caroline Stranek stoppte ihre Maschine vor dem Bahnhof. Sie ließ den Motor laufen. Da näherten sich schon zwei Einsatzfahrzeuge der Motorradstaffel. Die Kollegen hielten neben ihr an und klappten das Visier ihres Helmes hoch.

»Hallo, Jungs.«

»Hallo, Frau Abteilungsinspektor.«

»Nicht so förmlich bitte. Seid ihr im Netzwerk?«

»Nein.«

»Dann verbindet euch.«

Stranek sagte die Nummer durch. Die Männer tippten sie in ihre Telefone.

»Nachricht an Assmann. Die Kollegen aus Wiener Neustadt sind da und hängen sich gleich ins Netzwerk.«

»Habe ich schon mitgekriegt. Und schon sind die Anrufe da. Sprechprobe.«

»Gruppeninspektor Trattner.«

»Revierinspektor Holzauer.«

Stranek klappte ihr Visier zu.

»Sehr gut, ich höre euch klar und deutlich über Kopfhörer. Also Folgendes: Wir suchen drei Motorradfahrer mit Wiener Kennzeichen. Eine Harley-Davidson, eine Ducati und eine Honda.«

»So weit sind wir im Bilde.«

»Die Zielpersonen sind routinierte Biker. Wir machen keine Verfolgungsjagden, wir sondieren die Lage und schauen, wo sie sich herumtreiben.«

»Ist klar.«

»Wir rechnen damit, dass die Männer in Richtung Hutwisch unterwegs sind. Habt ihr Ortskenntnisse?«

»Nur allgemeine. Schleichwege kenne ich nicht«, sagte Trattner.

»Wie ist es mit dir?«

»Ich bin hier aufgewachsen, Frau Abteilungsinspektor. Sehr gute Ortskenntnisse«, sagte Holzauer.

»Ich tippe, die Männer nehmen die Landstraßen und meiden die Autobahn. Und sie haben etwa zehn Minuten Vorsprung. Erstes Ziel ist die Gemeinde Hochneukirchen, dann schauen wir weiter. Wahrscheinlich werden wir ausschwärmen müssen. Klar so weit?«

»Alles klar.«

»Gut. Holzauer fährt voran und macht Tempo. Dann ich. Das Schlusslicht macht Trattner. Keine Blaufahrt, aber flott. Bereit?«

Trattner hob den Daumen.

»Bereit«, sagte Holzauer und drehte am Gasregler.

»Und los geht's.«

Die drei Maschinen verließen mit hochdrehenden Motoren den Bahnhofsplatz. Ein junges Ehepaar mit zwei Kleinkindern starrte den dröhnenden Maschinen hinterher.

77. SZENE

Die Stimme des Navigationsgeräts übermittelte ihm die nötigen Informationen. Hoffmann nahm zügig die kurvenreiche Bergstraße mitten durch den Wald. In einer Kurve kam ihm ein Streifenwagen entgegen. Noch ehe er den Kollegen etwas deuten konnte, war das Fahrzeug an ihm vorbei. Er stieg auf die Bremse und sah gerade noch im Rückspiegel, wie der Streifenwagen blinkte und von der Straße auf einen

Forstweg abbog. Hoffmann fuhr weiter und suchte nach einer Wendemöglichkeit. Zwar waren hier in diesem Wald wenige Autos unterwegs, aber selbst die wollte er durch ein waghalsiges Wendemanöver nicht gefährden. Er fand bald eine Gelegenheit, also kurbelte er am Lenkrad. Bei der Forststraße bog er auch rechts ab und tauchte noch tiefer in den Wald.

An einer Weggabelung stand der Streifenwagen. Die beiden Polizisten traten auf den Weg und einer der beiden hob die Hand. Hoffmann stoppte den Wagen, löste den Sicherheitsgurt und öffnete die Tür.

»Kehren Sie bitte um! Keine Durchfahrt!«, rief einer der Männer.

»Chefinspektor Hoffmann. Wo sind die Holzhütte und der weiße Renault?«

Der Mann trat an Hoffmanns Auto heran.

»Links, Herr Chefinspektor. Rund 500 Meter in den Wald hinein. Die Straße ist ziemlich schlecht.«

»Ich werde schon durchkommen.«

»Wir warten auf die Spurensicherung.«

»Es wird sinnvoll sein, wenn sich einer von Ihnen vorne zur Straße stellt. Ich habe nur zufällig diesen Weg entdeckt.«

»Wollten wir eh machen.«

»Dann danke für die Information.«

Die Männer machten den Weg frei. Hoffmann bog links ab und kam in ein dunkles Waldstück. Dicht an dicht standen die Nadelbäume. Irgendwie schaurig. Hier also hatte sich Zeidler für ein paar Tage versteckt. Kein Wunder, dass ihn niemand hatte finden können. Wenn er sein Handy nicht in Betrieb gesetzt hätte, hätte er hier viele Monate untertauchen können.

Vor der Holzhütte parkte ein Streifenwagen und ein weißer Renault Clio. Hoffmann stellte sein Fahrzeug daneben und stieg aus. Einer der uniformierten Polizisten kam auf ihn zu.

»Und, wie schauen wir aus?«, fragte Hoffmann.

»Die Spurensicherung kommt etwa in einer halben Stunde.«

»Zeit genug für einen kleinen Waldspaziergang.«

»Das ja.«

Hoffmann zog sein Handy aus dem Jackett und prüfte die Anzeige.

»Schlechter Empfang hier.«

»Sie können froh sein, dass Sie hier überhaupt etwas empfangen.«

Hoffmann nickte.

»Ich schau mir mal die Hütte von innen an.«

»Nur zu.«

Hoffmann trat ein und ließ den Blick kreisen. Würde er es in einer solchen Hütte fernab jeder Zivilisation aushalten? Er hatte keine Antwort parat. Vielleicht würde er nach kurzer Zeit irre werden. Vielleicht aber würde er nach ein paar Tagen nie wieder anders leben wollen als tief im Wald versteckt und durch Zigtausende Bäume vor der Bosheit der Menschen geschützt.

78. SZENE

Ernst Jurkowitsch reduzierte das Tempo und legte sich in die Kurve. Hinter ihm fuhren seine Kumpels. Er sah den Wachmann sofort. Ohne nachzudenken, tat er das einzig Richtige: Er fuhr mit moderatem Tempo an dem Polizisten vorbei. Möglichst unauffällig. Der Wachmann stand neben einer Abzweigung zu einer Forststraße. Jurkowitsch war völlig klar, was das bedeutete. Die Polizei hatte die Hütte gefunden und sicherte die Zufahrt. Er fluchte vor sich hin und blickte in den Rückspiegel. Prüller und Swoboda blieben an ihm dran.

Sie hatten verloren. Diese verdammte Polizei. Wie hatten sie Viktors Versteck aufspüren können? Sie würden auffliegen. Die Polizei würde Viktor so lange in die Mangel nehmen, bis er alles ausspuckte. Bis er von den drei Flüchtlingen erzählte. Bis er seine Kumpels ans Messer lieferte. Das Zuchthaus. Jahrelang in einer Zelle hocken. Gesiebte Luft atmen. Alles scheiße. Dieser Schlappschwanz.

Keine Rache für Retzer. Noch nicht. Natürlich würde auch Viktor ins Gefängnis wandern. Vielleicht würde Jurkowitsch ihn dort zwischen die Finger kriegen. Die Warnungen mit der toten Katze und den zerstochenen Reifen waren anscheinend umsonst gewesen.

Die verdammten Polizisten. Bestimmt hatte dieser eine Kieberer ihm die Scheiße eingebrockt. Wie hatte er noch einmal geheißen? Jurkowitsch fiel der Name nicht ein, aber das Gesicht des Inspektors hatte er klar vor Augen. Als der Mann in seiner Werkstatt aufgetaucht war, hatte Jurkowitsch sofort gewusst, dass es jetzt darauf ankam, dass jetzt alles auf dem Spiel stand. Sollten sie auf direktem Weg die Flucht antreten? Sollten sie sich schnell über die Grenze nach Ungarn absetzen? Alles zurücklassen und fliehen?

Er musste sich mit seinen Kumpels besprechen. Nicht hier im Wald. Irgendwo mit etwas Sicherheitsabstand.

Jurkowitsch erhöhte das Tempo. Im Rückspiegel sah er, dass die Burschen nicht zurückfielen. Na klar, sie waren ein eingespieltes Team. Sie hatten viele Touren gemeinsam gemacht. Auf Prüller und Swoboda war Verlass. Auf Retzer war auch Verlass gewesen. Oder eher, Retzer hatte sich immer auf sie verlassen können. Alle hatten ihn bewundert. Für seine Kaltschnäuzigkeit, für seine Cleverness, für seine abgefahrenen Ideen.

Nur Viktor hatte sich zum Problemfall entwickelt. Dieser Versager. Wurde weich wegen ein paar toter Flüchtlinge. Dreckskerl.

79. SZENE

Klara und Frau Baumeister saßen in einer Ecke des Behandlungszimmers. Der Arzt schwitzte. Nun, ein durchschnittlicher Landarzt musste selten mit einer Pistole vor der Nase seine Arbeit verrichten. Viktor hielt die Pistole in der rechten Hand und zielte damit auf die beiden Frauen. Er verbiss den Schmerz, den die Behandlung verursachte. Das Blut machte ihm gar nichts aus. Es war sein eigenes. Seltsamerweise wurde ihm beim Anblick von Blut anderer Menschen schlecht. Wie damals, als diese zwei syrischen Burschen mit klaffenden Schusswunden im Leib vor ihm gelegen hatten. Ein Albtraum aus rotem Blut. Ein Albtraum, der ihm keine Ruhe ließ. Ein Albtraum, der nun sein Leben bestimmte.

»Wenn Sie wollen, stechen Sie ruhig zu. Oder schneiden Sie mir mit dem Skalpell die Kehle durch. Kein Problem. Bin ich tot. Scheiß drauf. Mein Leben ist sowieso im Arsch. Aber Sie können sicher sein, dass ich noch Zeit genug habe, Ihrer Frau ein paar Kugeln zu verpassen. Ich bin ein Killer. Ich habe getötet. Ich werde nicht zögern.«

Der Arzt schluckte schwer und wischte Blut von Viktors Haut.

»Ich bin fertig mit dem Skalpell. Die Eiterherde und das tote Gewebe sind entfernt, die Wunde ist so weit, dass ich sie verbinden kann. Ich kooperiere vollständig.«

»Das ist gut so.«

»Jetzt hole ich Kompressen aus der Schublade. Okay?«

Viktor winkte mit der Pistole.

»Nur schön langsam.«

Dr. Baumeister warf die blutbesudelten Latexhandschuhe in den Mülleimer und streifte neue über, dann nahm er das Verbandsmaterial aus der Schublade. Mit geübten Fingern legte er einen Verband an. Danach trat er zwei Schritte zurück und hob seine Hände. Viktor prüfte den Sitz des Verbandes.

»Profiarbeit. Sieht man gleich.«

»Herr Zeidler, ich muss Ihnen jetzt eine Injektion geben.«

Viktor warf die Stirn in Falten.

»Eine Spritze?«

»Ein Antibiotikum. Und Sie brauchen ein fiebersenkendes Medikament.«

Viktor zielte auf den Kopf des Arztes.

»Du willst mir eine Narkose reindrücken.«

»Nein. Ein Antibiotikum. Sie brauchen mehrere Tage Bettruhe. Und Infusionen. Ich rate Ihnen in Ihrem eigenen Interesse, ein Krankenhaus aufzusuchen.«

»Geh mir nicht auf den Geist, Alter. Sonst wird es hier noch mal richtig ungemütlich.«

»Ich gebe Ihnen jetzt die Injektion.«

»Vergiss es«, knurrte Viktor düster.

Baumeister trat einen Schritt zurück.

»Dann kann ich nichts mehr für Sie tun.«

»Geben Sie die fiebersenkenden Medikamente her. Und noch Verbandszeug. Alles hier auf den Tisch legen, damit ich sehen kann, was Sie einpacken. Keine falschen Bewegungen. Dann brauche ich etwas zu essen, bevor mir schwarz vor Augen wird.«

Baumeister nickte und trat an den Medikamentenschrank.

80. SZENE

Hoffmann fuhr über den Forstweg auf die Straße zu. Am Straßenrand stand einer der uniformierten Männer. Die Holzhütte hatte so ausgesehen, wie Hoffmann es erwartet hatte. Schlicht und rustikal. Zeidlers Anwesenheit hatte eindeutige Spuren hinterlassen. Ein paar leere Konservendosen und Getränkeflaschen, das von einer Kugel zerrissene T-Shirt und benutztes Verbandszeug. Der Geruch des Verbandes war ekelerregend gewesen. Die ganze Hütte hatte danach gestunken. Kein gutes Zeichen für den Gesundheitszustand Zeidlers. Nachdem Hoffmann sich Überblick verschafft hatte, war er wieder ins Auto gestiegen. Die Spurensicherung würde den Rest erledigen.

Hoffmann hielt den Wagen an und rief dem uniformierten Kollegen durch das offen stehende Fenster zu.

»Hat sich hier irgendetwas ereignet?«

Der Mann schüttelte den Kopf.

»Nichts.«

»Sind Fahrzeuge vorbeigekommen?«

»Ja. Ein Holzlastwagen, ein Auto und drei Motorräder.«

Hoffmann schoss eine heiße Welle durch den Bauch.

»Drei Motorräder?«

»Ja.«

»Was für Motorräder?«

»Eine Harley-Davidson und eine Honda. Das dritte konnte ich nicht erkennen.«

»Wann war das?«

Der Mann wiegte den Kopf.

»Vor rund zehn Minuten. Sind da lang gefahren.«

Hoffmann kochte. Er sprang aus dem Wagen. Mit letzter Mühe kämpfte er den Impuls nieder, dem Trottel eine zu schmieren.

»Warum haben Sie das nicht sofort durchgegeben, verdammt noch mal?«

Der Landpolizist zeigte eine eingeschüchterte Miene.

»Ich wusste nicht, dass ich das soll.«

Hoffmann schnaubte grantig.

»Also zum Mitschreiben. Da ist die halbe Polizei Wiens und Niederösterreichs unterwegs, um die drei Männer auf den Bikes zu verfolgen. Verstanden? Und Sie lassen die da einfach vorbeifahren!«

»Entschuldigung. Ich wusste nur von einem schwarzen Fiat Doblo mit Wiener Kennzeichen.«

Hoffmann holte tief Luft und atmete langsam aus. Mit dem Luftstrom senkte sich fühlbar sein Blutdruck und sein Ärger. Was geschehen war, war geschehen. Daran war nichts mehr zu ändern. Zehn Minuten. Er musste sofort im Netzwerk Bescheid sagen. Hoffmann griff nach seinem Handy. Da hörte er das Knattern von Motorrädern durch den Wald. Reflexartig tastete er nach seiner Dienstwaffe. Er stellte sich auf die Straße.

Eine Maschine schoss aus der Kurve. Sofort ließ Hoffmann die Hand von der Waffe. Ein Kollege der Motorradstreife. Dahinter folgte Stranek. Und hinter ihr der zweite Kollege. Hoffmann hob die Hand. Die zwei Männer und Caroline Stranek bremsten scharf und klappten die Visiere hoch.

»Caroline, sie sind hier vorbeigekommen. Diese Richtung. Vor zehn Minuten.«

Stranek nickte.

»Dann haben sie den Vorsprung gehalten.«

»Ihr fahrt los. Ich bleibe hinter euch.«

»Alles klar.«

Stranek nickte den beiden Kollegen zu.

»Holzauer wieder voran.«

Der Mann zögerte nicht lange und gab Gas. Hoffmann lief zum Wagen. Aus den Augenwinkeln sah er, dass der Landpolizist ziemlich belämmert aus der Wäsche guckte. Für aufbauende Worte hatte Hoffmann gerade keine Zeit.

81. SZENE

Ernst Jurkowitsch schaute in den Rückspiegel. Die Jungs waren dran. Gut so. Er näherte sich einer Ortschaft. Zwar hatte er in der Buckligen Welt und im Wechselgebiet manche Touren gemacht, aber jede Ortschaft kannte er nicht. Er las die Ortstafel. Kirchschlag. Irgendwann war er hier schon mal durchgekommen. Er bremste auf die vorgeschriebenen 50 Kilometer pro Stunde herab. Nur nicht unnötig auffallen. Aus der Ferne sah er die Leuchtreklame einer Tankstelle. Musste er tanken? Noch nicht. Der Sprit würde für rund 80 Kilometer reichen. In jedem Fall musste er sich mit den Kumpels besprechen. Nicht hier. Das war zu nahe, und dass sich massig Polizei herumtrieb, war nicht zu übersehen gewesen. Erst die Verfolgung durch diese Motorradfahrerin auf der BMW Enduro. Wenn er gestern gewusst hätte, dass das eine Polizistin war, wäre er vorsichtiger gewesen. Dann der Skoda auf der Autobahn. Echte Profis der Straße wussten, dass die Autobahnpolizei solche Fahrzeuge einsetzte. Und der Polizist im Wald. Verdammt enge Situation. Also war es besser, hier nicht anzuhalten. Ein paar Kilometer Luftlinie wären nicht schlecht.

War hier irgendwo ein Streifenwagen zu sehen? Er ließ den Blick schweifen. Anscheinend nicht. Sie hatten die Polizei abgehängt. Immerhin ein Vorteil.

Ein schwarzer Fiat Doblo.

Es war wie ein Kinnhaken.

Er hatte das Fahrzeug nur einen Sekundenbruchteil gesehen. Hatte er sich getäuscht? Hatte Viktors Auto in dieser Nebenstraße gestanden? Er musste Klarheit haben.

Jurkowitsch blinkte und bremste. Prüller und Swoboda blinkten ebenfalls. Sie rollten auf das Gelände der Tankstelle. Die drei Maschinen standen mit laufenden Motoren nebeneinander. Die Männer klappten ihre Visiere hoch.

»Hast du den Fiat auch gesehen?«, fragte Prüller aufgebracht.

»Ja.«

»Das könnte Viktors Wagen sein.«

»Müssen wir uns ansehen. Ich fahre vor.«

Hintereinander umrundeten sie das Tankstellengebäude, kehrten um und bogen in die Seitenstraße. Der Fiat Doblo hatte ein Wiener Kennzeichen. Jurkowitsch hielt neben dem Wagen und schaute hinein. Eindeutig. Das war Zeidlers Wagen. Dann blickte er zum Haus, vor dem der Wagen abgestellt war. Auf dem Gartentor war eine Tafel montiert.

»Facharzt für Allgemeinmedizin, Dr. Klaus Baumeister, Privat und alle Kassen«. Wenn das kein Volltreffer war? Jurkowitsch spürte, wie das durch die rasante Fahrt in seinen Arterien rollende Adrenalin seine Wut schürte. Rasende Wut. Jurkowitsch gab seinen Kumpels Handzeichen.

82. SZENE

»Ich verstehe. Klingt gut. Besten Dank, Herr Oberstleutnant. Wir hören uns.«

Gerald Windisch beendete das Telefonat, legte das Telefon jedoch nicht weg, sondern wählte die Nummer der Zentrale. Er musste nicht lange warten, bis Assmann den Anruf entgegennahm.

»Hallo, Gerald. Du bist online.«

»Danke. Sind die anderen auch alle online?«

»Ich habe alle am Schirm.«

»Gut. Durchsage an die Einsatzgruppe. Drei Busse der Cobra sind auf der A 2, Oberstleutnant Meierhofer hat seine Leute rechtzeitig losgeschickt. Sie müssten jetzt beim Anstieg zum Wechsel sein. Etwa auf der Höhe Edlitz. Sigrid und ich werden sie bald eingeholt haben, wir sind schon an Seebenstein vorbei. Gibt es eine Sichtmeldung von Zeidler?«

»Negativ.«

Das war Straneks Stimme.

»Und von den drei Motorradfahrern?«

»Letzte Sichtung am Hutwisch vor etwa 15 Minuten. Seither negativ.«

»Sofortige Durchsage bei Sichtkontakt.«

»Geht klar.«

»Wie geht es den beiden Kollegen aus Wiener Neustadt?«

»Trattner. Alles klar.«

»Holzauer. Klar.«

»Wolfgang, bist du in Ordnung?«

»In Ordnung. Aber ich habe die Fühlung zu Caroline und den beiden Jungs verloren. Das Tempo kann ich nicht halten.«

»Es reicht völlig, wenn du halbwegs in der Nähe bleibst. Wir haben mittlerweile fünf Streifenwagen in der Region. Da hoffe ich doch auf baldige positive Meldungen. Durchsage beendet.«

Sigrid Körner bekam jedes Wort mit, das Telefonat war auf die Lautsprecher des Wagens geschaltet. Aber sie hörte nur mit einem Ohr zu, in erster Linie konzentrierte sie sich auf die Überholmanöver. Sie hatten das Blaulicht nicht eingeschaltet, den anderen Verkehrsteilnehmern musste der schnittige Wagen mit Wiener Kennzeichen wie ein verrückter Raser vorkommen. Körner jagte seit der Auffahrt auf die Autobahn auf der Überholspur. Und das Verkehrsaufkommen war ziemlich dicht. Ein schöner Sonntagvormittag im April, da waren viele Ausflügler unterwegs. Der Audi näherte sich dem Anstieg zum Bergland des Wechselgebiets.

»Da vorne sind die Busse«, sagte Körner.

Windisch blickte von seinem Telefon hoch und durch die Windschutzscheibe. Er nickte Körner zu, die ihren Blick nicht von der Fahrbahn nahm.

»Windisch an Assmann.«

»Assmann.«

»Verbinde mich mit dem Einsatzleiter der Cobra. Wie heißt der Mann?«

»Alfred Fischer. Ich verbinde.«

Windisch musste einen Moment warten, ehe die Verbindung stand.

»Fischer.«

»Hallo, Herr Fischer. Windisch hier.«

»Hallo.«

»Wir nähern uns gerade Ihrer Kolonne. Der schwarze Audi A6 auf der Überholspur.«

Körner betätigte die Lichthupe.

»Einen Moment. Ja, ich sehe Sie.«

»Wir setzen uns jetzt vor Ihre Fahrzeuge. Bleiben Sie bitte im Netzwerk online. Der Kollege Assmann schaltet Sie gleich frei.«

»Verstanden.«

»Wenn es etwas gibt, melde ich mich.«

»Bestätige.«

Der Audi zog an den drei Mannschaftsbussen vorbei. Windisch blickte aus dem Fenster und gab Handzeichen. Der Beifahrer des führenden Wagens winkte zurück.

»Glaubst du, dass der Aufwand gerechtfertigt ist?«, fragte Körner ihren Chef.

Windisch zögerte mit der Antwort.

»Lieber einmal zu dick aufgetragen als einmal zu dünn.«

Stranek war in einem Rausch. Seit den frühen Morgenstunden war sie unterwegs, und die meiste Zeit ziemlich am Limit. Sie spürte langsam die Strapazen. Die Konzentration musste beständig hochgehalten werden, ein kleiner Fehler und sie würde mit ihrer Enduro von der Straße fliegen und sich um einen Baum wickeln. Zum Glück fuhr sie nicht an der Spitze.

Sie hatte Holzauers Gesicht beim Treffpunkt am Bahnhof nur einen Augenblick gesehen. Ein junger Mann. Das Motorrad hatte er perfekt im Griff. Ein toller Fahrer. Immer hart am Limit, nie darüber, in jeder Kurve schnell und doch sicher. Sie schaute kurz in den Rückspiegel. Trattner blieb verlässlich mit Sicherheitsabstand hinter ihr. Zwei Profis. Ihr nächster Blick galt der Tankanzeige. Der Füllstand kratzte an der Reserve. In spätestens 20 Minuten würde sie beim derzeitigen Verbrauch eine Tankstelle brauchen.

»Holzauer. Kreuzung voraus. Rechts nach Kirchschlag. Links nach Krumbach Richtung A 2. Order bitte.«

»Teilung. Holzauer und ich rechts nach Kirchschlag. Trattner links Richtung A 2.«

Stranek sah nun die Kreuzung vor sich. Und das Bremslicht und den rechten Blinker von Holzauer. Sie betätigte auch den rechten Blinker. Ein schneller Blick in den Rückspiegel zeigte, dass Trattner links blinkte. Auf der Konsole der BMW Enduro blinkte ein Licht auf.

»Stranek. Tank auf Reserve.«

»Holzauer. In Kirchschlag gibt es eine Tankstelle.«

84. SZENE

»Muss das wirklich sein?«

»Muss sein.«

»Der Herr Doktor und seine Frau haben dich gut versorgt. Zuerst die Wundbehandlung und jetzt das Essen. Es gibt keinen Grund, weiter mit der Waffe auf sie zu zielen.«

Viktor schaute Klara mit fiebrigen Augen an.

»Eigentlich gibt es keinen Grund, dich nicht auf der Stelle abzuknallen.«

Herr und Frau Baumeister standen in einer Ecke der Küche. Viktor hatte die Frau gezwungen, für ihn ein Essen zuzubereiten. Sie hatte Schinken und zwei Eier in der Pfanne gebraten und ein Butterbrot geschmiert. Fett- und eiweißreiche Nahrung, Viktor hatte den Kraftschub bitter nötig gehabt und sofort gespürt. Seine linke Seite schmerzte höllisch. Die Schnitte mit dem Skalpell hatten ihn fast wahnsinnig gemacht, aber irgendwie fühlte sich dieser Schmerz belebend an. Vielleicht war das auch die Wirkung der Schmerztabletten, die er geschluckt hatte. Nur das Fieber machte ihm zu schaffen.

»Dann tu es doch endlich. Los, drück ab, erschieß mich. Und dann fährst du auf dem direkten Weg zu deinen Eltern nach Wien, erschießt sie und Marvin und Robin gleich dazu. Eine richtig schöne Schlachtplatte. Und die letzte Kugel hebst du für dich selbst auf. Na, guter Vorschlag?«

Viktor kämpfte mit seiner Wut.

»Frau Zeidler«, sagte Dr. Baumeister in ruhigem Tonfall, »ich bin mir sicher, dass es besser wäre, Ihren Mann nicht weiter zu reizen.«

»Bravo, alter Knacker. So will ich das hören.«

»Und es ist auch nicht weiter schlimm, wenn Ihr Mann uns in den Keller sperrt.«

»Siehst du, der Doktor hat seine Lektion heute schon gelernt.«

»Herr Zeidler, wenn Sie uns erlauben, dass wir uns einen Vorrat an Wasser, einen Happen zu Essen und ein paar Decken mitnehmen, lassen wir uns ohne Protest einsperren.«

»Sie denken verdammt schnell, Herr Doktor.«

»Was meinst du, Margit, mit ein paar Litern Wasser werden wir es schon eine Zeit lang im Keller aushalten?«

»Natürlich.«

»Wo ist der Kellerschlüssel?«, fragte Viktor.

»Im Schlüsselkasten in meiner Ordination.«

»Okay, dann holen Sie ihn. Ihre Frau bleibt da, wo sie ist.«

»Selbstverständlich, Herr Zeidler, ich bin gleich wieder da.«

Viktor erkannte das Geräusch sofort. Er schaute zu einem der beiden Küchenfenster. Es stand offen. Von der Straße drang das Knattern eines Motorrades herein. Das Nageln der Zylinder war ihm bestens vertraut. Eine Harley-Davidson. Unverkennbar. Das Knattern wurde überlagert von weiteren Motorengeräuschen. Viktor erhob sich und ging ans Fenster.

»Sie sind da.«

Klara trat neben ihren Mann. Ihr Gesicht war kreidebleich. Sie hatte Jurkowitschs Worte noch genau im Ohr.

»Soll ich mit Ihnen reden?«

»Mit Jurko reden? Der Kerl ist gemeingefährlich.«

»Lass es mich versuchen.«

»Sinnlos.«

Jurkowitsch und Swoboda tauchten am Gartentor auf. Sie spähten in den Garten und zum Haus. Noch hatten sie Viktor am Küchenfenster nicht entdeckt. Er hob die Waffe.

Ein peitschender Knall.

Ohne nachzudenken, was in einer solchen Situation das Beste wäre, warf sich Klara zu Boden. Frau Baumeister kreischte.

Ein zweiter Schuss.

Klara sah, wie der Arzt seiner Frau den Mund zuhielt und sie zu Boden zog. Er umklammerte sie und schützte sie mit seinem Körper.

Ein dritter Schuss. Diesmal von draußen.

Glassplitter flogen in den Raum. Die Kugel schlug in einen Küchenkasten ein. Viktor drückte sich an die Wand.

Klara drohte der Kopf zu platzen. Alles geriet außer Kontrolle. Sie verlor den Boden unter den Füßen. Sie verstand die Welt nicht mehr. Ein Schusswechsel! Die Idioten feuerten tatsächlich aufeinander.

Und plötzlich war da ein Mann in der Küche. Er trug einen Sturzhelm auf dem Kopf und eine Pistole in der Hand. Klara kapierte zuerst gar nicht, was da geschah. Der Mann tauchte aus dem Nichts im Türstock auf, bewegte sich mit aberwitziger Geschwindigkeit durch den Raum und schlug mit dem Pistolengriff auf Viktor ein. Einmal, zweimal, ein drittes Mal. Viktors Waffe fiel zu Boden. Viktor fiel zu Boden. Der Mann schnappte nach der am Boden liegenden Waffe und trat drei Schritte zurück.

Jetzt erkannte Klara den Mann. Es war Chris. Er stellte sich im Schutz der Mauer an das Fenster.

»Jurko! Hugo! Ich habe ihn! Ich habe Viktor erwischt. Kommt rein!«

Viktor lag von den Schlägen gegen den Kopf völlig benommen auf dem Boden. Dennoch richtete Prüller seine Waffe gegen ihn. An der Tür hörte Klara polternde Schritte. Dann standen Jurkowitsch und Swoboda im Raum. Jurkowitsch hielt seine Pistole im Anschlag. Swoboda war mit einem Gummiknüppel bewaffnet.

Jurkowitsch trat an Prüller heran.

»Geile Nummer! Du bist der absolute Hammer, Chris.«

»Die Terrassentür war nur angelehnt. Ein Kinderspiel.«

Dann schaute sich Jurkowitsch um und entdeckte Klara und das Ehepaar Baumeister.

»Das ist ja eine richtige Party hier.«

Er trat an Viktor heran.

»Du Sau hast auf mich geschossen.«

Jurkowitsch trat Viktor hart in die linke Seite. Viktor schrie gellend auf. Jurkowitsch trat erneut zu. In den Bauch. Auch Prüller und Swoboda traten nun mit ihren Motorradstiefeln zu. Klara kam es vor, als ob sie Viktor endlos lange traktierten. Jeder Tritt bedeutete dem Tod näher zu kommen. Irgendwann schrie Viktor nicht mehr. Da ließen sie von ihm ab. Keuchend.

Jurkowitsch hob siegestrunken die Faust und grölte. Die anderen grölten ebenso.

Viktors Verband färbte sich rasend schnell rot, außerdem blutete er aus Nase und Mund. Er schien nicht bewusstlos, aber richtig bei Bewusstsein war er auch nicht. Ein Schwebezustand zwischen Leben und Tod. Die Hölle auf Erden.

85. SZENE

Holzauer und Stranek näherten sich der Ortseinfahrt. Sie reduzierten das Tempo auf die vorgeschriebenen 50 Kilometer pro Stunde. In der Ferne entdeckte Stranek eine Tankstelle. Sie überlegte, ob sie Holzauer anweisen sollte, mit ihr zu warten, oder ob sie sich hier trennten. Nun, im Netzwerk konnten sie ohnedies miteinander sprechen, also war eine Trennung besser. Ausschwärmen. Drei Motorräder, fünf Streifenwagen und Hoffmann in seinem Wagen durchkämmten die Gegend. Die drei Motorradfahrer mussten früher oder später wieder entdeckt werden.

Stranek sah links eine Person aus einer Seitengasse laufen. Eine Frau mit einem Hund. Eine weitere Person lief aus der Seitengasse. Die Person entdeckte das sich nähernde Polizeimotorrad. Es war ein Mann mittleren Alters in Sonntagskleidung. Er sprang auf die Straße und winkte aufgebracht.

»Stehen bleiben. Wir hören, was er zu sagen hat«, gab Stranek durch, doch Holzauer hatte die Bremse bereits betätigt.

Noch eine Person lief aus der Gasse. Ein Jugendlicher in Jeans und Sportschuhen. Der Jugendliche rannte über die Fahrbahn und war im Nu verschwunden. Holzauer und Stranek klappten die Visiere hoch. Der Mann im Sonntagsanzug schnappte nach Luft.

»Herr Inspektor, da wird geschossen!«

»Wo?«, fragte Stranek hart.

Der Mann starrte Stranek an und schluckte.

»Beim Dr. Baumeister im Garten. Gleich um die Ecke. Die haben mein Auto getroffen. Eine Schießerei!«

»Bringen Sie sich in Sicherheit!«, rief Stranek dem Mann zu, stoppte den Motor und klappte die Stütze aus. Holzauer tat es ihr gleich. Der Einheimische rannte die Straße entlang in Richtung der Tankstelle.

»Stranek an Assmann. Alarmmeldung! Schusswechsel in Kirchschlag in der Buckligen Welt. Kreuzung Wiener Straße und Feldgasse. Vorerst unklar, ob Personenschaden. Ich sehe in unmittelbarer Nähe den schwarzen Fiat Doblo und die drei Motorräder. Vor Ort sind Revierinspektor Holzauer und ich. Wiederhole. Einsatz von Feuerwaffen. Fordere Verstärkung.«

»Assmann an Stranek. Alarmmeldung aufgenommen. Assmann an Einsatztruppe. Alarmeinsatz! Alle verfügbaren Kräfte nach Kirchschlag in der Buckligen Welt. Wiederhole, alle verfügbaren Kräfte nach Kirchschlag, Kreuzung Wiener Straße und Feldgasse.«

»Stranek und Holzauer. Wir verlassen jetzt unsere Fahrzeuge und sichten die örtlichen Gegebenheiten.«

»Hoffmann. Ich bin in vier Minuten vor Ort.«

»Trattner. In acht Minuten vor Ort.«

»Assmann. Ein Streifenwagen ist in drei Minuten vor Ort.«

»Windisch. In zehn Minuten vor Ort.«

»Fischer. Cobra in 15 Minuten vor Ort.«

»Assmann. Ein weiterer Streifenwagen in acht Minuten vor Ort. Ein Krankenwagen in acht bis zehn Minuten.«

»Stranek. Ich beende jetzt die Verbindung zum Netzwerk.«

»Holzauer. Beende die Verbindung.«

Die beiden tippten auf ihren Mobiltelefonen und steckten sie ein. Zeitgleich stiegen sie von den Motorrädern, nahmen den Helm ab und zogen die Waffen. Stranek schaute dem jungen Kollegen ins Gesicht. Seine Lippen waren verkniffen, sein Blick entschlossen, die Bewegungen präzise und fokussiert. Ein prima Kerl. Wenn das hier vorbei war, musste sie sich unbedingt mit ihm auf die Matratze knallen. Sie schob den vorwitzigen Gedanken zur Seite.

»Wir sichern das Umfeld und achten, dass niemand entkommt. Keine Heldentaten, keine Einzelaktionen. Die Cobra ist im Anmarsch. Die Jungs machen dann die Drecksarbeit. Klar?«

»Bin bereit.«

»Ich gehe vor, du sicherst mir den Rücken. In Deckung bleiben.«

»Geht klar.«

Stranek nickte dem Kollegen noch einmal zu, dann huschte sie um die Ecke und eilte auf den schwarzen Fiat Doblo zu. Sie deckte sich hinter dem Wagen, Holzauer blieb etwas zurück. Stranek sah das Schild auf der Gartentür. Dann schaute sie zum Haus hinüber und entdeckte das zerstörte Küchenfenster.

Nur ein paar Meter weiter war schräg auf der Fahrbahn ein dunkelgrüner Opel abgestellt worden. Die Heckscheibe des Fahrzeugs war zerstört. Zweifellos der Wagen des Einheimischen im Sonntagsanzug. Wahrscheinlich war der Mann auf dem Weg zur Sonntagsmesse gewesen.

Der schulterhohe Holzzaun war an massigen Steinsäulen montiert. Sträucher an der Innenseite des Zauns schützten vor Blicken aus dem Inneren des Hauses. Das würde reichen, um gegen einen möglichen Beschuss von innen etwas Sicherheit zu finden. Dazu konnte man die ganze Gasse auf und ab blicken. Stranek erklärte Holzauer den Plan durch Gesten. Er nickte verstehend. Links und rechts neben der Gartentür gingen sie hinter den Säulen in Deckung. Aus dem Haus war nichts zu hören.

Stranek überlegte. Sollte sie auf die Verstärkung warten? Es waren Schüsse gefallen. Vielleicht gab es Verletzte. Vielleicht konnte sie ein weiteres Verbrechen verhindern. Sie musste Klarheit schaffen, also erhob sie sich vorsichtig und schaute über den Zaun und die Hecke zum Haus hinüber. Die Haustür stand offen. Auch Holzauer erhob sich.

Ein Mann erschien in der Tür. Er trat vorsichtig um sich spähend in den Garten. Stranek erkannte ihn, als er aus dem Schatten des Vorzimmers trat. Es war Swoboda. Der Sportlehrer, den sie in der Schule befragt hatte. Er trug einen Gummiknüppel in der Hand.

Swoboda entdeckte Stranek. Für einen Augenblick schauten sie einander direkt in die Augen. Dann sah Swoboda hinter dem Zaun den Kopf von Holzauer.

»Polizei!«, brüllte er. »Die Kieberer sind da!«

Stranek und Holzauer gingen wieder in Deckung. Swoboda warf die Tür zu. Okay, die Warnung war angekommen. Stranek konnte eigentlich zufrieden sein. Offenbar war Swoboda nicht allein im Haus, sonst hätte er nicht in Richtung Haus gerufen. Und die drei Desperados konnten auf ihren Bikes nicht abhauen, denn diese standen neben dem Fiat Doblo vor dem Haus, also im unmittelbaren Wirkungskreis der Dienstwaffen von zwei Polizisten. Natürlich konnten sie nach hinten in den Garten abhauen. Aber zu Fuß würden sie nicht weit kommen. Nicht wenn mehrere Streifenwagen und drei Busse der Cobra im Anmarsch waren.

Wer war noch im Haus? Der Arzt? Viktor Zeidler? Klara Zeidler? Das waren die Fragen, die sich Stranek aufdrängten.

Das Wichtigste war jetzt, Zeit zu gewinnen. Stranek atmete dreimal tief ein und aus, dann hob sie sich wieder in die Nähe der Oberkante der Säule.

»Herr Swoboda! Hören Sie mich? Herr Jurkowitsch! Herr Prüller! Hört mich jemand?«

Keine Antwort. Keine Reaktion.

»Hier spricht die Polizei! Das Haus ist umstellt! Legen Sie die Waffen nieder und kommen Sie mit erhobenen Händen heraus!«

Keine Antwort.

»Ist irgendjemand verletzt? Hat jemand eine offene Wunde?«

»Geh scheißen, du Hure!«

Stranek hockte sich wieder hin. Sie schaute zu Holzauer hinüber und hob den Daumen. Die Kontaktaufnahme war geschafft. Wer ihr die Freundlichkeit zugerufen hatte, wusste sie nicht genau. Swoboda war es nicht, dessen Stimme kannte sie. Sie tippte auf Jurkowitsch.

An der Kreuzung tauchte ein Streifenwagen mit Blaulicht auf. Zwei Männer sprangen aus dem Wagen. Stranek gestikulierte heftig. Die Männer verstanden und liefen los, um den Bereich hinter dem Haus zu sichern. Die Schlinge war noch sehr locker, aber sie war gelegt.

86. SZENE

Hoffmann näherte sich schnell der Ortseinfahrt. In Wahrheit mochte er Autofahren nicht besonders, er tat es einfach, weil es zum Beruf gehörte. Aber was er wirklich hasste, war ein Auto schnell zu fahren. Er war praktisch schweißgebadet. Und da half auch die Kühlung durch das offene Fenster nicht wirklich. Seine Achseln waren triefnass.

Aus der Ferne sah er, wie sich ein Streifenwagen mit Blaulicht aus der Gegenrichtung näherte und vor einer Abzweigung der Durchzugsstraße scharf bremste. Die beiden Männer schwärmten mit gezogenen Waffen aus. Da standen auch die Motorräder. Straneks Enduro und eine bullige Einsatzmaschine der Motorradstaffel.

Hoffmann fuhr an der Kreuzung vorbei auf die rund 100 Meter entfernte Tankstelle zu. Dort sammelten sich eben ein paar Menschen am Straßenrand und schauten zum abgestellten Streifenwagen hinüber. Hoffmann sauste schwungvoll auf den Parkplatz neben der Tankstelle. Er sprang aus dem Wagen und lief zu der kleinen Gruppe. Hoffmann zog seine Dienstmarke und die Waffe. Die Leute blickten ihn mit großen Augen an. Er trat vor die Menschen.

»Kriminalpolizei! Das ist ein Polizeieinsatz! Gehen Sie unverzüglich in das Tankstellenhaus. Nähern Sie sich auf keinen Fall dem Einsatzort.«

»Da hat jemand geschossen!«, rief ein Mann. »Die haben mein Auto getroffen.«

Hoffmann musterte den Mann. Mittleres Alter, sehr aufgeregt, aber ansprechbar. Er trug einen neuwertigen Anzug. Hoffmann trat auf den Mann zu.

»Sie sind ein Zeuge?«

»Ja.«

»Melden Sie sich bitte nach dem Einsatz bei der zuständigen Polizeiinspektion.«

»Der Motorradpolizist und die Frau sind schon dort. Es ist das Haus von Dr. Baumeister.«

»Welches Haus ist das?«

»Das Haus mit dem Holzzaun. Gleich um die Ecke.«

»Sind Sie ein Einheimischer?«

»Ja.«

»Wissen Sie, ob Dr. Baumeister zu Hause ist?«

»Weiß ich nicht.«

»Beschreiben Sie den Mann.«

»Na ja, er ist etwas größer als Sie, nicht viel, ein paar Zentimeter. Er ist leicht korpulent und hat eine Glatze. Rund 60 Jahre alt. Genau weiß ich das nicht.«

»Wohnt noch jemand im Haus?«

»Seine Frau. Die Kinder sind schon ausgezogen.«

»Beschreiben Sie die Frau.«

»Auch etwa 60. Mollig. Dunkelblonde kurze Haare. Sie trägt eine Brille.«

Hoffmann nickte. Der Mann zeigte Nervenstärke.

»Wie heißen Sie?«

»Hubert Müllner.«

»Herr Müllner, ich habe einen Auftrag für Sie.«

Der Mann schaute erschrocken.

»Einen Auftrag?«

»Stellen Sie sich dort 100, besser noch 200 Meter weiter an die Straße und halten Sie alle Privatfahrzeuge auf. Straßensperre wegen Polizeieinsatz. Die Fahrbahn muss für Einsatzfahrzeuge frei bleiben. Sobald die Polizei genug Personal vor Ort hat, werden Sie abgelöst. Werden Sie das schaffen, Herr Müllner?«

Der Mann nickte beherzt.

»Schaffe ich.«

Hoffmann hob anerkennend den Daumen und lief los.

Er kam zum abgestellten Streifenwagen. Das Blaulicht war eingeschaltet. Ein kurzer Blick in die Gasse verriet ihm die Lage.

»Caroline!«, rief er und winkte.

Stranek und Holzauer schauten zu ihm hinüber. Stranek deutete ihm, auf Distanz zu bleiben, dennoch huschte er gebückt näher. Er setzte sich neben dem Motorradpolizisten zu Boden.

»Sind Sie Holzauer?«

»Ja.«

»Hoffmann. Ist auf euch geschossen worden?«

»Bis jetzt noch nicht.«

Er rief zu Stranek hinüber.

»Die Cobra ist in rund zehn Minuten da. Haltet ihr es hier so lange aus?«

»Solange die Lage unverändert bleibt, ja.«

»Wen habt ihr alles gesehen?«

»Nur Swoboda. Jurkowitsch oder Prüller haben wir gehört.«

»Weitere Personen gesehen?«

»Nein.«

»Das Ehepaar Zeidler?«

»Noch nicht gesehen.«

»Der Doktor wohnt hier mit seiner Frau. Ein Ehepaar um die 60. Es könnten sich also sieben Personen im Haus aufhalten.«

»Perfekt für eine Geiselnahme.«

»Leider ja. Ich bleibe im Hintergrund und benachrichtige das Team.«

»Wird am besten sein.«

Hoffmann zog sich zurück und verschanzte sich hinter dem Streifenwagen. Er griff zum Telefon und gab Assmann die aktuelle Lage durch. Ein paar Minuten verstrichen. Hoffmann schaute zur Tankstelle. Die Schaulustigen hatten sich nicht in das Tankstellenhaus begeben. So viel zur Autorität der Polizei. Wenigstens schien Müllner seinen Auftrag ernst zu nehmen. Aus der Distanz verfolgte Hoffmann, wie der Mann ein Auto anhielt, das dann tatsächlich wendete und wieder verschwand.

Von der anderen Seite näherte sich der zweite Motorradpolizist. Trattner stellte sein Motorrad neben das seines Kollegen. Hoffmann winkte ihm zu. Der Mann kam herangehetzt.

»Trattner, Sie verstärken Stranek und Holzauer vor dem Haus. Am besten gehen Sie auf der anderen Straßenseite hinter dem Opel in Deckung. Ihr werdet abgelöst, sobald die Cobra da ist. Kopf unten halten.«

Der Mann nickte, zog seine Dienstwaffe und lief los.

Ein Schuss knallte.

Hoffmann stockte der Atem. Trattner ging zu Boden. Hoffmann starrte zu dem Mann hinüber. War er getroffen worden? Stranek gab einen Warnschuss in die Luft ab. Da sprang Trattner blitzschnell hoch, rannte los und brachte sich hinter dem Opel in Deckung. Es schaute zu Hoffmann hinüber und hob den Daumen. Unverletzt. Hoffmann schnaufte durch. Verdammt brenzlige Lage hier. Wo blieben die Cobra-Männer mit den Panzerwesten und Sturmgewehren? Hoffmann drückte das Telefon an sein Ohr. Aus

der Ferne hörte er nahende Verstärkung. Der zweite Streifenwagen raste mit Blaulicht und Sirene heran, gefolgt von
einem Krankenwagen. Da kam richtig Leben in das ver-
schlafene Nest.

87. SZENE

»Wir sind komplett im Arsch.«

Swoboda tigerte hektisch durch das geräumige Wohnzimmer. Prüller stand an der Mauer und hielt seinen Blick
auf die Sitzgarnitur gerichtet. Auf dieser hockten die Ehe-
paare Zeidler und Baumeister. Der Arzt saß mit aschfahlem
Gesicht neben Viktor.

»Hugo, halt einfach nur die Pappen.«

Prüllers Finger umklammerten seine Waffe. Retzers
Waffe, die über Umwege an ihn gefallen war, trug er gesichert am Gürtel.

»Wenn die Cobra kommt, können wir einpacken.«

»Hast du die Terrassentür zugemacht?«

Swoboda starrte seinen Kumpel entgeistert an.

»Der Cobra ist eine Glastür so was von scheißegal. Die
marschieren da Vollgas ein!«

»Hast du die Tür zugemacht?«

Swoboda konnte Prüllers Kaltschnäuzigkeit nicht fassen.

»Ja, habe ich.«

»Passt.«

»Hörst du mir nicht zu, Chris? Wenn die Cobra stürmt, sprengen sie im Vorbeigehen die Tür auf. Das interessiert die gar nicht.«

»Die kommen nicht.«

»Die kommen sicher!«

»Nicht, solange wir Geiseln haben.«

»Du drehst jetzt genauso durch wie Jurko.«

Prüller regte nicht einen Gesichtsmuskel.

»Setz dich irgendwo hin, wo ich dich sehen kann, und warte auf mein Kommando.«

Tatsächlich ließ sich Swoboda in einer Ecke zu Boden gleiten und starrte in die Luft.

»Entschuldigen Sie bitte.«

Prüller wandte seinen Blick dem Arzt zu.

»Was?«

»Er braucht dringend einen neuen Verband.«

Blut rann bereits aus Viktors Verband.

»Haben Sie Angst, dass die Couch schmutzig wird?«

»Die Polizei hat bestimmt auch die Rettung alarmiert. Wahrscheinlich wartet da draußen irgendwo ein Krankenwagen. Lassen Sie Herrn Zeidler raus, damit sich die Sanitäter um ihn kümmern können.«

»Nichts da. Der Dreckskerl soll bluten.«

»Chris!«

Prüller drehte seinen Kopf in Richtung Küche. Jurkowitsch lehnte neben einem der Küchenfenster und behielt die Straße im Blick.

»Ja?«

»Da draußen tut sich was!«

Prüller schob sich an der Wand entlang, bis er beim Türstock zwischen Wohnzimmer und Küche stand.

»Was tut sich?«

»Die Polizei verstärkt die Front.«

»Die Cobra?«

»Schaut so aus.«

»Was sollen wir machen?«

Jurkowitsch überlegte fieberhaft.

»Verhandeln. Wir brauchen einen Fluchtwagen. Mit den Geiseln setzen wir uns nach Ungarn ab. Dann weiter in die Ukraine. Dort können wir endgültig abtauchen.«

»Wird das klappen?«

»Hast du eine bessere Idee?«

»Zu siebt brauchen wir einen Bus.«

»Wir nehmen nur zwei Geiseln mit. Dann geht sich das in einem Pkw aus.«

»Viktor und Klara?«

Jurkowitsch lachte düster.

»Sicher nicht. Viktor verlässt dieses Haus garantiert nicht lebendig.«

»Dann nehmen wir Klara und den Doktor.«

»Genau. Die Alte lassen wir laufen, wenn der Wagen da ist.«

»So machen wir das.«

»Was ist mit Hugo?«

»Der sitzt in der Ecke und weint wie ein Mädchen.«

»Der nächste Schlappschwanz.«

88. SZENE

Der Audi war etwas abseits abgestellt. Gerald Windisch hielt das Funkgerät in der Hand und wartete. Hoffmann stand neben ihm. Windisch spuckte einen mittlerweile geschmacklosen Kaugummi in weitem Bogen aus. Seine Miene war angespannt. Alle Mienen wirkten angespannt. Das Funkgerät krächzte. Die beiden Kriminalisten hörten eine Durchsage der Cobra-Männer, die rund um das Haus in Stellung gegangen waren.

Hoffmann schaute um sich. Die Cobra war postiert, die Streifenpolizisten sicherten die Straßen ringsum, ein Rettungswagen wartete bei der Tankstelle und eben kamen Stranek und die beiden Motorradpolizisten aus der Seitengasse. Sie waren die ersten vor Ort gewesen und waren die letzten, deren Stellungen von den schwerbewaffneten Cobra-Leuten übernommen worden waren. Sigrid Körner umarmte ihre Kollegin Stranek und begrüßte Trattner und Holzauer. Fischer, der Leiter der Cobra, der aus der Nähe die Bewegungen seiner Leute beobachtet hatte, schüttelte den dreien die Hand. Die Gruppe kam auf den Audi zu. Windisch ging ihnen ein paar Schritte entgegen.

»Caroline, das war eine Meisterleistung!«

Windisch ließ es sich nicht nehmen, Stranek zu umarmen.

»Und für Sie, meine Herren, wird die Sache ganz bestimmt ein Nachspiel haben. Das verspreche ich Ihnen.«

Windisch schüttelte mit breitem Lächeln beiden Motorradpolizisten die Hand.

»Ich habe mit Oberstleutnant Meierhofer telefoniert und

Ihren Einsatz lobend hervorgehoben. Brauchen Sie irgendetwas? Was zu trinken? Was zu essen? Kurze Ruhepause?«

»Ich muss langsam aufs Klo«, sagte Stranek.

»Was zu trinken wäre nicht schlecht«, fügte Holzauer hinzu.

»Wir sind ausgerüstet«, sagte Sigrid Körner und öffnete den Kofferraum des Audis. Sie verteilte Halbliterflaschen mit Wasser und riss einen Karton mit Müsliriegeln auf.

»Ein Bierchen wäre mir lieber als Wasser«, nörgelte Stranek.

Die Motorradpolizisten lachten und griffen zu.

Hoffmann sah, wie aus dem Gesicht der dreien die Anspannung abfiel. Zuerst die Hochgeschwindigkeitsfahrt auf der kurvenreichen Bergstrecke, dann der Einsatz an der vordersten Linie, auf Trattner war geschossen worden. Die drei würden den heutigen Vormittag nicht so schnell vergessen. Sie hatten sich eine Pause mehr als verdient. Aber noch war die Lage alles andere als geklärt.

»Sind Ihre Leute bereit, Herr Fischer?«, fragte Hoffmann.

Windisch, Fischer und Hoffmann scharten sich zusammmen.

»Alle Positionen besetzt, die Funkverbindung steht. Wir sind bereit.«

Fischer und Hoffmann schauten Windisch an. Letzterer war der ranghöchste Polizist vor Ort.

»Dann sollten wir die Pokerrunde eröffnen. Ich brauche ein Megafon«, sagte Windisch.

»Willst du mit ihnen reden?«, fragte Hoffmann seinen alten Kumpel.

»Na klar.«

»Was ist, wenn ich das übernehme?«

Windisch überlegte. Fischer verzog die Miene.

»Stimme dem Kollegen Hoffmann zu. Der Einsatzleiter sollte im Hintergrund bleiben.«

»Und ich kenne Jurkowitsch und Prüller.«

Windisch nickte zustimmend.

»Herr Fischer, haben Sie noch eine Weste?«

»Natürlich. Und ein Megafon haben wir auch dabei.«

»Ein Headset?«

»Auch das. Herr Hoffmann wird voll verkabelt.«

Windisch reichte Hoffmann die Hand. Dieser schlug ein.

»Du bist unglaublich, Wolfgang. Eine Woche wieder im Dienst und anstatt im Büro die Akten zu sortieren, gehst du auf direktem Weg ins Feuer.«

»Na ich hoffe doch sehr, dass da kein Feuer ausbricht.«

»Auf jeden Fall ist die Feuerwehr zur Stelle«, sagte Fischer.

»Also gut, meine Herren«, sagte Windisch, »schauen wir zu, dass wir die Geiseln heil aus dem Schlamassel herausbringen.«

89. SZENE

Sigrid Körner hatte ein mulmiges Gefühl im Bauch. Stranek und die beiden Motorradpolizisten waren zur Tankstelle hinübergefahren. Trattner hatte gemeint, dass er von einem Müsliriegel nicht satt werden würde und daher unbedingt eine Leberkäsesemmel brauchte. Außerdem waren die Tanks wieder aufzufüllen. Körner ging geradewegs auf einen Mannschaftsbus der Cobra zu, in dessen Schatten Hoffmann und ein Kollege vom technischen Dienst standen. Der Techniker legte Hoffmann eben einen Sender an. Die beiden Männer sahen kurz hoch, als sich Körner näherte. Der Techniker erklärte die Funktionsweise des winzigen und daher unter der Kleidung völlig unsichtbaren Gerätes. Körner wartete, bis der Mann seinen Vortrag beendet hatte. Hoffmann schaute nun Körner in die Augen.

»Ich hoffe, du weißt, worauf du dich da einlässt.«

»Aber ja. Ich werde einen netten Plausch mit drei sehr sympathischen und umgänglichen Zeitgenossen halten.«

»Ich finde das nicht lustig.«

»Finde ich auch nicht.«

»Geh bitte kein Risiko ein.«

»Sigrid, keine Sorge, ich stehe weit hinten und rede durch ein Megafon. Auf diese Distanz kann selbst ein Meisterschütze mit einer Pistole bestenfalls einen Zufallstreffer landen, und auch nur dann, wenn er genau zielt, und während er zielt, haben die Jungs an den Zielfernrohren dem Mann zehnmal den Fangschuss verpasst.«

»Ja, hast ja recht. Ich habe halt ein blödes Gefühl im Bauch.«

»Haben wir alle. Auch der Jurkowitsch und seine Benzinbrüder. Das sollten wir nicht vergessen. Das sind keine Selbstmordattentäter, die den Fahrschein in den Himmel schon in der Hand halten. Die wollen da auch lebend wieder raus.«

Körner stand vor ihm und schaute in den wolkenlosen Himmel.

»Na gut, dann bis später.«

Sie wandte sich ab und wollte schon abgehen, da fasste Hoffmann sie an der Hand und hielt sie zurück. Sie schauten einander in die Augen.

»Danke, Sigrid.«

Er ließ ihre Hand wieder los. Sie steckte die Hände in die Hosentaschen und ging fort. Hoffmann schaute ihr hinterher. Er wusste nicht, wie ihm geschah. Dieser kurze Blickkontakt hatte unglaublich gutgetan.

»Und jetzt die Weste.«

Der Techniker, der geflissentlich übersehen hatte, was er gar nicht hatte übersehen können, hob die schwere Schutzweste hoch.

»Her mit dem Klotz am Bein.«

90. SZENE

Hoffmann leerte mit einem Schluck die halbe Flasche Wasser, dennoch fühlte er sich wie trockenes Laub. Auf seinen Wangen konnte man Eier braten. Zumindest kam ihm das so vor. Die Verhandlungen bei einer Geiselnahme hatte er noch nie geführt. Als Drogenfahnder hatte er jahrelang mit ganz anderen Situationen zu tun gehabt. Es war nie zu spät, etwas Neues zu lernen. Vor ihm auf dem Trottoir hockten vier Männer, hinter dem etwas abseits stehenden Opel zwei weitere. Der Mann beim Gartentor hatte einen taktischen Einsatzschild vor sich abgestellt. Bei Sturmlauf bildete er die Speerspitze. Pistolen- und Gewehrkugeln prallten an solchen Schilden einfach ab. Und im Schutz des Schildes folgten die anderen, die mit Sturmgewehren bewaffnet waren und im Ernstfall einen eisernen Hagel loslassen konnten. Hoffmann war froh, dass seine Fitnesswerte nie für den Einsatz in einem Sonderkommando ausgereicht hatten. So hatte er selbst in seinen jungen Jahren nie den Gedanken gehegt, sich für diese Art des Dienstes zu bewerben. Gut für ihn lief der Dienst dann, wenn er die Waffe nur zum Putzen antasten musste.

Hoffmann stand bei einem Strommast etwas seitlich des Gartenzauns. Er stellte die halb volle Wasserflasche am Gehsteig ab und ließ noch einmal den Blick kreisen. Gespannte Ruhe unter den Menschen. Nur die Vögel in den schmucken Gärten dieser Seitenstraße gingen emsig ihren Geschäften nach. Da Vogelgesang, dort angeschlagene Gewehre. Eine seltsame Mischung.

Hoffmann hob das Megafon an seine Lippen. Er konnte sich gerade jetzt absolut nicht an die Lehrsätze für Gespräche mit Geiselnehmern erinnern. Sein Kopf war wie leer gefegt. Er würde improvisieren müssen. So wie er seit Jahren seine Arbeit als Kriminalist verrichtete.

»Hier spricht die Polizei. Herr Jurkowitsch, hören Sie mich? Herr Swoboda, hören Sie mich? Herr Prüller, hören Sie mich?«

Stille.

»Hier spricht Inspektor Hoffmann. Herr Jurkowitsch, wir sind einander schon mal begegnet.«

Stille.

»In Ihrer Werkstatt. Sie wissen schon, der Kieberer, der Ihre Zeit verschwendet.«

Stille.

»Herr Jurkowitsch, was halten Sie und Ihre Freunde davon, mit mir über die gegenwärtige Lage zu sprechen. Lassen Sie uns verhandeln.«

»Ihr wollt verhandeln?«

Jurkowitsch ließ sich am Fenster nicht blicken, aber es war klar, dass er an die Mauer gelehnt direkt daneben stehen musste.

»Ja, eine Verhandlung. Reden wir darüber, wie wir die Sache friedlich klären können.«

»Ich verhandle nicht! Ich stelle Bedingungen.«

»Das ist in Ordnung, Herr Jurkowitsch. Stellen Sie Ihre Bedingungen, ich höre genau zu und sage Ihnen dann, was ich erfüllen kann und was nicht.«

»Die Bedingungen müssen erfüllt werden.«

»Sagen Sie zuerst einmal, was Sie wollen.«

»Die Polizei muss komplett abziehen. Alle müssen weg.«

»Diese Bedingung kann ich nicht akzeptieren.«

»Dann ist unsere Besprechung schon zu Ende.«

»Sie wissen genau, dass das Abbrechen eines solchen Polizeieinsatzes nicht so leicht möglich ist. Wir müssen uns an Gesetze halten.«

»Die Unterredung ist beendet.«

Hoffmann versuchte noch eine Zeit lang das Gespräch in Gang zu halten, aber aus dem Haus kam keine Rückmeldung mehr. Er ließ das Megafon sinken und trat drei Schritte zurück. Stranek und Körner standen hinter ihm. Er trat auf seine zwei Kolleginnen zu.

»Na, Caroline, kannst du es gar nicht lassen?«

»Ich will nur in der Nähe bleiben.«

»Wo sind deine Kumpels auf zwei Rädern?«

»Hinten bei Gerald. Leibgarde vom Chef.«

»Die zwei haben sich bewährt.«

»Allerdings. Und ich werde mit ihnen nach der Arbeit ein paar Bierchen vernichten.«

»Ich habe heute noch keine Pläne. Vielleicht ziehen wir gemeinsam durch die Beisln.«

»So machen wir das. Sigrid bleibt trocken und fährt, und Gerald zahlt die Zeche.«

»Er kann dich hören. Bin verkabelt.«

»Deswegen habe ich es ja gesagt.«

»Der Jurkowitsch pokert hoch.«

»Der Mann weiß, was er will.«

»Unangenehm.«

»Schöne Scheiße.«

Hoffmann grübelte.

»Ich probiere etwas.«

Stranek runzelte die Stirn.

»Was hast du vor?«

»Ich mache eine Sondertour.«

Hoffmann übergab Stranek seine Dienstwaffe.

»Wolfgang, mach das nicht.«

»Für das Protokoll«, sagte er. »Chefinspektor Hoffmann übergibt Abteilungsinspektor Stranek die Dienstwaffe und verhält sich aus eigenem Antrieb gegen die Regel. Ich übernehme die alleinige Verantwortung.«

Hoffmann sah noch, wie ihn Körner mit bleicher Miene anstarrte.

»Hau rein, Wolfgang. Und denk an das Bierchen heute Abend. Ich werde verdammt grantig, wenn du mir den Abend versaust.«

Hoffmann zwinkerte Stranek zu, wandte sich um und hob das Megafon an seine Lippen.

»Hallo, hören mich alle im Haus? Herr Jurkowitsch! Herr Prüller! Herr Swoboda! Ich komme jetzt in den Garten zum Fenster. Nicht schießen! Ich bin unbewaffnet! Reden wir von Angesicht zu Angesicht. Keine Dummheiten bitte! Wenn Sie mir jetzt eine Kugel verpassen, dann kommt aus dem Haus keiner lebend heraus. Verstanden? Achtung, ich betrete jetzt den Garten.«

Die am Boden kauernden Cobra-Männer hielten ihn nicht auf. Hoffmann öffnete das Gartentor und trat mit erhobenen Händen ein.

»So, ich gehe jetzt zum Küchenfenster. Dort können wir ohne Megafon reden. Ich gehe ganz langsam.«

Klara erschien am Fenster. Sie präsentierte ihre Hände. Hoffmann kam näher. Ganz bewusst stellte er sich direkt vor das Fenster. Keine freie Schussbahn für die Scharfschützen.

»Guten Tag, Frau Zeidler.«

»Hallo, Herr Inspektor.«

»Ich bin froh, dass ich Sie wiedersehe, wenngleich die Umstände ein bisschen kompliziert sind.«

»Kompliziert ist ein Hilfsausdruck.«

»Wie geht es Ihnen?«

»Ging schon mal besser.«

»Und Ihrem Mann?«

»Dem geht es echt dreckig.«

»Offene Wunden.«

»Ja. Der Doktor hat die Schusswunde versorgt und musste mit dem Skalpell ran. Und dann haben die Burschen Viktor in die Mangel genommen. Alles wieder aufgebrochen. Außerdem hat er eine Blutvergiftung und hohes Fieber.«

»Das heißt, er muss so schnell wie möglich in ein Krankenhaus.«

»Ja.«

»Und der Dr. Baumeister? Wie geht es ihm? Wie geht es seiner Frau?«

»Denen geht es auch nicht gut.«

»Sind Sie im Haus?«

»Ja.«

»Verletzt?«

»Nein.«

»Wer ist noch im Haus?«

»Jurko, Chris und Hugo.«

»Das ist es? Sieben Personen sind im Haus?«

»Ja.«

»Genug geschwafelt!«, rief jemand aus dem Inneren des Hauses. »Klara, sag verdammt noch mal, was ich dir aufgetragen habe!«

Hoffmann erkannte die Stimme von Jurkowitsch.

»Was sollen Sie mir sagen, Frau Zeidler?«

»Die Jungs wollen ein vollgetanktes Auto. Einen BMW X5 oder Audi Q7. Oder ein ähnliches Modell. Und sie wollen 100.000 Euro.«

Hoffmann wiegte den Kopf.

»Das klingt nach einer vernünftigen Forderung, Herr Jurkowitsch!«, rief er in das Haus hinein.

»Das Auto darf keine Wanze haben«, setzte Klara fort.

»Nachvollziehbar.«

»Das Auto darf nicht verfolgt werden.«

»Das ist klar.«

»Und Sie haben eine halbe Stunde Zeit, das Auto bereitzustellen.«

»Halbe Stunde könnte knapp werden, wir sind hier doch recht weit draußen auf dem Land.«

»Halbe Stunde! Mehr Zeit gibt es nicht!«, rief Jurkowitsch.

»Und was kriege ich, wenn ich das organisiere?«, fragte Hoffmann.

»Sie kriegen Frau Baumeister.«

»Klingt nach einem fairen Deal. Trotzdem habe ich eine Frage. Ein BMW X5 hat fünf Sitze. Wenn wir Frau Baumeister kriegen, dann sind Sie zu sechst. Wer sitzt im Kofferraum, Herr Jurkowitsch?«

Hoffmann wartete auf eine Antwort. Nichts. Klaras Lippen waren blutleer. Sie schwitzte.

»Die wollen Viktor hierlassen.«

Klara fuhr sich mit dem Zeigefinger über die Gurgel.

»Rache für den Tod ihres Kumpanen Armin Retzer? Habe ich das richtig verstanden, Herr Jurkowitsch?«

»Geh scheißen, Kieberer!«

»Darf ich jetzt auch mal was sagen? Keine Einwände? Gut. Herr Jurkowitsch, sind Herr Swoboda und Herr Prüller in der Nähe?«

»Das kann dir wurscht sein.«

»Ich kann mit dem Megafon in das Haus rufen. Dann hören Sie mich bestimmt.«

»Ich kann dir auch eine Kugel verpassen.«

»Ich bin mir sicher, dass Chris und Hugo Sie hören können. Sie sind alle nebenan im Wohnzimmer«, sagte Klara.

»Herr Prüller, Herr Swoboda, können Sie mich hören?«

»Ja!«

»Halt die Pappen, du Arschloch!«

»Bewahren Sie bitte Ruhe und hören Sie mir zu. Wir haben den Verdacht, dass Sie zu fünft im Oktober 2015 drei Flüchtlinge getötet haben. Wir kennen die Identität der drei jungen Männer nicht, aber wahrscheinlich sind es Syrer oder Iraker. Zwei starben an Schussverletzungen, einer an stumpfer Gewalt. So wie wir das sehen, wurde der dritte Mann mit Eisenstangen oder Holzknüppeln erschlagen.«

Hoffmann sah, wie Jurkowitsch in die Küche trat. Er hatte eine Pistole in der Hand. Jurkowitsch starrte ihn düster an.

»Was wollen Sie uns da unterschieben? Das klingt idiotisch.«

»Es ist ein Verdacht, aber er ist berechtigt. In den Körpern der zwei erschossenen Männer wurden Projektile gefunden. Und dann hat Armin Retzer auf Viktor Zeidler geschossen und ihn verletzt. Wir wissen nicht, wie oft Armin Retzer geschossen hat, aber eine Kugel hat in das Sofa eingeschlagen. Die ballistische Untersuchung der Projektile hat ergeben, dass es Armin Retzers Waffe war, mit der die zwei Flüchtlinge erschossen worden sind. Meine Herren, das sind kriminalistisch eindeutige Fakten. Mein Kollege in der Zentrale in Wien hat mir diese Fakten vor ein paar Minuten durchgegeben. Es wird eng für Sie. Wo ist eigentlich die Waffe von Herrn Retzer?«

»Viktor hat sie gehabt, jetzt hat sie Chris«, sagte Klara.

»Halt die Pappen!«, brüllte Jurkowitsch.

Der Mann kämpfte mit sich. Der Druck war enorm. Hoffmann sah, dass Jurkowitsch knapp vor der Explosion stand.

»Ich habe keine Ahnung, wie es zu den Tötungen an den Flüchtlingen kam, aber ich würde mal sagen, dass da irgendetwas schiefgegangen ist. Wenn Sie die Flüchtlinge nur killen wollten, hätten drei Genickschüsse genügt.«

»Sie wollten die drei nicht töten, nur erschrecken. Einer der Flüchtlinge hat ein Messer gehabt und Chris in den Bauch gestochen. Da hat Armin geschossen. Den dritten haben sie mit Baseballschlägern totgeschlagen. Viktor hat mir das heute früh gesagt«, sagte Klara schnell.

Jurkowitsch war zuerst völlig perplex, dann sprang er auf Klara zu, packte sie und drückte ihr die Waffe gegen den Hals. Hoffmann hob besänftigend die Hände.

»Nur die Ruhe, Herr Jurkowitsch. Ich versuche mir den Ablauf vorzustellen. Und ich glaube, jetzt ungefähr Bescheid zu wissen. War das so, Herr Jurkowitsch? Hat Armin Retzer die Schüsse auf die Männer abgegeben?«

»Dir sage ich gar nichts mehr, Kieberer! Hau jetzt ab, oder es passiert da ein Massaker!«

»Und in der Panik, die nach den Schüssen entstanden ist, haben Sie auf den dritten Mann eingeschlagen. Korrekt?«

»So hat es Viktor mir erzählt.«

Jurkowitsch stieß Klara von sich und verpasste ihr eine wuchtige Ohrfeige. Sie stürzte zu Boden. Er richtete die Waffe nun gegen Hoffmann. Dieser hielt seine Hände hoch und schaute seinem Gegenüber stoisch in die Augen. Hoffmann pokerte.

»Fünf Jahre, Herr Jurkowitsch. Sie und ihre Kumpels gehen für fünf Jahre ins Gefängnis. Das ist Totschlag, kein Mord. Mit guter Führung kommen Sie nach drei Jahren raus. Wenn Sie mich jetzt erschießen, ist das Mord. Wenn Sie Viktor Zeidler erschießen, ist das Mord. Wenn Sie jetzt einen meiner Kollegen da draußen erschießen, ist das Mord. Mindestens 20 Jahre. Sie sind 45, Herr Jurkowitsch. Mit 50 kann man noch viel mit seinem Leben anfangen. Frauen interessieren sich für 50-jährige Männer, Sie können wieder Motorrad fahren, Sie können arbeiten, Sie können nach fünf Jahren ein neues Leben anfangen. Ich habe Männer gesehen, die 20 Jahre im Häfen gesessen sind. Nach 20 Jahren Häfen bist du fertig mit dem Leben. Da geht gar nichts mehr. Sie sind dann 65 und völlig ausgebrannt. Fünf Jahre schaffen Sie. Gerade ein zäher Hund wie Sie schafft das. 20 Jahre machen Sie kaputt.«

Jurkowitsch schnappte nach Luft.

»Und jetzt mal ganz realistisch. Die Nummer mit dem Fluchtauto klappt sowieso nicht. Da draußen stehen 20 Cobra-Männer mit Sturmgewehren. Ein paar Scharfschützen haben sich gute Verstecke gesucht. Wir haben mittlerweile sieben Streifenwagen vor Ort. Mit der Motorradstaffel haben Sie schon Bekanntschaft gemacht. Und wenn es sein muss, ist in ein paar Minuten der Hubschrauber da. Sie können uns auch mit einem BMW X5 nicht abschütteln.«

Hoffmann ließ seine Worte sickern.

»Armin Retzer kommt nicht mehr zurück. Die drei Flüchtlinge kommen nicht mehr zurück. Nach fünf Jahren werden Sie alle wieder zurückkommen. Sie werden Narben tragen, der Häfen hinterlässt Narben, das schon, aber Sie werden wieder da sein. Mitten im Leben.«

»Ich ergebe mich!«

An der Tür zwischen Küche und Wohnzimmer tauchte Hugo Swoboda mit erhobenen Händen auf.

»Hugo Swoboda will sich ergeben«, sagte Hoffmann, sodass auch Windisch und das Team es hörten.

»Ich auch!«

Prüller trat ebenfalls in die Küche. Er legte seine und Retzers Pistole zu Boden und hob seine Hände.

»Christoph Prüller will sich ergeben.«

Jurkowitsch bebte. Er hob die Waffe gegen seine Freunde.

»Ihr Verräter! Ihr Arschlöcher! Ihr feigen Schweine. Ich knalle euch alle ab!«

Hoffmann sah die Szene vor sich wie einen Kinofilm auf breiter Leinwand. Er konnte nicht einmal Luft holen. Klara zog hinter Jurkowitschs Rücken aus ihrer Jackentasche ein Springmesser und sprang katzenhaft auf ihn zu. Die Klinge zog der Breite nach über den Handrücken des Mannes. Eine

Wunde klaffte auf. Jurkowitsch schrie. Die Pistole fiel zu Boden. Klara kickte die Waffe fort. Das Blut schoss in Strömen aus der Wunde.

»Jurkowitsch ist entwaffnet! Cobra Zugriff!«

Hoffmann warf sich zu Boden und rollte an die Mauer. Der Schutzschild brach durch das Gartentor. Schwere Stiefel trampelten über die Steinplatten des Wegs. Es schien nur Sekundenbruchteile zu dauern, bis der Stoßtrupp im Haus war. Hoffmann lag am Boden und rührte sich nicht. Er hoffte, dass Klara nichts zustoßen würde. Er hoffte es inständig. Irgendwelche Stimmen hörte er im Stöpsel im Ohr, verstand aber nichts.

Wahrscheinlich ging ihn das alles gar nichts an, und er träumte bloß, in Wahrheit befand er sich wohl noch im Krankenhaus und wartete darauf, nach der Operation wieder aufzuwachen. Oder er hatte zu viel Kaffee getrunken, sich den Magen verdorben und eine Grippe eingefangen. Das musste alles ein Irrtum sein. Und in Wahrheit hatte da jetzt nicht ein breitschultriger Mann mit Vollbart und Glatze eine Waffe gegen ihn gerichtet. Am besten würde es sein, wenn er sich im Bett einmal umdrehte und in aller Ruhe weiterschliefe. Blöde Albträume.

»Wolfgang! Alles klar bei dir? Wolfgang!«

Eine bekannte Stimme. Die Stimme einer Frau.

»Du kannst aufstehen. Alles vorbei.«

Die Stimme einer anderen Frau.

Das waren die Sirenen, die die Seefahrer in den sicheren Tod locken wollten. Nach österreichischem Recht durfte ein Mann nicht mit zwei Frauen verheiratet sein. Polygamie war strafbar. Trotzdem würde er beide Sirenen gerne heiraten. Vielleicht würde er abends ein Butterbrot mit Schnittlauch essen. Er fand nicht, dass er besonders verwirrt war, sondern dass die Welt schlicht und einfach verrückt war. Wenn er nur wüsste, was gerade eben passiert war. Egal. Morgen würde es in den Zeitungen stehen.

Irgendjemand half ihm hoch. Er schaute in Straneks Augen. Sie feixte ihn an.

»Du schaust scheiße aus, Wolfgang.«

»Geh, hör auf.«

»Die weiße Mauer hinter dir hat mehr Farbe als du.«

»Das war der nackte Wahnsinn!«

Sigrid Körner umarmte ihn. Das fühlte sich gut an. Das holte ihn in die Realität zurück. Aus dem Augenwinkel sah er, wie die Cobra-Männer mit den Sturmgewehren den Abtransport der Festgenommenen sicherten. Die Streifenpolizisten führten eben Swoboda und Prüller in Handschellen aus dem Haus. Durch das Gartentor eilte Windisch heran.

»Was ist mit Klara Zeidler und dem Ehepaar Baumeister?«, fragte Hoffmann.

»Alle wohlauf. Die Handverletzung von Jurkowitsch wird gerade verarztet und Viktor Zeidler ist schon auf dem Weg ins Krankenhaus«, antwortete Stranek.

»In Ordnung.«

»Für deine Auslegung des Strafrechts würde ich jetzt nicht die Hand ins Feuer legen. Aber sie hat bei den Kerlen Wirkung gezeigt.«

»Nur darum ging es.«

»Ich habe Blut und Wasser geschwitzt, Wolfgang«, sagte Windisch. »Verdammt noch mal, mach so was nie wieder!«

»Ich hoffe, Wolfgang macht so was dann wieder, wenn es sein muss«, opponierte Stranek ihrem Vorgesetzten gegenüber. »Beendigung einer Geiselnahme ohne einen einzigen Schuss.«

ZWEI WOCHEN SPÄTER

»Du hast schon geschossen, Caroline. Der Warnschuss«, warf Hoffmann ein.

»Stimmt. Aber als du die Sache in die Hand genommen hast, ist nicht mehr geschossen worden. Hoffmanns Methode, würde ich mal sagen.«

Windisch nickte zustimmend.

»Das klingt gut. Hoffmanns Methode.«

Hoffmann sah an sich herab.

»Ich brauche ein frisches Hemd. Total durchgeschwitzt. Ich muss schnellstmöglich duschen. Den Dreck abwaschen. Kann jemand von euch mein Auto fahren? Ich möchte heute nicht mehr. Wahrscheinlich kann ich es jetzt auch gar nicht mehr. Ich bin komplett verwirrt.«

91. SZENE

Die Thaliastraße in Wien-Ottakring war, wie sie nun einmal war. Laut, voller Leben, hektisch. Die Straßenbahn rollte die Straße hoch, drei Männer packten an, um die Ladung eines Lieferwagens in einen Laden für türkische und orientalische Lebensmittel zu schleppen, ein aufgemotztes Auto mit stampfenden Basslautsprechern fuhr zum zweiten Mal an Hoffmann vorbei. Wahrscheinlich verbot es irgendein Ehrenkodex den beiden jungen Männern im Wagen, mehr als zehn Schritte vom Auto zur Haustür zu gehen, weswegen sie auf der Suche nach einem Parkplatz stundenlanges Kreisen um ein und denselben Häuserblock in Kauf nahmen.

Hoffmann näherte sich Klaras Friseursalon. Es war drei Uhr nachmittags. Im Salon empfing ihn der Geruch von Shampoo. Eszter hatte eben den Kopf einer dunkelhäutigen jungen Frau in Arbeit, während Frau Gönal eine ältere Frau frisierte und sich mit offensichtlicher Engelsgeduld die in breitem Wiener Dialekt erzählte Lebensgeschichte der Kundin anhörte.

»Guten Tag.«

»Guten Tag. Nehmen Sie bitte Platz. Wir sind gleich für Sie da«, begrüßte die Ungarin mit flüchtigem Blick den neuen Kunden.

Ihr ungarischer Akzent klang melodiös. Hoffmann überlegte. Sollte er sich den routinierten Händen der Friseurin übergeben? Ein Haarschnitt wäre durchaus wieder fällig.

»Ich möchte zu Frau Zeidler. Ist sie im Haus?«

Die beiden Friseurinnen schauten jetzt genauer. Und erkannten ihn.

»Klara ist im Büro. Gehen Sie einfach rein, Herr Inspektor.«

»Vielen Dank.«

Er klopfte an die Tür mit der Aufschrift »Privat« und trat ein.

»Guten Tag, Frau Zeidler.«

Klara saß am Computer in ihre Arbeit vertieft. Sie blickte hoch und lehnte sich mit irgendwie steinerner Miene zurück.

»Herr Hoffmann! Kommen Sie herein. Setzen Sie sich.«

»Ich habe gehofft, dass Sie das sagen würden.«

Er rückte den Stuhl vor dem Schreibtisch zurecht und nahm Platz.

»Sind noch ein paar Fragen offen?«

Hoffmann ließ seinen Blick über den Schreibtisch streifen.

»Sieht nach viel Arbeit aus.«

»Je mehr ich arbeite, desto besser ist das für mich.«

»So mache ich das auch immer wieder. Kriminalistische Fragen sind eigentlich keine mehr offen. Oder nur irgendwelche Detailfragen, für deren Beantwortung ich Ihre Zeit nicht in Anspruch nehmen möchte.«

»Wollen Sie eine Tasse Kaffee?«

»Da sage ich jetzt nicht Nein.«

»Mit Milch und Zucker?«

»Ohne Zucker und schwarz.«

Klara nickte, erhob sich und bereitete in der Teeküche zwei Tassen zu. Sie stellte eine Tasse vor Hoffmann ab, in die andere rührte sie Zucker. Sie setzte sich. Hoffmann nippte an seiner Tasse.

»Erstklassiger Kaffee. Mindestens so gut wie jener im Büro.«

»Legt die Wiener Polizei Wert auf guten Kaffee?«

»Mein Kollege Walter macht das. Er wird richtig grantig, wenn man ihm Abwaschwasser serviert. Bei Ihnen würde er sich wohlfühlen.«

»Womit kann ich Ihnen behilflich sein?«

Hoffmann sinnierte ein Weilchen.

»Ich wollte eigentlich nur mal sehen, wie es Ihnen geht.«

»Wie es mir geht? Wenn ich das wüsste. Keine Ahnung. Aber nett, dass Sie fragen.«

Klara hielt die Tasse in der Hand und schaute zum Fenster hinaus.

»Erleichtert. Ja, irgendwie bin ich erleichtert. Aber auch bedrückt. Schwer zu sagen, was überwiegt.«

»Wie kommen Ihre Söhne mit der Lage zurecht?«

»Gar nicht gut. Marvin verkriecht sich quasi in sein Handy. Robin schläft jetzt bei mir im Bett. Er hat beim Einschlafen Angst. Das ist das eine. Andererseits sind sie auch unheimlich mutig. Ich habe ihnen die Wahrheit erzählt. Keine Lügen, keine Heimlichtuerei. Also ein paar grausliche Details habe ich ausgelassen, aber im Prinzip wissen sie, was ihr Vater und seine Freunde getan haben. War ein Schock. Das ja. Der Vater ein Mörder. Das müssen die Buben erst mal verdauen. Das muss ich auch erst mal verdauen.«

»Nehmen Sie die Hilfe der Psychotherapeutin in Anspruch, die ich Ihnen empfohlen habe?«

»Na klar. Wir würden ausflippen, wenn wir das nicht täten.«

»Das ist sehr gut.«

»Und mit den Scheißpillen ist es vorbei. Mich kotzt das Zeug an.«

»Spitze.«

Klara deutete zur Tür.

»Meine Mädels helfen mir, wo es nur geht. Die Arbeit tut mir wirklich gut.«

»Ich sehe mit Freude, dass Sie offenbar ziemlich erfolgreich Ihr Leben auf die Reihe kriegen.«

»Was habe ich sonst für eine Wahl?«

»Ich bewundere Ihre Energie und Zähigkeit.«

Klara zuckte mit den Schultern, nahm einen Schluck und stellte die Tasse ab. Ihre Miene hatte sich gelockert.

»Gestern war ich im Krankenhaus. Viktor ist auf dem Weg der Besserung.«

»Das weiß ich.«

»War seltsam, ein Krankenzimmer zu betreten, vor dem ein Polizist Wache schiebt.«

»Das lässt sich leider nicht vermeiden.«

»Ich habe Viktor die Scheidungspapiere gebracht.«

»Was hat er gesagt?«

»Nicht viel. Zur Scheidung hat er gar nichts gesagt. Ist auch egal, er muss das sowieso schlucken.«

»Ich fürchte, dass er längere Zeit sitzen wird. Da ist einiges zusammengekommen.«

»Ich muss mich da abgrenzen. Die Psychotherapeutin hat mir das empfohlen. Ich muss eine Strategie entwickeln, mich von den Verbrechen meines Mannes zu distanzieren. Bald Exmann.«

»Ich denke, die Therapeutin hat recht. Ich muss das auch tun. Bei mir ist es professionelle Distanz, bei Ihnen emotionale Selbstständigkeit. Das hilft, um nicht unterzugehen.«

Klara zog ihre Augenbrauen hoch und lächelte vorwitzig.

»Sie klingen ja wie ein echter Psychoonkel, Herr Inspektor.«

Hoffmann schmunzelte, leerte die Kaffeetasse und erhob sich.

»Ihren Humor, Frau Zeidler, mag ich. Und ich freue mich, dass Sie ihn wiedergefunden haben. Danke für den wunderbaren Kaffee und die kleine Unterredung.«

Klara erhob sich ebenso.

»Geht das, dass Sie jetzt endlich Klara zu mir sagen?«

Hoffmann nickte ihr zu.

»Das geht.«

»Na also.«

»Tschüs, Klara.«

»Tschüs, Wolfgang.«

Der Frühlingshimmel über Wien war bedeckt. Vielleicht würde es nachts regnen. Aber morgen sollte die Sonne wieder durchbrechen. Hatte Hoffmann im Wetterbericht gehört. Er glaubte daran. Irgendwann schien die Sonne.

Hoffmann steckte seine Hände in die Taschen seines Jacketts und ging gemächlich die Thaliastraße hoch. Ein kleiner Spaziergang war immer das Richtige.

ENDE

*Weitere Krimis finden Sie auf den
folgenden Seiten und im Internet:*

WWW.GMEINER-SPANNUNG.DE

GÜNTER NEUWIRTH
Die Frau im roten Mantel
....
978-3-8392-2145-7 (Paperback)
978-3-8392-5531-5 (pdf)
978-3-8392-5530-8 (epub)

DUNKLE GEHEIMNISSE Nachts am winterlichen Donaukanal inmitten von Wien. Inspektor Wolfgang Hoffmann bemerkt in der Straßenbahn eine rätselhafte Frau, die offenbar von einem Jugendlichen verfolgt wird. Der eigentlich beurlaubte Inspektor fürchtet um ihre Sicherheit und folgt den beiden. Schon bald tauchen einige Fragen auf. Wozu trägt die Frau einen Revolver bei sich? Was will der Jugendliche von ihr? Und es gibt nur einen Weg, um Antworten zu finden. Er muss in die dunkle Geschichte der Frau im roten Mantel eintauchen.

SPANNUNG

GMEINER

WWW.GMEINER-VERLAG.DE
Wir machen's spannend

Das Neueste aus der Gmeiner-Bibliothek

Unser Lesermagazin

Bestellen Sie das kostenlose Krimi-Journal in Ihrer Buchhandlung oder unter www.gmeiner-verlag.de

Informieren Sie sich ...

www ... auf unserer Homepage:
www.gmeiner-verlag.de

@ ... über unseren Newsletter:
Melden Sie sich für unseren Newsletter an
unter www.gmeiner-verlag.de/newsletter

f ... werden Sie Fan auf Facebook:
www.facebook.com/gmeiner.verlag

Mitmachen und gewinnen!

Schicken Sie uns Ihre Meinung zu unseren Büchern
per Mail an gewinnspiel@gmeiner-verlag.de
und nehmen Sie automatisch an unserem
Jahresgewinnspiel mit »mörderisch guten« Preisen teil!

GMEINER SPANNUNG